여행, 6펜스 죽이기

지중해 편

여행, 6펜스 죽이기
지중해 편

글, 사진 · 조성환
펴낸이 · 이충석
꾸민이 · 성상건
편집디자인 · 자연DPS

펴낸날 · 2016년 9월 20일
펴낸곳 · 도서출판 나눔사
주소 · (우) 03446 서울특별시 은평구 은평터널로7가길
　　　20. 303(신사동 삼익빌라)
전화 · 02)359-3429　팩스 02)355-3429
등록번호 · 2-489호(1988년 2월 16일)
이메일 · nanumsa@hanmail.net

ⓒ 조성환, 2016

ISBN　978-89-7027-191-0-03810

값 15,000원
잘못된 책은 바꾸어 드립니다.

이 도서의 국립중앙도서관 출판예정도서목록(CIP)은 서지정보유통지원시스템 홈페이지(http://seoji.nl.go.kr)와
국가자료공동목록시스템(http://www.nl.go.kr/kolisnet)에서 이용하실 수 있습니다. (CIP제어번호 : CIP2016020516)

여행, 6펜스 죽이기

지중해 편

산토리니, 크레타, 몰타, 친퀘테레, 두브로브니크, 카프리, 로마

조성환 | 글 · 사진

나눔사

Prologue

내 나이 어느덧 60이다. 형님은 지금 이 시간 어떻게 지내고 있을까?

내가 심리학의 길로 들어서고 상담심리학자로서 여러 내담자들을 도와
주며, 또 내가 성격에 관해 수십 년간 관심을 가져온 것은 오직 형님과 나
자신 때문이었다.

어린 시절, 나의 가족은 누나 셋과 형님, 그리고 부모님이었다. 그런데
당시 제일 큰 누나는 이미 시집을 갔고, 나머지 둘째, 셋째 누나는 단지 그
들이 여자라는 이유만으로 아버지로부터 사람대접을 제대로 받지 못했기
에 오직 형님과 나만이 집에서 대우를 받고 자랐다. 여기서 말하는 대접이
란 겨우 학교 공부하고 차비를 받는 정도이지 그 이상은 아무 것도 없다.
아니 생각해보니 몇 가지가 더 있다. 밥을 먹을 때 여자들은 방바닥에 밥
그릇을 놓고 먹고, 형님과 나, 그리고 아버지는 밥상 위에서 밥을 먹었던
기억이 있다. 그리고 가끔 연탄가스를 마실 때면 어머니는 그 추운 엄동설
한에 우리 자식들을 집 앞 길바닥에 눕혀놓고 동네사람 다 불러 김치 국물
을 가져오게 해서 우리 입에다가 벌컥벌컥 들이마셨고, 아버지는 뒤에서
기도를 했다. "가시나(경상도 말로 '여자'를 뜻함)들은 다 죽어도 좋으니 하

나님 제발 우리 명환이, 성환이는 살려주이소!" 아버지는 이렇게 우리 남자 아이들을 위해 기도하고 자신은 몇 년 뒤 고향에 돌아가 객사를 하고 말았다.

그 후 다행히 아버지의 바람대로 형님은 집안의 기대를 모을 만큼 공부를 잘했고, 그야말로 당시 서울대학교보다 더 알아준 육군사관학교에 가서 출세할 것이란 기대를 갖게 했다. 어머니는 물론 명절 때 만나는 친척들 모두가 형님을 보면 "명환이는 커서 육군사관학교 가서 장군 되겠다."고 입을 모았건만 형님은 부산중학교를 들어간 후 그만 사춘기를 잘못 보내 지금까지 고등학교 졸업장도 없이 인생을 마감하고 있다.

돌이켜보면 참으로 안타까운 사연이다. 인생은 다시 돌아갈 수 없는 것이고, 가는 세월은 붙잡을 수가 없다. '세월 앞에 장사 없다.'는 말처럼 그렇게 세월은 유수와 같이 흐르고 있다. 아침에 새벽기도를 다녀오다 보니 어느새 밤나무에 밤송이가 달렸다. 얼마 전에는 감나무에 감이 열리기 시작했다. 이런 자연의 변화를 보면 인생이 무엇인가를 생각하게 한다.

김영삼 대통령도 죽고, 김대중 대통령도 죽고, 김일성, 김정일, 만델라,

이순신, 징기스칸, 세종대왕 등 어느 누구 하나 죽지 않은 사람이 없다.

　결국 인간은 죽어서 땅에 묻히거나 한 줌의 재가 될 것이 뻔한데, 그렇다면 이 인생을 어떻게 살아야 할 것인가? 하는 것이 늘 내 머릿속에 남아 있다.

　나는 어쩌다가 공직의 길에 발을 들여놓아 무려 30년이 넘도록 그곳에서 생활했다. 처음 장교로 임관해 군 생활을 할 때는 뭐가 뭔지 정말 잘 몰랐다. 중간에 위탁교육을 가서 결혼도 하고 자식을 낳아 오랜 세월이 지나도록 인생이 무엇인가, 하는 것에는 관심조차 주지 않았다. 그냥 주어진 상황에 적응하려 했고, 그렇게 해서 집도 사고 자식도 키웠다.

　어느덧 세월은 흘러 내 나이 60이 되고 얼마 전 손자를 보았다. 손녀딸을 가슴에 안아보았더니 그때까지도 내가 정말 할아버지인가, 실감이 제대로 가지 않는다. 그러나 사실을 숨길 수는 없는 것이다. 나는 엄연히 할아버지이고 인생의 중간지점을 넘어 종착역을 향해 나아가고 있는 것이다. 그래서 나는 더 이상 세월이 가기 전에 진정한 나를 알고 싶고, 이렇게 해서 쌓은 내공으로 내담자들을 돕고 싶다.

나를 아는 방법에는 여러 가지가 있을 수 있지만 나는 파울로코엘료가 택한 방식대로 여행을 택했다. 처음에는 인도, 네팔을 택했는데, 이것은 여행사를 통한 패키지여행이라 그 전에 다녀온 서유럽 여행과 전혀 다를 바가 없었다. 다시 말해 여행에서 남는 게 없었다. 그냥 유적지 보고 호텔에서 맛있는 것 먹고 하는 식이었다. 나는 용기를 내서 산티아고 순례길을 나섰다. 1차 산티아고 경험을 통해서 나는 기적을 체험하는 성과를 거두어 2년 뒤 나는 두 번째 산티아고 순례길을 떠났다. 역시 대만족이었다. 산티아고야말로 모든 여행을 통틀어 가장 강한 느낌을 갖게 했다.

그러나 인간이라는 존재는 시간이 가면 그때 느꼈던 강도가 약해져서 다시 초심을 잃게 마련이다. 밥을 계속해서 먹어야 하듯이 사람도 심리적으로 계속적인 에너지를 충전시켜 나가야 한다. 그래서 나는 대략 2년 주기로 한 달 이상의 장거리 여행을 하기로 마음을 먹었다.

지중해 여행은 이러한 과정에서 산티아고를 다녀온 후 2년 뒤 한 달 간

갔다 온 것이다. 지금까지 시중에 나와 있는 여행서적들을 보면 주로 여행에서 느낀 체험들을 고스란히 기록해 놓은 것들이다. 나는 이러한 팩트(fact) 위에 심리학을 접목시켜 보았다. 왜냐하면 보통사람들이 발견하기 어려운 이 심리학적 지식들을 여러 여행의 체험들과 연결시켜 본다는 것은 그 자체만으로도 매우 생산적이고 창의적이라는 생각을 했기 때문이다. 특히, 나는 상담심리학을 전공하고 많은 내담자를 상담해주는 역할을 하기 때문에 여러 이유로 상담실을 찾지 않는 사람들이나 또는 보통사람들이라 할지라도 내 글이 매우 유익하게 사용될 수 있으리란 확신이 들었기 때문이다.

일상적인 여행 이야기를 심리학적인 이론들과 연결시키는 작업은 매우 흥미롭다. 나는 이 책에 이어서 산티아고의 경험, 그리고 중남미의 체험들을 이어서 책으로 출간할 예정이다. 물론 그 이후로도 계속적으로 나는 고갱이 거주한 타히티나 터키의 서쪽 섬들, 동유럽과 북유럽 일대, 그리고 이 세계에 가보고 싶은 모든 곳을 여행을 해서 같은 방식으로 책으로 출간하려 한다. 그런데 이런 나를 보고 주변 사람들은 무척 걱정을 한다.

　나는 당장 금년 12월 27일부터 내년 2월 16일까지 장장 52일간의 대 여정을 중남미를 돌아보기로 계획을 세워놓았는데, 이런 나를 두고 가깝게 아는 지인은 내 아내에게 "아이고, 좀 말리셔요. 지금 나이가 얼마인데…" 하면서 손사래를 치며 무척 걱정을 한다. 그곳에 가면 지카 바이러스, 인플루엔자, 황열병, 그리고 말라리아 같은 질병에다가 총을 든 강도, 소매치기, 좀도둑 등 치안이 워낙 좋지 않으니 걱정을 하는 것은 무리가 아니긴 하지만 그래도 나는 간다. 그런 위험이 존재한다고 해서 못 간다면 여행은 너무 제약을 받을 수밖에 없다. 그런 역경에도 잘 다녀온 사람들이 있다는 낙관론에 기대를 한다. 그리고 무엇보다 나는 기독교인으로서 "내가 어디를 가든 늘 하나님께서 나와 함께 한다."는 믿음을 가지고 있다. 어려움이 많을수록 얻는 것도 많을 것이란 기대를 한다.

　아무쪼록 이 글이 치유의 경계를 넘어 보통사람들이 읽고 인생을 살아갈 수 있는 심리적인 힘을 얻었으면 하는 바람이다.

차례

그리스

크로아티아

이탈리아 ITALY

몰타 MALTA

GREECE
그리스

그리스 ●

앞에 보이는 것이 제우스 신전이고 뒤쪽 멀리 보이는 것이 그 유명한 아크로폴리스와 파르테논 신전이다.

지중해 여행의 첫 날,
그리스 아테네에 도착하기까지

아! 책에서만 보고 말로만 듣던 그리스를 드디어 내가 가게 되었다. 마치 꿈만 같았다. 오랫동안 준비를 했다. 근 6개월, 그 이전부터 나는 관련 서적을 읽고 비행기 표를 구매하기 시작했다. 내가 아테네를 가게 되다니, 이것은 실로 내 인생에서 중요하고도 놀라운 부분이었다. 여행을 위한 장비는 전에 두 번의 산티아고 길에서 사용했던 것을 그대로 사용해서 경비도 많이 절감할 수 있었다. 문제는 그리스 사태였다. 내가 출발한 2015년 7월 9일, 그 수개월 전부터 이미 그리스는 기의 매일 신문 지상에 좋지 않은 기사로 도배되고 있었다. 그렉시트(그리스의 유로존 탈퇴를 의미)라는 말도 나는 그때 처음 들었으며, 그리스가 선진국으로서 IMF 차관을 받았다는 것도 처음 알게 되었다. 나는 평소에 그리스, 하면 신(神)들의 나라이고 맘마미아 정도를 연상하며 참 신선하게 생각했다. 내가 알고 있던 한 사람이 결혼을 하여 신랑과 함께 그리스로 근무지를 받았다고 해서 두 딸을 가진 부모로서 무척 부러워했던 것이 그리스에 대한 나의 이미지이다.

그런 신들의 나라이자 오랜 문화와 역사를 가진 그리스로 내가 지중해 여행의 첫 출발 장소로 잡았는데, 공교롭게도 그리스 사태는 날이 갈수록 문제가 해결되기는커녕 악화되기만 했다. 아테네의 가장 중심가라고 하는 신타그마 광장에서는 분노에 찬 시민들이 연일 '오히(OXI, 반대라는 뜻)' 라는 구호를 외쳐 대면서 정부와 함께 유럽의 채권단에 맞서는 모습을 보고 나는 속이 타들어가는 심정이었다. 내 나라도 아닌데, 그냥 내가 여행할 첫 번째 장소라서 그런지, 아니면 무슨 이유인지 몰라도 나는 그저 매일 신문을 보며 그리스 사태가 원만하게 해결되기를 바랄 뿐이었다. 그러나 나의 기대와는 달리 내가 출발한 7월 9일보다 나흘 전에, 이미 젊고 잘생긴 치프라스 총리가 그리스의 사태에 대해 국민투표를 붙이기에 이르렀다. 결과는 반대, 그리스 말로는 오히(OXI)다. 내가 도착한 아테네의 도심 곳곳에서는 투표가 끝났어도 어디서나 '오히'라는 글자를 볼 수 있었고, 이런 낙서들을 볼 때 그리스가 얼마나 어려운 처지에 있고, 국민들의 감정이 고조되어 있는가를 충분히 느낄 수 있었다.

게다가 우리나라의 주요 일간지에는 거의 매일 같이 그리스의 사태를 기사화하며 주로 나쁜 쪽으로 써내려갔다. 가령, ITM(현금자동지급기) 기계 앞에는 주민들이 이삼십 명이 늘 줄지어 서있고, 이들은 때로 현금이 잘 나오지 않아 현금을 찾기 위해 대여섯 곳의 ITM 기계를 찾아 헤맨다는 기사를 내보냈다. 그리고 밀가루와 설탕 등의 생필품은 아예 사재기를 하고 있고 연금을 받는 사람들이 정부가 연금 지급을 중단해 거리의 곳곳에 거지로 전락하고 있다고 전했다. 더군다나 이들은 하루에 단 돈 60유로만을 기계에서 찾을 수 있으며, 그것마저 은행 문이 굳게 닫혀 있어 언제 개방할지 모른다는 암울한 기사들만이 가득 차 있었다. 그나마 한 가지 다행스러운 기사가 있었다면, 대학에서 그리스를 가르치는 교수가 현지에서 보내온 소식이다. 그에 의하면, "실제 현지에서는 전혀 그렇지 않은데 한국의 언론들이 그리스 사태에 관해 너무 소설을 쓰고 있다."고 불편한 심기를 드러내며 실제로는 생활에 별다른 불편이 없다는 것이다.

이런 불안한 상황 속에서 나는 여행의 코스를 바꿀 수도 없고 그렇다고 전체 여행을 포기할 수도 없었다. 결국 그 날이 돌아왔고 나는 불안한 마음을 완전히 떨쳐

아크로폴리스 지하철 역 앞, 첫 날 숙소가 있는 부근의 거리

내지 못한 채 대한항공과 러시아 항공을 번갈아 타고 모스크바를 경유하여 밤 11시를 넘어 아테네 공항에 무사히 도착했다. 나는 몇 달 간 그리스에 관해 연구를 한 덕분에 공항을 빠져 나오자마자 바로 X95번 버스를 찾았다. 공항 주변에는 불이 희미하게 켜져 있었고 매우 어두침침한 상태였는데, 우리 같으면 도심에서 버스표를 파는 창구처럼 그런 박스 안에서 시커먼 사람이 버스표를 구입하려는 나를 보고 다짜고짜 "프리(free)", "프리" 하며 손을 내젓는 것이었다. 버스표를 사려는 나는 이것이 무슨 소리인가, 처음에는 무척 혼란스러웠고 영어도 잘 못하는 나는 바로 당황하기 시작했다. 그런데 옆에 있던 몇 사람이 버스를 타기 시작했다. 그때서야 나는 비로소 '아! 버스가 그리스 사태로 말미암아 무료구나!', 하는 생각을 하게 되었다. 그러면서 박스 쪽을 보니까 창문에 어둡지만 분명히 보이는 글씨로 내일까지 돈을 받지 않고 그리스 아테네 시내의 모든 버스가 무료라고 영어로 기록되어 있는 것을 보았다. 아무튼 기분 나쁜 일은 아니고 현지 주민들이 덕을 보아야 하는데 관광객인 나도 덤으로 그리스 사태로 인해 5유로, 우리 돈으로 6,500원 정도의 버스를 공짜로 탈 수 있게 되었다. 버스는 자정이 다 되어 가는데도 신나게 달려 어두침침한 도심을 잘 빠져 나갔다. 나는 이미 알고 있는 정보를 통해 공항에서 신타그마 광장까지 50분 정도 걸린다는 사실을 잘 알고 있었기에, 드디어 역사적인 그곳에 잘 도착할 수 있었다. 그런데 알고 보니 X95번 버스는 공항에서 출발해 이곳이 종점이었다.

문제는 여기서 숙소를 어떻게 찾아가는가, 하는 것이었다. 숙소는 지도에서 약 1.2㎞ 떨어진 곳에 위치해 있었는데, 나는 밤에 도착할 것을 고려해 가급적 큰 도로 옆에 숙소를 마련해 두었다. 그래서 몇 번의 지도 예행 연습한 것을 토대로 신타그마 광장에서 국립정원과 제우스 신전을 향해 발걸음을 돌렸다. 자정이 이미 지난 시간이지만 거리에는 간혹 승용차와 택시들이 환하게 붉빛을 비추며 달리고 있었고, 제우스 신전 쪽으로 내려가는 보행로에는 간혹 사람들이 한두 명씩 걸어 다니고 있었다. 나는 무거운 배낭을 어깨에 메고 숙소를 향해 땀을 흘리며 열심히 걷기 시작했다. 그때부터 나는 여행이 끝날 때까지 스마트폰의 구글 지도를 이용해서 숙소를 찾았다. 정말 현대문명의 좋은 점을 나는 잘 활용했다. 구글 지도는 현지에서 단 10m의 오차도 나지 않고 내가 원하는 장소로 정확히 안내해 주었다. 길을 걷다가 첫날부터 혹시 강도를 만나 돈을 강탈당하면 어떡하나, 하는 기우(杞憂)는 결코 내게 일어나지 않았다. 그래도 나는 매우 조심스럽게 열심히 길을 걸어 마침내 내가 정한 숙소 가까이에 갔다. 그곳이 아크로폴리스 지하철 역 근처였는데, 그곳은 역시 세계적인 관광지여서 새벽 1시가 다되어 가는 시간에도 마치 저녁시간처럼 많은 사람들이 거리에 나와 맥주와 음료수를 마시고 있었고, 큰 상점들은 문을 열어 놓은 상태였다. 나는 이제 안심이 되었고 부지런히 지도를 보며 숙소를 찾기 시작했다. 그런데 그리스뿐만이 아니라 대부분의 유럽에서 다 그런 것이 뭐냐하면 숙소에 간판이 없다는 것이다(물론 큰 호텔은 간판이 다 있다. 나의 경우 경비 절약과 배낭여행의 진수를 맛보기 위해 일부러 도미토리 숙소를 선택했다.). 간판이 있어야 찾아갈 터인데 간판이 없으니 내가 아무리 숙소 근처에 도달해도 실제 숙소를 찾기가 매우 힘이 들었다. 그래서 주변에 가서 맥주를 마시고 있는 네댓 사람의 젊은이들에게 물어보니 자기들이 앉아 있는 테이블에서 불과 5m 떨어진 곳을 안내해주며 그곳이 바로 내가 찾고 있는 숙소라는 것이었다. 알고 보니 숙소 입구 창문에 숙소 명칭을 하나 적어놓은 것이 전부였다. 간판은 아예 찾아볼 수가 없었다. 이런 것은 로마나 스플리트, 그리고 두브로브니크에서도 모두 마찬가지였고 심지어 창문에 숙소 명칭을 써놓는 게 아니라, 아주 조그마한 명함 같은 것을 입구에 배치해 놓은 곳도 즐비했다.

이렇게 어렵게 찾은 숙소 문을 열고, 나는 담당자에게 여권과 예약 영수증을 보여주었다. 그러자 담당자는 내가 찾는 숙소는 이곳이 아니라 그곳에서 약 100m 떨어진 곳에 위치해 있다는 것이다. 그것은 자기들이 건물두 개를 가지고 있는데, 예약은 그곳에 분명히 했지만 손님을 분배하다보니 나는 다른 곳으로 가라는 것이다. 나는 100m 정도야 아무 것도 아니라고 생각한 나머지 오판을 하고 말았다. 내가 그 동네 일대를 몇 번이나 돌아도 그가 말하는 숙소는 보이지 않았다. 내가 물어물어 겨우 찾았더니 이 숙소는 아예 겉으로 잘 보이지도 않는 주택가 안에 숨어있었다. 숙소를 찾아 들어가는 골목 자체도 사람이 바로 옆을 지나가도 알 수 없을 만큼 그렇게 후진 곳에 위치해 있었다. 시간은 어느새 새벽 2시를 가리키고 있었고 나는 그때서야 비로소 나의 침대에 겨우 짐을 풀 수 있었다. 다른 여행자들이 모두 잠들어 있어 나는 숨을 죽이며 조용히 잠자리에 들었고, 이렇게 그리스의 첫 날을 맞이했다.

나는 이러한 여행 경험을 통해 삶의 중요한 교훈을 발견했다. 뭐냐 하면, 나는 상담심리학자로서 학생들에게 많은 강의를 하고 또 상담을 실제로 하고 있는데, 이론 가운데 게슈탈트 학파의 '접촉(contact)'이란 개념이 있다. 접촉에는 오감(五感)의 다섯 가지와 말하기(talking), 그리고 행동하기(acting)를 포함해 모두 일곱 가지가 있는데, 이것이 그렇게 중요하다

는 것이다. 그런데 정말 맞았다. 내가 그리스로 오기 전만 하더라도 내 마음이 얼마나 초조하고 불안해했던가. 나는 그리스 사태에 대해 연이어 나쁜 기사들을 쏟아낸 언론만 믿고 있다가, 막상 그리스 현지에 도착하니 앞에서 언급한 것처럼 그 기사들이 마치 소설을 쓰고 있다는 한 칼럼니스트의 말이 맞았다는 사실을 실감할 수 있었다. 다시 말해 나는 언론보도처럼 그렇게 무섭고 위험하며 생활이 불편하다는 그런 느낌을 그리스에 머무른 며칠 동안 전혀 느끼지 못했다. 공항에 도착하자마자 한국 영사관에서 문자로 "그리스는 경제가 악화되어 절도나 소매치기가 많으니 조심하라."는 내용도 거의 현실과는 맞지 않는 동떨어진 개념이다. 도착해보니 모든 게 정상적이었고, 다만 식당이나 숙소 등 대부분의 모든 곳에서 신용카드 결제만 되지 않고 현금으로 요구할 뿐 식당 사용이나 슈퍼마켓 이용, 가게, 교통 등 아무런 문제가 없었고, 그리스 사람들 역시 아주 평온해 보였다. 역시 문제는 현실과 직접 부딪쳐 보아야 한다. 그렇지 않고 가만히 앉아 공상에 빠져있거나 부정적인 것에 대해 예상불안만 하고 있다면 그런 사람은 스스로 무기력해지고 자신을 허공에 던져버리게 되며, 이로 인해 삶의 의미를 상실하게 될 확률이 높다.

현재 우리나라에서 청년실업이니, 백수니, 하면서 언론들은 너무나 직업을 찾기가 어렵다고 보도하고 있는데, 이러한 것도 엄격히 따지고 보면 사실과 맞지 않는 내용이다. 그런 것들이 부분적으로는 있을지 모르지만 개인은 자신이 하기에 따라 얼마든지 그 상황을 피해갈 수 있다. 그리고 개인은 그런 부정적 보도에 기죽지 말고 일단 무슨 일이든 현실과 부딪혀 봐야한다. 그러다보면 그런 사람은 거기서 또 다른 문제해결의 통로를 만날 수가 있게 될 것이다. 다시 말해 대다수의 사람들은 실제 상황에 부딪혀 보지도 않고 단순히 돌아가는 겉모습에 기가 죽어 그냥 하염없이 주저앉아 있다고 봐야한다. 상담에서 '좌충우돌'이란 말이 있는데, 이 말이 이런 때 필요한 것이다. 자신의 눈높이를 낮추고 무슨 일이든 과감하게 덤벼보라. 이렇게 용기 있는 자는 분명히 실패를 통해 성공의 문을 만나게 될 것이다. 그럼에도 불구하고 현대의 많은 사람들이 객관적 상황이나 보도에 사로잡힌 나머지 막연한 불안감을 갖기 때문에 저절로 자신은 실업자가 되는 것이고 문제해결능력도 없게 되어 그저 멍청한 사람의 대열에 합류하게 되고 만다. 참으로 안타까운 일이다.

내가 한 달간 여행하는 동안 몇 명의 내담자가 내게 문자를 보내왔다. 그 가운데 한 명은 아직 만나보지 못한 내담자였지만 누구의 소개로 연락이 왔는데, 내가 보기에 그녀는 정말 삶에 대해 힘이 없고 정신적으로 지쳐있는 모습을 보였다. 남편도 고위직 공무원이고 정상적인 가정을 가지고 있었지만 50대인 그 여성은 그저 무기력한 모습을 보이며 어찌 보면 죽음을 기다리는 것처럼 그렇게 느껴졌다. 이런 점에서 앞에서 언급한 '접촉'의 개념은 우리에게 무척 중요한 의미를 전달해주고 있다. 두려워하지 말고 무슨 일이든지 일단 부딪쳐 보라. 그리고 그 다음에 상황을 보아가며 문제를 해결해가면 된다. 그렇지 않고 시작 자체를 하지 않고 그저 허무

한 생각만 하고 움직이지 않으니 바보 멍청이가 되는 것이다. 접촉, 다시 말해 오감(시각, 청각, 미각, 후각, 촉각)과 말하고 행동하는 이 일곱 가지를 제대로 활용해보라. 너무나 중요한 것이다. 실패도 성공의 어머니라 했지 않는가. 일단 부딪히며 모든 문제를 해결해가야 한다. 물론 증상이 심한 경우 이러한 사람들은 스스로 시도 자체를 할 엄두를 내지 못하는 경우도 발생할 수 있다. 이들은 혼자서 문제해결을 하기보다는 가까운 상담자나 정신과 의사의 도움을 받아야 한다. 인생은 한 번 살다가 가는 것이다. 그렇다면 보다 행복한 삶을 살아야 하지 않겠는가. 이런 점을 고려한다면 설사 우리 앞에 불확실한 안개가 잔뜩 찌푸린 채 가로막고 있다 하더라도, 우리는 그것을 두려워하기보다 정면 돌파하며 뚫고 나가야 한다. 그런 도전과 용기가 21세기를 살아가는 우리 모두에게 절실히 필요한 때이다.

방탕한 도시의 대명사,
코린토스

고린도, 코린토스(Corinth)는 이번 지중해 여행 중에 내가 가장 가보고 싶은 여행지 가운데 하나였다. 왜냐하면 하나님을 믿는 나로서는 늘 성경에 나오는 고린도전서 13장(사랑에 관해 다룸)을 자주 보게 되는데, 내가 그 역사의 현장으로 떠난다는 사실 자체만으로도 엄청난 일이라고 생각했기 때문이다. 뿐만 아니라 내가 출석하는 교회의 담임 목사님은 기회 있을 때마다 고린도가 매우 타락한 도시이며 사도 바울이 이곳에서 전도를 했다는 그런 기억들이 내게 고스란히 남아있기 때문이다. 그래서 나는 아테네에 도착한 첫 날 아침에 어디를 먼저 갈까 생각하다가 고린도를 생각했다. 그런데 나는 고린도로 바로 가지 않고 여유를 부린다고 그리스의 최대 항구인 피레우스(Piraeus)를 먼저 찾았다. 피레우스는 도심 아테네에서 가까이 있는 항구로 이곳에서 로마나 크레타, 산토리니 등 여러 주요한 섬이나 도시, 그리고 국가로 이동할 수 있는 곳이기 때문에 여행을 준비하

면서 은근히 내 마음속에 지중해를 배로 이동하고 싶은 욕구가 작용했던
것 같았다. 그리고 나는 아테네를 여러 지역으로 이동하는 전진 기지(base
camp)로 생각하고 여행 계획을 짰기 때문에 코린토스는 아테네에서 가까
워 내가 4일간 아테네에서 머무는 동안 언제든지 갈 수 있을 것이라 편하
게 생각했다. 그래서 지하철을 타고 나는 피레우스 항구로 갔다. 이날까지
지하철은 공짜라 꽤나 재미있었다. 비록 1.5유로의 가격이지만 내가 돈을

기원전 5세기경에 세워져 연간 2,000만 명의 승객을 수송하는 유럽 최대의 관문인 피레우스 항구

내지 않고 이곳저곳을 마음대로 다닐 수 있다니, 그런 경험을 한 번도 해보지 않은 나로서는 꽤나 마음이 들떠 있었던 것 같았다.

나는 피레우스 항구 지하철역에 내려 마침 큰 배 두 척이 정박해있어 당장 어디든지 배를 타려했다. 그러나 배를 타려면 몇 시간을 기다려야 한다는 말에 나는 다시 코린토스로 향했다. 코린토스를 가기 위해서는 버스를 타야 하는데, 아테네 시내에서 시외버스를 타기 위해서는 유의를 해야 했다. 왜냐하면 코린토스를 포함해 올림피아, 스파르타, 데살로니끼 방향으로 가는 터미널 A(키피소스 버스 터미널)가 있고, 〈꽃보다 할배〉에서 최지우와 이서진이 사랑의 장난을 하던 메테오라와 아폴론 신전이 있는 델피를 가려면 터미널 B(리오시온 버스 터미널)로 가야만 하기 때문이다. 나는 터미널 A로 가기 위해 몇 사람에게 물어보았다. 그러나 현지에서 터미널 A, B 하면 아무도 모른다. 그것보다는 오히려 자신이 어디를 간다고 목적지를 이야기하는 것이 더 편하다. 나는 우선 오모니아 광장으로 이동해서 그곳에서 51번 버스를 타야 하는데 말이 그렇지 이 모든 것이 쉽지 않다. 가이드가 없는 이상 나 혼자 모든 것을 해결해야만 한다. 나는 오모니아 광장까지는 신타그마 광장에서 지하철 두 정거장 정도의 거리라 걸어서 이동했는데, 51번 버스를 타는데 시간이 많이 소요되었다. 아침 일찍 숙소를 나섰던 나는 점심시간이 다 되어서야 기대하던 코린토스 행 버스를 탈 수 있었다. 가격은 왕복 15유로. 나는 에어컨이 나오는 시원한 버스에 몸을 실은 채 정말 역사적인 현장인 코린토스를 방문하게 된다는 기대

역사적인 코린토스 시내 풍경

감에 차있는 상태로 아테네 시내에서 약 한 시간 거리에 있는 코린토스로 향했다. 나는 이동 도중 가장 기대했던 코린토스 운하를 보기 위해 동분서 주했다. 운하는 시내 진입 6㎞ 전방에 있었는데, 버스기사는 이곳에 아가 씨 한 명을 달랑 내려주고는 곧장 목적지인 코린토스를 향해 서둘러 출발 했다. 나는 그 순간 그런 기사와 버스에 대해 매우 서운한 감정을 가졌다. 이런 유명한 역사의 현장에서 사진도 찍고 커피 한 잔을 마실 시간을 주면 얼마나 좋을까, 하고 나는 생각을 했다. 그러나 그런 생각은 어디까지나 나만의 착각에 지나지 않았고 버스는 코린토스를 향해 무작정 달려 불과 그곳에서 10분이 채 안 되어 코린토스 시내에 도착했다. 그 다음이 문제였다. 코린토스는 내가 생각했던 그런 코린토스가 아니었다. 그저 작고 아담하며 우리 같으면 소도시 정도의 평범한 마을이라는 생각 외에 이곳이 그렇게 엄청난 역사적 현장의 기억을 담고 있는 곳이라는 생각은 조금도 나지 않을 정도였다. 도시가 적은데 비해 거리를 활보하는 사람들의 발걸음은 꽤나 활기차 보였다. 나는 이곳이 성경에 나오는 그런 부패된 코린토스의 모습이라고는 전혀 상상조차 할 수 없었다. 나에게는 이곳이 그저 평범한 작은 도시와 같게 느껴졌다. 나는 속으로 '이게 뭐냐!' '괜히 온 것 아니야!' 하는 투정과 함께 어떻게 해야 하나를 생각했다. 그때 생각난 것이 코린토스의 유적지이다. 오기 전 연구를 했던 〈Just go, 그리스〉라는 책을 보니 코린토스에서도 꽤나 유적지가 있는 것 같던데 내가 어떻게 그곳을 가야하나를 고민했다. 그런데 나는 정확한 정보를 몰라 그냥 '그곳으로 가기 위해서는 차를 렌트(rent) 해야 하겠지!' 하는 안이한 생각으로 나는 코린토스의 유적지를 포기하고 말았다. 시간이 지난 지금 돌이켜 생각해보니 내가 읽은 또 다른 그리스에 관한 책의 저자가 차를 렌트해서 펠로폰네소스 반도의 구석구석을 돌아다니는 모습을 읽은 적이 있는데, 내가 거기에 영향을 받은 것 같았다. 그래서 나는 이곳의 유적지 방문을 위해서는 당연히 차를 렌트하거나 관광버스를 이용해야 한다는 생각에만 젖어 있었다. 그런데 귀국 후 사실관계를 파악해보니 아뿔싸, 코린토스의 유적지는 내가 내린 코린토스의 시외버스 정거장에서 바로 이어 로컬(local) 버스를 타고 20분 정도만 이동하면 되는 곳에 위치해 있었다.

그런데 문제는 내가 코린토스의 유적지를 갔느냐, 아니냐를 떠나 그곳이 역사적으로 너무나 중요한 곳이었기에 이 글을 쓰면서 기회를 잡아 언제 다시 그곳을 방문한다는 계획을 마음 깊이 가지게 되었다. 산티아고를 첫 번째 걸었을 때도 너무 아쉬워 한국에 도착하자마자 바로 '언젠가 꼭 두 번째 순례길을 걸을 것이다.'고 했는데 결국 2년 만에 다시 가게 되었다. 그런데 이곳 코린토스도 마찬가지이다. 나는 코린토스, 하면 운하가 가장 인상 깊어서 유적지를 쉽게 포기한 대신 시외버스 담당 아가씨에게 물어서 다시 버스를 타고 운하 쪽으로 갔다. 그곳에 도착하니 역시 기대했던 대로 속이 시원했다. 코린토스의 운하를 내가 직접 볼 수 있다니, 이것은 실로 감동적이었고 꿈만 같았다. 관련 역사를 읽어보니 기원전 7세기경부터 그리스 사람들은 이곳에 운하를 만들 계획을 세우다가 쉽게 포기하고 카이사르 시대에 와서 실제 건설에 착수하려 했으나 무려 70m가 넘는 돌산을 깎는다는 자체가 당시의 기술로는 임두가 안나 좌절하고 말았다고 한다. 이어서 네로황제가 유대인 노예 6,000명을 동원해 운하 작업에 도전했지만 중도에 많은 사람들이 굶주림과 중노동으로 쓰러져 이 역시 공사가 중단되고 말았다. 총 길이 6.4㎞ 폭 25m, 깊이 70m에 이르는 운하를 건설한다는 것은 당시의 기술로서는 도저히 감당할 수 없는 대역사이어서 모두가 실패하고 말았다. 그러다가 19세기에 들어서야 프랑스의 건설회사가 착수해 중도에 포기한 것을 그리스의 제2대 국왕이었던 게오르그 1세가 모든 역량을 다해 끝까지 추진해서 1893년에야 비로소 지금의 운하를 완성할 수 있었다고 한다. 여기서 재미있는 사실은 2004년 아테네 올림

암벽을 깎아 만든 고린도 운하

픽 때 한국의 양궁 감독이 남녀 선수들을 모두 이곳으로 데리고 와서 선수들의 성적을 올리기 위한 훈련과정으로 모두에게 번지점프를 시켰다는 사실이다. 그것도 감독 자신이 가장 먼저 시범을 보이고 연이어서 점프를 할 사람을 지원받은 결과 박성현, 이성진, 윤미진, 그리고 남자 선수 순으로 결정이 나서 그렇게 점프를 했는데 공교롭게도 올림픽의 성적이 번지점프를 먼저 뛴 사람부터 그대로 나왔다는 사실이다. 당시 개인전에서 박성현이 금메달, 이성진이 은메달을 땄고, 윤미진은 메달을 따지 못했으나 이전 대회인 시드니 올림픽에서 개인전 금메달을 땄다. 남자의 경우는 개인전에서 메달을 하나도 따지 못했고 다만 단체전에서 금메달을 수상했다. 사실 나를 보고 그곳에서 번지점프를 하라고 했으면 나는 무슨 일이 있어도 하지 않는다고 손사래를 쳤을 것이다. 그 이유는 실제 그곳 현장에 직접 가보면 자연적으로 알게 된다. 물이 너무나 시퍼렇게 보이고 위에서 아래를 내려다보면 아주 무섭게 느껴졌다. 그런데 이런 곳에서 감히 번지섬프를 하다니 나는 그들의 시도가 실로 대단하다는 생각이 든다. 역시 올림픽 대표선수는 아무나 하는 것이 아니다.

이렇게 해서 나는 코린토스를 방문한 것에 대해 소정의 성과를 거두고 왔다고 생각했는데, 다시 아테네 시내로 돌아온 결과, 뭔가 허전한 마음을 지울 수 없었다. 왜냐하면 아무리 자유여행의 한계가 있다고 하지만 렌트를 싫어하는 내가 현지의 산기슭에 있는 유적지를 포기했다는 사실은 수용할 수 있지만 그러나 그렇다고 해서 그곳에 있는 유적지를 그대로 둔 채 돌아왔다는 것은 쉽게 받아들일 수 없는 부분이다. 더군다나 조금만 더 관심을 기울였다면 로컬 버스를 타고 내가 내린 시외버스터미널에서 바로 유적지로 이동할 수도 있지 않았는가, 하는 아쉬움이 진하게 남아있다. 돌아와서 보니 〈Just go, 그리스〉에는 현지 사정에 대해 자세히 소개되어 있었다. 그럼에도 불구하고, 나는 이 책을 구입해 놓고도 단지 무겁다는 이유만으로 배낭에서 빼버렸으니 실로 큰 실수를 한 셈이다.

코린토스의 유적지에는 다음의 유적들이 있다. 가장 먼저 아크로코린토스를 들 수 있는데, 여기서 말하는 아크로라는 말은 '언덕'이라는 뜻의 그리스어이다. 나중에 나오는 아크로폴리스도 그리스어로 '높은 언덕 위에 있는 도시, 혹은 마을'이란 뜻이다. 아무튼 유적지의 중심은 이 아크로코린토스를 중심으로 전개되는데, 약 600m의 언덕 아래에 지금도 당시의 많은 유적들이 남아있는 것을 인터넷을 통해 금방 확인할 수 있다. 아고라라는 당시의 시장, 공중목욕탕, 음악당, 옥타비아누스 신전, 우물, 아폴론 신전, 극장 등등. 그런데 무엇보다 중요한 부분은 성벽으로 이루어진 이 아크로코린토스 안에서 당시 천 명이 넘는 여사제(女司祭)들이 방탕한 생활을 했다는 사실이다. 역사적 기록으로는 원래 이 언덕 위에는 미(美)의 여신인 아프로디테의 신전이 있었는데, 이 신전을 지키는 여사제들이 매일 밤 매춘(賣春)을 통해 향락을 누리고 심지어는 부자(父子)간에도 그런 행동을 저질렀다고 하니 당시의 도시가 얼마나 방탕한 생활에 젖어있는가를 짐작할 수 있다. 이유는 아프로디테 신전에 바칠 제물을 사기 위해 돈을 벌 수

단으로 했다고 한다. 이런 모습을 보고 당시 에베소에 있
던 사도 바울이 서신을 써서 보냈던 것이 바로 고린도전
서이다. 또한 성경의 사도행전 18장을 보면 사도 바울이
아테네에 있다가 이곳 코린토스를 방문해서 1년 6개월
동안 전도를 하고, 여기서 갈리오라는 로마 총독으로부
터 재판을 당하는 그런 역사적인 장소가 바로 이곳이라
는 사실을 알 수 있다.

이렇게 중요한 장소를 못보고 그냥 수박 겉핥기식으로
관광을 마친 나는 지금도 너무나 아쉬운 마음이 간절히
든다. 한편으론 내가 그런 나 자신에게 스스로 화가 나기
도 한다. 그러나 생각하기에 따라 '여행이란 모든 것을 보
기 위한 것이 아니다.'라는 평소의 내 생각에 비추어보면
그리 아쉬울 것도 없다. 나는 이러한 상황도 순수하게 잘
받아들일 수 있고, 또한 그 자체가 바로 여행이라고 생각
한다. 나는 평소에 내가 지금까지 인생을 너무나 교과서
적으로 살아왔고 또 나에게 주어진 과제에 대해 이것을
마치 숙제를 풀듯이 살아온 것에 대해 싫어했다. 그러니
이런 정도의 실수에 대해 내가 나 스스로에게 자꾸 반복
해서 질책할 필요는 없다고 본다. 다만 기회가 된다면 아
내와 함께 메테오라를 포함해서 성지순례 겸 이곳 아크

제우스 신전 가까이에 있는 하드리아누스 아치. 132년에 세워졌으며 '로마의 문'으로 불린다.

로코린토스 유적지를 다시 다녀오고 싶을 뿐이다.

심리학에서는 이런 현상을 '수용(acceptance)'이라고 한다. 이 말의 뜻은, 사실을 부정하거나 거부하는 대신 '있는 그대로'를 솔직히 받아들인다는 것이다. 그러면 당사자는 마음이 편해질 것이다. 그렇지 않고 누군가가 자신에게 발생한 사실에 대해 이를 부정하거나 받아들이지 않게 되면 그는 그때부터 마음이 몹시 괴롭고 힘들어지며, 때로는 비판적인 사람이 될 수도 있을 것이다. 게다가 이럴 경우 그는 스트레스를 쉽게 받아 이를 축적해서 육체적인 병으로도 이어지게 될 확률이 높다. 최근에 "존치교실" 또는 "기억교실"이란 용어가 새롭게 등장했다. 내용인즉, 2014년 4월에 발생한 세월호 사건에 대해 유가족과 재학생 학부모들의 의견이 달라 당시 학생들이 사용한 10개의 교실을 학생들에게 사용하게 하지 말고 일정 기간 또는 영구 존치하자는 데서 비롯된 말이다. 이로 인해 교실이 부족한 나머지, 교장실이 컨테이너로 옮겨지는 안타까운 사태까지 발생했다. 사건이 발생한 당시를 생각하면 하늘이 두 쪽이 난다 해도 유가족들의 아픈 마음을 그 어느 누구도 헤아리기 어려울 것이다. 그 만큼 그들의 마음은 고통스러웠을 것이고 삶에 대해 회의를 느끼게 되는 참담한 심정까지 갔을 것이다. 그럼에도 불구하고 나는 살아있는 사람들을 위해 그 사건을 기억(memory)보다는 망각(forgetfulness)으로 이어가야 한다고 본다. 이렇게 말한다면 사건을 당한 당사자들은 '어떻게 그 일을 잊을 수가 있겠느냐?'고 항변할지 모르지만 그래도 본인의 안녕(wellbeing)을 위해서라면 기억보다는 망각에 의존해야 할 것이다. 이와 관련해 심리학자 윌리엄 제임스(W. James)는 "인간이 만약 모든 것을 기억한다면 아무 것도 기억하지 못하는 것과 마찬가지로 슬픈 인생을 살아가게 될 것이다."라고 말한 바 있다. 이처럼 인간에게는 기억 대신 망각이 때로는 필요한 것이다. 이런 점에서 해당 학교에서 그 사건으로 인한 여러 교훈이나 아니면 다른 재학생들의 죄책감이나 고통을 해결하기 위해 필요하다는 '기억교실'은 당사자들의 마음이 아프더라도 이를 재고할 필요가 있다고 본다. 다시 말하지만 인간에게는 기억만 필요한 것이 아니라 때로는 망각이 최선일 경우가 있다. 그 일이 머릿속에서 잊혀 지지 않고 아무리 고통스럽다 하더라도 그 일을 오랫동안 기억하는 것은 산자와 죽은 자 모두에게 더욱 고통을 심화시킬 뿐이다. 이런 점에서 어떤 어려움이 있다 하더라도 이미 발생한 사건에 대해 이를 거부나 기억이 아닌 수용과 억압, 그리고 망각을 하는 것이 심리적으로 더욱 건강한 삶을 살게 해줄 것이라고 나는 믿는다.

이 수용이라는 개념과 함께 심리학에서는 '있는 그대로 존중'한다는 개념 역시 매우 중요하게 다룬다. 칼 로저스(C. Rogers)가 주장한 이 개념은 실제로 인간관계나 자녀를 양육하는 과정에서, 그리고 부부관계에서도 중요하게 사용될 수 있는 개념이다. 가령, 자녀가 청소년 시기에 말썽을 많이 피운다든가, 때로는 남편이나 아내가 서로 마음에 들지 않는 행동을 하고, 또 자녀가 직장을 잡지 못해 오랫동안 망연자실하고 허망한 시간을 보내는 것을 보면 당사자는 정말 힘든 시간을 보낼 것이다. 그럼에도 불구하고 이 '있는 그대로 존중'해 준다는 개념은 어느 정도의 시간이 경과한 후 바로 치유(healing)의 열매를 맛보게 할 수 있는 그런 중요한 역할을 수행한다. 물론 그 과정에서 많은 인내가 필요할 것이다.

 이러한 것 외에 이번 코린토스 여행을 통해서 얻은 교훈이 있다면 그것은 바로 성(性)에 관한 문제이다. 앞에서 언급한 것처럼 내가 이 코린토스를 가장 가고 싶은 여행지 가운데 하나로 삼은 것은 바로 아크로코린토스에서의 부패된 생활상에 대한 관심 때문이었다. 나는 남은 생을 창조주가 보기에 순수하고도 깨끗한 삶을 살고 싶다. 그러나 그것이 참 어렵고 실천하기가 무척 힘들 때가 많았다. 지금도 뉴스를 보면 지위고하를 막론하고 인간의 범죄행위가 크게 두 가지로 보이는데, 하나는 바로 이 성적(性的)인 타락행위이고 다른 하나는 부정한 방법으로 돈이나 물건을 받는 물질적 탐욕이다. 가까이는 제주도 지검장 사건, 국회의원의 뇌물 사건 등을 들 수 있다. 이런 성과 뇌물 사건은 비단 그들뿐만 아니라 세상의 모든 사람들이 관련되어 있고 조심해야 할 부분이다. 몇 년 전 발생한 IMF 총재의 사태는 정말 이런 사건을 대표적으로 말해주는 것이다. 보도에 의하면 스트로스칸은 IMF 총재직을 마친 후 프랑스의 차기 대통령으로 매우 유력했던 사람이라고 한다. 그런 그가 뉴욕의 한 호텔에서 청소부 흑인 아줌마와 한 단 한 번의 성관계로 온 세계가 떠들썩했고, 본인은 저 수만리 절벽 아래로 추락했다. 그리고 그 가족이 입은 정신적 피해는 이루 말할 수 없을 정도로 컸을 것이다. 이런 성(性)과 물질적 탐욕 가운데 중요한 하나를 차지하는 교훈을 이 코린토스에 느끼고 싶었는데 나는 유적지 대신에 운하를 택하고 말았으니 분명 잘못한 것이다. 하지만 어쩌겠는가, 이미 물은 엎질러진 것이고 아테네나 그리스, 그리고 코린토스가 집 앞마당 앞에 있는 것도 아닌데, 나의 여행을 부정할 수는 없지 않는가. 대신 이러한 모든 것을 수용하면서 기회가 되면 다음에는 아내와 함께 꼭 이곳을 다시 찾을 것이다.

코린토스, 하면 참 아쉬움이 많이 남는 코스지만 그러나 그곳의 유적을 생각하면서 성경에서 말하는 늘 '절제하고 깨어있으라(self controlled and alert)'는 주문은 내 귓가에서 영원히 남게 될 것이다. 그것만으로도 나에게 코린토스의 여행은 매우 값진 것이다. '깨어있으라. 그렇지 않으면 주변의 사탄에게 당하고 만다. 그러니 늘 깨어있으라!', 내 귓가에 항상 머물고 있는 말이다.

신과 인간의 문제,
아크로폴리스와 고대 아고라

아크로폴리스(Acropolis)! 그 이름만 들어도 대단하다는 느낌이 든다. 왜냐하면 대부분의 사람들이 그리스, 하면 이 아크로폴리스를 대표적인 명소로 삼고 실제로 내가 그리스에 첫 발을 내딛었을 때도 오직 아크로폴리스라는 단어만 꺼내면 쉽게 길을 안내해주고 그쪽 사람들이 알아듣기 때문이다. 앞에서도 언급했지만 '아크로'라는 말은 높은 곳, 즉 언덕을 뜻하며 '폴리스'는 도시를 말한다. 이름 하여 '높은 곳에 세워진 도시'라는 의미를 품고 있는 이 아크로폴리스는 그리스 아테네의 중심부 높은 언덕 위에 위치해있다. 그리고 아크로폴리스, 하면 반사적으로 나오는 말이 파르테논 신전이다. 기원전 5세기 중엽에 세워진 파르테논 신전은 유네스코가 지정한 세계문화유산 1호이면서 신(神)들의 나라인 그리스에서 아테나라는 여신을 모시는 신전이다. 그래서 세계의 많은 관광객들은 도리아 양식으로 지어진 건축물 가운데 세계에서 가장 잘 지어졌다는 이 파르테논 신전

아래에서 위로 쳐다본 아크로폴리스 전경

기원전 5세기에 세워진 파르테논 신전은 세월의 풍파에 견디지 못해 늘 보수작업을 해야 한다.

을 보기 위해 세계 곳곳에서 이곳을 방문하는 것이다.

나는 7월의 초순이 끝나가는 시점에 그리스 아테네를 방문했기 때문에 날씨가 무척 더웠다. 아니 더웠다는 표현 대신에 뜨거웠다는 말이 맞는 것 같다. 한 마디로 뜨겁게 내리쬐는 땡볕에 나는 숲이 거의 없다시피 하는 아크로폴리스를 올라 파르테논 신전을 감상하고 사진도 몇 장 찍었다. 그것도 한 번이 아쉬워서 산토리니를 다녀온 뒤 아테네로 돌아왔을 때 다시 뜨거운 태양을 맞으며 같은 언덕길을 올랐던 기억이 새롭다. 내가 본 아크로폴리스와 파르테논 신전은 놀랍다기보다는 그저 무덤덤했다는 표현이 진실에 가깝다. 그 만큼 나 스스로 이런 문화 유적지에 문외한인지 아니면 관심을 덜 두어서인지, 말로만 듣던 위대한 건축물이 있는 아크로폴리스 현장을 방문해서도 나는 그냥 무덤덤하게 느껴졌을 뿐이었고 오히려 빠른 시간 안에 하산해서 시원한 장소에서 음료수를 마시고 싶기도 했다. 나는 이곳에서 느낀 감정보다는 오히려 언덕 저 아래에 위치해있는 제우스 신전을 방문해 그곳의 건축물을 보고서야 비로소 '어떻게 해서 이 건축물이 이천 년이란 긴 세월을 견뎌낼 수 있었을까'에 대해 매우 감탄을 했다.

글을 쓰기 위해 인터넷을 통해 자료를 조사해 보았더니 서울대학교에 '아크로폴리스 광장'이란 곳이 있다고 한다. 학교 본관과 도서관 사이에 있는 이 광장에는 1970년대 후반부터 나라의 장래를 염려해서 정부의 탄압에 맞서는 민주 열사들의 우렁찬 함성이 그치지 않는 민주주의의 요람이라고 했다. 그런데 광장 이름이 바로 그리스의 성지인 이 아크로폴리스라는 명칭을 그대로 사용하였는데, 사실 그리스 아테네의 아크로폴리스는 민주주의의 요람이 아니다. 말 그대로 언덕 위에 있는 도시를 뜻하며, 아테네를 지켜주는 여신인 아테나를 모시는 신전일 뿐이다. 만약에 서울대학교가 그곳 광장 이름을 정할 때 그리스의 아크로폴리스가 민주주의의 요람이어서 그대로 이름을 모방했다면 지금에라도 다른 이름으로 변경하는 것이 맞는데 그럴 경우, 그 이름이 아크로폴리스가 아닌 '아고라(Agora)'가 되어야 한다고 생각한다.

디오니소스 극장과 신 아크로폴리스 박물관, 그리고 아크로폴리스에서 바라본 아테네 시내 풍경

나는 두 번씩이나 뜨거운 태양을 뒤로 하며 그곳 아크로폴리스 언덕을 올랐지만, 실제 민주주의의 요람이자 정치, 경제, 종교, 예술인들의 삶의 터전이었던 고대 아고라를 보지 못한 채 그만 하산하고 말았다. 이유는 여행 출발 직전까지 나는 아고라가 그렇게 중요한 역할을 했던 곳이라는 사실 조차도 몰랐고, 이런 무지로 인해 나는 아예 아크로폴리스 뒤쪽으로는 가지 않았기 때문이다. 지금 가지고 온 사진을 봐도 헤로데스 아티쿠스 음악당과 푸른 숲에 쌓인 돌로 된 자그마한 언덕만이 보일 뿐이다. 앞에서도 말했지만 나는 이번 여행을 위해 꽤나 긴 시간인 6개월간 정말 열심히 여행 준비를 했지만 코린토스에서 핵심인 구시가지의 유적지를 빼고 운하만 보고 왔듯이 이곳 아테네 아크로폴리스에서도 핵심지역인 고대 아고라를 뺀 채 파르테논 신전과 제우스 신전, 디오니소스 극장, 하드리아누스 아치, 헤로데스 아티쿠스 음악당, 신 아크로폴리스 박물관, 국립정원, 그리고 플라카 지역만 보고 왔다. 어떻게 보면 우둔해 보이기도 하는 나의 여행방식은 아크로폴리스 언덕에서 내가 사진을 찍을 때, 멀리 바위 위에 서 있는 사람들을 보고서도 나는 속으로 '저 사람

아크로폴리스에서 내려다 본 헤로데스 아티쿠스 음악당 모습

들이 왜 저곳에 서 있을까?' 하는 정도로 조금 의아하게 생각했을 뿐이다.
그리고 나는 그 지역에 대해 더 이상 관심을 갖지 않고 오직 아크로폴리스
언덕 위에 있는 유적지와 조경만을 둘러보았다. 시간이 지나고 다시 제대
로 알아보니 사람들이 많이 서 있던 음악당 뒤의 돌로 된 언덕이 그 유명
한 아레오바고(Areopagus)의 언덕이었고, 바로 오른쪽으로 고대 아고라가
펼쳐지기 시작하는 곳이다. 아레오바고 언덕은 성경의 사도행전 17장에
나오는 역사적 장소로서 사도 바울이 유대인과 에피쿠로스학파, 그리고
스토아학파의 철학자들을 불러 모아놓고 쟁론을 벌였던 곳이다. 그럼에도
불구하고 나는 이렇게 유명한 역사적 장소에 대해 그 시대의 감명을 제대
로 가슴속에 새겨보지도 못한 채 그만 하산하고 마는 우를 범하고 말았다.

대학시절 나는 스터디 그룹(study group)이라는 것을 했다. 이것은 당시에 커피를 파는 다방이란 곳에서 학생들 대여섯 명이 모여서 일주일 동안 선정한 책을 읽고 서로 그 내용을 토론하는 것이었다. 일종의 독서 모임이었는데, 그때 내가 깨달은 것은 내가 생각하는 이 책의 내용은 이러저러한데, 다른 사람들의 내용을 들어보니까 내가 생각했던 것이 많이 부족하다는 것, 즉 카메라의 렌즈가 점차 분명해지는 기분을 느꼈던 적이 있다. 다시 말해 내가 혼자서 생각하는 것은 그저 거기에 국한 된 것뿐이라는 사실을 알게 되는 유익한 시간이었다. 다른 사람들과의 토론을 통해서 많은 말들을 주고받자 비로소 그 책의 내용이 명확해지는 것이었다. 이것이 바로 토론 문화인데 실제 나는 이런 토론 문화에 익숙하지 못한 채 지금까지 살아왔다. 참고로 미국의 국무장관을 지내고 대통령의 영부인을 두 번 씩이나 지냈으며, 현재는 미국의 유력한 차기 대통령 후보로 거론되는 힐러리의 경우 가정에서의 토론문화가 그로 하여금 지금과 같은 후광을 누릴 수 있는데 크게 기여했다고 본다.

공직생활을 30년 넘게 한 나는 우리나라에 그런 토론문화가 있다는 사실 자체를 느껴본 적이 없다. 내가 늘 일상적으로 보아왔던 대화방식은, 매일 서로 언성을 높여가며 자기주장을 강하게 펴거나 아니면 계급이 높은 상관이 이야기하는 대로 말없이 따라가는 방식이었다. 내게 누군가 그리스 아테네를 다녀온 소감을 묻는다면 아크로폴리스나 파르테논 신전이 아니라 바로 그 언덕 아래에 조용히 존재하는 고대 아고라를 가장 가치 있이천 년 전, 사도 바울이 유대인과 에피쿠로스 및 스토아학파의 철학자들을 불러 모아 쟁론을 벌였던 유명한 장소인 아레오바고 언덕이 멀리 보인다.

아테네의 옛 시가지인 플라카 지역에 위치한 선물 가게. 이곳은 아테네의 샹젤리제라고도 불릴 만큼
사람들이 많이 몰리는 거리이다.

고 또 내 마음 속의 상징적 추억으로 말해줄 것이다. 왜냐하면 아크로폴리스나 파르테논 신전은 그 나름 대로 역사적 가치를 지니고 있음은 말할 것도 없지 만 내가 느끼기에는 그냥 그 위대함에 놀랄 뿐 더 이 상의 매력은 별로 발견치 못했기 때문이다. 대신 그 들 후광에 밀려있는 고대 아고라는 이천 년 전 당시 의 많은 사람들이 생활 속에서 서로 토론을 주고받 으며 민주주의를 처음으로 만들어 낸 역사적인 곳이 기에 나는 이번 여행에서 겉으로 드러나는 아크로폴 리스보다는 그 뒤에 숨어있는 고대 아고라에 더 가 치를 부여하고 싶다. 내가 좋아하는 소크라테스가 이곳 아고라에서 변론을 주장하는 모습을 생각한다 면 지금도 가슴이 뛸 정도이다.

여행을 마친 지금, 내가 아테네의 여신인 아테나 를 모신 파르테논 신전이 아니라 고대 아고라의 정 신을 본받아, 합리적이고도 이성적인 민주주의의 토 론문화가 내 마음속에 뿌리 깊게 자리 잡는다면 그 것만으로도 이번 여행의 커다란 수확이 될 것이다. 가정에서나 직장에서, 그리고 거리에서, 나뿐만 아 니라 우리 모두가 정말 민주주의의 기본이 되는 토론문화에 더욱 익숙한 시민과 가장(家長), 정치인, 군인, 사업가, 교육자, 예술가, 종교인, 그리고 대통령이 되어야 할 것이다. 이런 점을 고려해서 나는 서울대학교에 존재한다는 아크로폴리스 광장을 지금에라도 다시 '아고라 광장'으로 명칭을 변경해야 한다고 믿는다.

한 가지 덧붙이자면 〈꽃보다 할배〉에서 신구가 최지우, 박근형과 함께 이곳을 찾았을 때 디오니소스 극장의 돌계단을 밟으며 매우 감명 깊어했던 장면이 생각난다. 그는 인터뷰에서 자신이 몇 년 전 〈안티고네〉라는 연극을 국내에서 했는데, 거기에서 크레온 왕으로 출연을 했다고 한다. 그런데 그 연극을 준비할 때만 하더라도 자신이 디오니소스 극장의 이런 분위기를 전혀 알지도 못했고 그저 상상으로만 느꼈는데, 실제 이곳 현장에 와 보니 너무나 감명적이었고, 이천 년 전에 이곳 디오니소스 극장에서 바로 〈안티고네〉가 상영되었을지도 모른다고 생각하니 무척 감명 깊었다고 하는데, 나도 이런 감성을 배우고 싶다. 그냥 뜨거운 태양 아래서 세계의 여러 관광객들의 무리에 휩쓸려 덤덤히 사진만을 찍을 게 아니라 세계 곳곳에 널리 퍼져있는 그 역사의 현장과 함께 살아 숨 쉬고 싶다. 내가 아직도 기억하는 당시의 기억 중 하나는 신 아크로폴리스 박물관을 다 돌아보고 그곳 카페에 앉아 참치를 섞은 빵을 먹은 적이 있는데, 그 맛이 내 입맛에 맞아 그곳 박물관에 전시된 유물보다는 그 빵 맛이 더 새롭게 내 감각에 느껴지는 것은 오직 나만 그러한 것인지 독자들의 의견을 묻고 싶다.

순수함 그 자체로서의
수니온 곶

아테네 방문 삼일 째, 나는 그리스에서 가장 유명하다는 아크로폴리스와 파르테논 신전을 보았으니 이 날은 시내를 벗어나 어디론가 다른 중요한 장소로 이동을 해야 한다는 생각을 갖고 있었다. 나는 여행을 출발하기 전에 가고 싶은 몇 군데가 있었는데, 그것은 델피와 메테오라, 데살로니끼, 그리고 수니온 곶(Cape Sounion)이었다. 여기서 데살로니끼와 메테오라는 하루에 다녀오기가 힘든 먼 여정이어서 포기하고 대신 상대적으로 가까운 델피와 수니온 곶 중 한 곳을 택해야했다. 두 곳이 서로 아테네를 중심으로 남북으로 반대 방향에 위치해 있어서 하루에 두 곳 모두를 다녀오기란 어렵다는 생각이 들었다. 그래서 하나를 택한 곳이 델피(Delphi)였다. 델피는 〈꽃보다 할배〉에서 소개되었을 뿐만 아니라 영화 〈나의 로맨틱 가이드〉에서도 나오고, 또 심리학에서 프로이트를 소개할 때 자주 거론되는 오이디푸스(Oedipus) 신화에서 오이디푸스가 어머니 뱃속에서 갓 태어

나자마자 신탁의 예언에 의해 아버지로부터 추방을 당해 죽음 직전에 가는 등의 많은 신화적 요소를 갖고 있어 매우 가고 싶은 곳이었다.

나는 델피를 가기 위해 호텔에서 간단히 제공해주는 아침 식사인 빵과 삶은 계란, 그리고 별도로 준비한 요구르트와 복숭아에다가 아내가 정성스레 만들어준 미숫가루를 우유에 타 마시고 기대에 찬 상태로 숙소를 나섰다. 동네 골목을 빠져나와 이제 아테네 길이 익숙한 것처럼 여유 있게 하드리아누스 아치를 지나 제우스 신전 쪽으로 방향을 잡아 시내의 가장 중심지인 신타그마 광장으로 향했다. 가는 도중에 하드리아누스 아치 바로 앞에는 빨간 이층 버스를 대 놓고 시내투어를 흥정하는 기사와 아가씨의 모습도 보였다. 나는 신타그마 광장에 도착해서 지나가는 몇 사람에게 물어서 겨우 시외버스 터미널 B를 찾아갔다. 대수롭게 보면 이런 정도야 간단히 들리지 모르지만 시외버스 하나를 타는 것조차 모두 나 스스로 해야 하니 시간이 많이 걸리고 여행이 매우 비효율적으로 진행되고 있다고 생각했다. 하지만 앞에서도 언급했듯이 여행이란 게 시간계획을 철저히 세워 마치 숙제하듯이 꼭 많은 곳을 효율적으로 본다고 좋은 것이 아니라는 나의 평소 생각에 다소 위안을 갖게 되었다. 느긋한 마음자세로 오모니아 광장까지 다시 걸어가 그곳에서 겨우 터미널 B쪽으로 이동하게 되었다.

시골 같이 좀 외딴 곳에 시외버스 터미널이 있었는데, 건물 안에는 우리

나라에서 볼 수 있듯이 가게들과 식당들이 혼합해서 있었다. 오전시간이 었지만 에어컨이 안 나오는 매우 후덥지근한 날씨 속에 나는 표를 파는 아 가씨에게 델피로 가는 버스표를 달라고 했다. 그랬더니 시간표를 가리키 며 델피 행 버스는 약 30분 전에 출발을 했고, 지금부터 약 3시간 뒤에 다 음 버스가 있다는 것이다. 그것은 나로 하여금 델피 행을 포기하라는 말과 같이 들려왔다. 겨우 물어서 찾아온 시외버스 터미널에서 가고 싶었던 목 적지인 델피를 가지 못한 채 나는 발걸음을 터미널 밖으로 이동해야만 했 다. 그때 생각났던 것이 바로 수니온 곶이다.

나는 수니온 곶에 대해 정확한 정보를 몰랐지만 한국에서 여행을 출발 하기 전 읽었던 여행 서적에서 이곳이 꽤나 멋있고 방문할 가치가 있다는 기억이 머릿속에 인식되어, 나는 다시 여행안내소(information center)에서 수니온 곶으로 가는 버스 타는 곳을 물어보았다. 그곳은 그렇게 멀지 않은 빅토리아 지하철역에 내려서 조금만 걸어가면 되는 곳이었다. 나는 겨우 찾아서 가니 버스터미널이라기보다는 아레오스(Areos)라고 하는 작은 공 원 한 모퉁이에 버스 서너 대가 대기하고 있었는데, 그 중 한 대가 바로 수 니온 곶을 가는 것이었다. 한 시간에 한 대씩 있는 버스는 가는 도중에 별 도의 종업원이 버스 안에서 돈을 직접 받았다. 출발지점에서는 몇 사람 타 지 않는데 버스가 다음 정거장인 신타그마 광장에 도착하니까 거기서 많은 사람이 탑승해서 버스는 손님을 가득 채운 채 목적지인 수니온 곶으 로 곧장 출발했다. 버스 안에는 에어컨이 시원하게 나왔으며 가는 이동 시간이 두 시간 정도라고 하니 하루를 보내는데 아주 적합하다는 생각이 들었다. 이삼십 분 정도의 시내를 빠져나온 버스는 멋진 해안을 끼고 계속해서 달리기 시작했다. 창가에 앉은 나는 시원하게 펼쳐지는 해변과 가족 단위의 피서객들이 수영을 하고 오붓한 시간을 보내는 것을 보면서 시간 가는 줄 모르고 편안하게 이동을 할 수 있었다. 관광객들이 타고 온 승용차들은 주변의 나무 그늘 아래에서 제각기 주인을 기다리고 있었다. 그 순간 나는 잠시나마 한국에 두고 온 아내와 가족들의 모습을 떠올랐다. 나만 즐기자고 이곳에 온 것인가? 과연 나는 무엇을 위해 많은 경비를 들여 먼 이곳 그리스까지 오게 되었는가를 생각하며 한편으론 아내와 가족들에게 미안한 마음이 들었다.

아테네를 출발한 지 두 시간이 채 되지 않은 시간에 나는 저 멀리 언덕 위에 세워져있는 건축물을 보고 직감적으로 '저것이 바로 바다의 신을 숭배하기 위해 세워진 포세이돈 신전이구나!', 하는 생각이 들었다. 버스는 잠시 후 산의 언덕을 올라 그 신전 약 400m 근처에 우리를 내려놓은 채 곧장 손님을 태워 다시 아테네 방향으로 되돌아갔다. 시계를 보니 대략 오후 2시 정도, 태양은 무척 뜨겁게 내리쬐고 있었다. 버스가 우리 일행을 내려준 바로 몇 발자국 앞에는 단층으로 된 꽤나 큼지막한 식당 겸 카페가 하나 있었는데, 이곳에서 그 유명한 그리스의 선박 왕 오나시스와 재클린 케네디 여사가 커피를 마셨다고 하니 나는 그 순간 매우 감개무량한 기분을 느꼈다. 그런 세계적인 명사(名士)들이 오는 곳에 나도 함께 한다는 사실만으로도 약간 내 가슴은 흥분되어 있었고, 따라서 더위 따위는 충분히 이겨내고 상황에 적응할 수 있었다.

나는 내리쬐는 태양열이 무척 뜨겁게 느껴졌지만 모두 참고 카페에서 북동쪽으로 바라보이는 산을 향해 발걸음을 옮기기 시작했다. 날씨가 너무 더워서 그러지 대부분의 사람들은 수니온 곳을 가는 대신 그 식당에서 맥주와 음료수를 마시며 휴식을 취하고 있었다. 언덕을 오르는 도중 관리인이 있어 얼마의 입장료를 내고 올라간 수니온 곳에는 대략 60m의 언덕 최고 상단부에 바다의 신 포세이돈 신전이 멋지게 세워져 있었다. 이 신전은 기원전 7세기경에 아테네의 여신을 추모하는 아테나 신전과 함께 세워졌다가 페르시아 전쟁 때 모두 파괴된 다음, 기원전 440년경에 페리클레스에 의해 다시 세워졌다고 한다. 겉으로 봐서는 아테네 시내에서 본 제우스 신전이나 파르테논 신전보다 규모가 작으면서, 오랜 역사를 가진 대리석의 도리아식 원주라는 사실에는 별다른 차이를 느끼지 못했다. 하지만 이곳의 특징은 이 신전이 위치한 곳이 아테네의 그것들과는 달리 앞이 탁 트인 바다로 된 언덕 가장 높은 곳에 세워져 있다는 것이다.

역시 삼지창을 든 바다의 신 포세이돈이 무서웠긴 무서웠나 보다. 그리스의 최남단이자 아티카 반도의 맨 아래에 위치한 이런 경치 좋은 곳에 당시의 기술로는 매우 어려운 신전을 세워놓다니 정말 신기했다. 그리스 사람들은 전쟁을 여러 차례 치르면서 바다의 중요성을 알게 되었고 이곳 수

가까이서 본 포세이돈 신전. 무려 이천 오백 년이 넘은 유적치고는 형태가 잘 보존되고 있다.

니온 곳은 그런 면에서 페르시아 군대뿐만 아니라 베네치아와 십자군 부대, 로마, 그리고 오스만 튀르크의 함선들이 지나가는 길목이라 전략적인 요충지로도 중요한 곳이었다. 그런데 내가 이 수니온 곳을 방문하면서 특이하게 생각한 것은 영국의 낭만파 시인이었던 바이런이 이곳을 방문해서 시를 남긴 부분인데, 그 내용에는 다음과 같은 사항이 포함되어 있다.

"내가 죽거든 이곳 수니온 곳에 묻어주오. 이곳에는 나와 파도 외에 아무 것도 없다오. 들리지 않소, 나와 파도가 서로 속삭이는 소리가⋯."

그리고 또 한 가지 수니온 곳의 인상적인 것은 이곳에서 유명한 신화가 탄생했는데 그것은 에이게우스(Aegeus)와 테세우스(Teseus)에 관한 일화이다. 기원전 12세기 이전에 그리스는 유럽 문명이 탄생한 미노스 문명의 크레타 섬에 9년마다 젊은 남녀 7명씩을 공물로 보내게 되었는데, 그곳에 가면 도무지 밖으로 빠져나오지 못하는 미로의 궁전에서 아래는 황소, 위로는 사람으로 된 미노타우로스라는 괴물에게 이들이 모두 다 잡혀 먹힌다는 것이다. 그래서 이런 괴물로부터 젊은 남녀를 구하기 위해 그리스의 에이게우스 왕은 자신의 아들인 테세우스 왕자를 그곳으로 보내서 젊은 남녀를 구하려 했다. 아들을 보내기 전 에이게우스 왕은 아들과 약속을 하는데, 만약 그 괴물과의 싸움에서 승리하면 돌아오는 배에 흰 돛을, 그리고 패배하면 검은 돛을 달고 오라고 했는데, 테세우스는 괴물과의 싸움에서 이겼음에도 불구하고 그만 흥분한 나머지 배에 검은 돛을 달고 오는 바람에 아버지 에이게우스는 매일 수니온 곳에서 아들을 기다리다가 그만 검은 돛을 달고 오는 배를 보고 높은 언덕 위에서 몸을 던져 자결하고 마는 비극이 발생한다. 이런 신화적 이야기를 토대로 지금도 주변의 바다 이름이 아버지 에이게우스를 본따 에게 해(Aegean Sea)로 불리고 또 그리스의 국적기 이름도 에게안(Aegean)이다.

나는 이번 여행을 계획하고 준비하면서 처음부터 '단순히 경치 좋은 곳이나 유적지를 관광하기 위해 가는 게 아니다.'라고 나 스스로 수없이 주문을 했고, 그런 사실을 가까운 주변 사람들에게 이야기했는데, 그러면 이곳

수니온 곶의 주변 풍경

수니온 곶에서는 무엇을 느낄 수 있을까를 생각해 보았다. 그때 생각난 것이 바로 이곳 수니온 곶의 유명한 저녁노을이다. 수니온 곶을 제대로 아는 사람들은 낮 시간이 아닌 저녁 무렵, 정확히 말하면 해질 무렵에 이곳을 찾는다고 한다. 왜냐하면 낮에 방문하면 아테네 시내의 다른 신전들과 특이할 것도 없는 도리아식의 포세이돈 신전만이 남아있기 때문이다. 그나마 주변의 풍경이 압도적이어서 위안을 찾는다고 한다. 그럼에도 나는 이

런 사실을 몰라 아침부터 준비해서 낮에 그곳에 갔으니, 해질 무렵까지 기다리려면 대략 4시간 정도는 기다려야 할 것 같은데, 그것은 시간 낭비라고 생각되어 주변을 둘러본 후 바로 아테네 시내로 돌아왔다. 그러면서 버스 안에서 생각해 보았다. 왜 사람들은 그토록 황혼의 해지는 장면을 좋아할까?

나중에 이야기할 기회가 있겠지만 해지는 장면이라고 하면 세계적으로 유명한 곳이 바로 스페인 산티아고 대성당을 90㎞ 정도 지나 피스테라라고 하는 대서양과 처음 만나는 아담한 마을을 떠올릴 수 있다. 또 이번 여행지인 산토리니 이아(Oia) 마을의 해지는 장면도 빼놓을 수 없는 곳이다. 그 외에 나는 해지는 장면과 관련하여 두 번째 산티아고 길을 걸으면서 부르고스를 지나 레온시 못 미쳐서 있는 베르시아노스 델 레알 카미노 알베르게에 머무르는 동안 이 해지는 장면을 다른 순례자들과 함께 감상한 기억이 분명히 남아있다. 그 날 모든 순례객들은 알베르게에서 무료로 제공하는 스파게티 저녁을 먹고 관리를 맡고 있는 두 신부님과 함께 가까이 있는 언덕 위로 올라가 기타를 치며 함께 해지는 저녁노을을 감상한 적이 있다. 처음에는 사람들은 반사적으로 해지는 장면을 카메라에 옮기기에 바빴지만 얼마 가지 않아 곧 엄숙하고도 숙연한 자세를 취하며 그 장면을 감상했다.

왜 그럴까. 그것은 한국과 스페인의 산티아고, 그리고 이곳 수니온 곳에서도 모두 동일하게 작용한다고 본다. 그 이유를 나는 루소의 자연주의에서 찾고 싶다. 루소는 인류에게 "모두 자연으로 돌아가라!"고 외쳤다. 그것은 이성을 중시하는 세속적인 사람들에게는 매우 저항적인 말로 비추어질 수 있다. 하지만 인류가 더욱 지성적이고 물질문명이 발달해 갈수록 정신문화는 뒤로 후퇴하고 있다는 사실을 직시할 필요가 있다. 그 예로 우리나라의 경우 세계 10대 경제대국의 반열에 올랐지만 정작 각종 통계에서는 자살과 이혼, 그리고 교통사고 등의 서열이 과히 OECD 회원국 가운데 1-2위를 다투게 되었다. 그런 만큼 인류는 모두 잘 살고 싶어 하고 부를 축적하며 모든 경쟁에서 이기고 싶어 하지만 결국 그들의 마음속 깊은 곳에는 순수한 자연을 동경하는 마음이 도사리고 있다고 봐야 한다. 그렇기 때문에 이런 그리스의 최남단에 위치한 수니온 곳에서도 낮 시간이 아닌 저녁 해지는 시간에 이곳을 감상하고 싶어 하고, 또 영국의 낭만파 시인인 바이런마저 그곳에서 파도와 속삭이며 묻히고 싶다는 명언을 남기게 된 것이다.

여행은 일종의 연금술이다. 매우 복잡하고 힘든 여정이지만 나는 심리학자로서 늘 어디서나, 매 순간마다 인생의 교훈을 얻으려 한다. 그래서 남은 생을 더욱 가치 있게 보내고, 나뿐만 아니라 가족들, 그리고 주변의 이웃들에게 귀한 교훈을 같이 전파하며 살기를 원한다. 그런 점에서 이곳 수니온 곳의 교훈은 오래된 신전도 아니요, 그냥 자연스런 풍광도 아니다. 그것은 결국 바이런이 언급하고 루소가 말했듯이 인간이 자연으로 돌아가서 겸손하고 욕심을 버리라는 것이다. 그냥 무아(無我)의 상태로 돌아가서 자칫 지성과 페르소나로서 가질 수 있는 그런 인간의 욕망에 저항하며 자신의 고유한 순수성을 찾는 것이다. 이런 상태를 유지한다면 2,500년 전에 세워진 수니온 곳이야말로 어떤 다른 주변의 유적지보다도 더욱 맑고 푸른 에게 해와 함께 영원히 순수함, 그 자체로 내 마음 속에 오랫동안 간직될 것이다.

구두쇠와 당나귀 똥,
그리고 잊지 못할 588계단

산토리니(Santorini)! 그 이름만 들어도 정말 대단하다는 생각이 든다. 나는 사실 이번 지중해 여행을 출발하기 전만 해도 산토리니가 무엇인지, 어디 있는지, 아무 것도 아는 정보가 없었다. 하지만 내가 그곳을 다녀오기로 여행계획에 포함하고 주변의 사람들에게 물어 보았더니 대부분의 사람들 반응이 "아, 정말 가보고 싶은 곳인데!" 하며 감탄사를 연발하는 모습을 보았다. 나는 산토리니가 대체 어떤 곳이기에 이렇게 많은 사람들이 알고 있고 또 가고 싶어 하는 곳일까, 매우 궁금했다.

그리스 아테네에서 2박 3일을 보내고 처음 이동한 곳이 바로 산토리니였다. 산토리니는 대체적으로 신혼여행을 가는 사람들에게 매우 인기 있고, 경치가 아주 좋으며, 그리스 아테네 본토로부터는 남동쪽으로 비행기로 약 50분 정도 거리에 떨어져 있는 자그마한 섬이다. 이곳 산토리니는 이아(Oia) 마을을 배경으로 해서 아마 포카리스웨트 CF 선전이 많이 나가서 잘 알려진 것 같다. 파란 원색의 지붕 위로 아주 하얀색의 집들과 무엇보다 에메랄드 천연색 그대로의 바다색이 너무 멋진 풍경을 자아내서 그럴 것이다.

나는 나름 기대를 갖고 아테네 공항을 출발해 첫 번째 이동 장소인 산토리니로 향했다. 비행기에서 내려다 본 산토리니는 작고 하얀 집들이 아기자기하게 늘비해 있는 그런 모습이었다. 그런데 비행기를 내려 버스를 타고 피라(Fira) 마을로 이동해서 짐을 풀고 오후에 관광을 시작하자, 이 산토리니 섬은 매우 높은 절벽 위에 있다는 것을 알게 되었다. 바로 앞에는 화산섬이 있고 절벽 밑으로는 정말 말할 수 없는 자연 그대로의 풍경이 나를 기다리고 있었다. 성수기라 그런지 사람들은 발 딛을 틈이 없이 여기저기서 북적거렸다. 공항에서 출발해 버스를 내린 종점 부근에 나는 숙소를 정했는데, 이 숙소는 정말 한 달 동안 내가 여행을 하면서 가장 기억에 남고 좋은 숙소였다. 이 부분은 나중에 또 언급하도록 하겠다.

숙소에서 위로 100m 정도를 걸어서 올라가면 피라 마을의 여러 가게들이 있고, 그 아래 바로 언덕 아래로는 말로만 듣던 구항구(Old Port)가 있으며 당나귀, 소위 동키 택시(Donkey Taxi)가 있는 588계단이 지그재그로 펼쳐져 있다. 숙소 바로 근처에는 공항이나 이아 마을 그리고 다른 지역으로 이동하는 버스 종점이 있어 내가 숙소를 중심으로 산토리니 섬 전체를 여

산토리니 구항구의 모습. 이곳에서 화산섬과 산토리니 일대를 여행하는 배를 탑승한다.

행하기가 무척 편리했다. 하기야 이곳 산토리니는 좁아서 대부분 숙소가 좋은 위치에 있을 것이다.

나는 섬의 기본적인 정보를 파악하기 위해 여장을 풀고 마을을 서서히 돌아다니다 문득 배를 타고 싶은 욕구가 발생해 근처에 있는 여행사 문을 두드렸다. 산토리니를 중심으로 여러 섬으로 이동하는 보트 사진이 붙어 있는 사무실 같은 곳에서는 구항구에서 배를 타는 여러 프로그램에 대해 티켓을 팔고 있었다. 나는 그림을 보고 가장 인기 있는 코스인 구항구에서 아침 10시에 출발해 화산섬과 노천온천, 그리고 이아 마을을 거쳐 오후 4시 30분에 돌아오는 코스를 택했다. 가격은 23유로, 하루 종일 배를 타고 이동하는 코스로는 그리 비싸지 않은 가격이었다. 나는 다음 날 아침에 출발하는 배표를 예약해두고 출발하기 전 책에서 본 당나귀를 보러 구항구 쪽으로 방향을 잡았다. 구항구는 피아 마을 중앙에서 작은 골목을 통과하면 바로 이어서 나오는 언덕 아래로 계속 내려가면 되는 것이었다. 내려가는 방법은 세 가지, 첫 번째는 두 발로 직접 걸어서 내려가는 방법과 두 번째는 당나귀를 타고 내려가는 방법, 그리고 마지막으로는 케이블카를 타고 손쉽게 내려가는 방법이다. 나는 우선 구항구를 보기 위해 좁은 골목길을 따라 잠시 내려가기 시작했다. 그런데 불과 10m도 못가 도무지 내려가지를 못해 도로 올라왔다. 왜냐하면 당나귀 똥 냄새가 너무 심하게 코를 찌르고 더군다나 당나귀들이 한꺼번에 좁은 계단에 겹쳐서 서 있었기 때문에 사람이 지나갈 공간이 제대로 없었기 때문이다. 마음으로야 당나귀

엉덩이를 손으로 가볍게 툭툭 쳐서 한쪽으로 비키게 한 다음 아래로 내려가고 싶었지만 자칫 뒷발로 나를 공격할까봐 두려워서 감히 당나귀 몸을 만지지 못했다. 그러고 보면 나도 겁이 꽤나 많은 것 같다. 이런 나의 모습을 보고 당나귀 주인이 나타나 우--우, 하는 특유의 당나귀 말을 하며 당나귀들을 한쪽으로 몰아세운 다음 나를 비켜 지나가게 했다. 그러나 나는 거기서 발걸음을 멈추고 다시 마을 쪽으로 되돌아 올라왔다. 어차피 내일 아침에 배를 타기 위해 또 내려가야 할 텐데 지금 그곳을 내려가면 다시 올라올 일이 까마득했기 때문이다.

나는 마을의 이곳저곳을 돌아보며 내가 아는 한 지인이 산토리니 여행 때 사왔다는 거북이 한 쌍을 사기 위해 쇼핑을 했다. 그런데 마을 주변을 몇 바퀴나 돌아도 내가 사진으로 본 똑같은 거북이를 찾을 수가 없었고, 거의가 당나귀를 인형으로 만들어 팔고 있었다. 피아 마을의 가게들은 아주 작은 골목 양쪽으로 크고 작은 알록달록한 여러 기념품들을 전시해 놓고 손님을 맞이하고 있었다. 이런 모습은 내가 가족과 함께 몇 년 전 방문한 독일의 고풍스런 로텐부르크에서도 본 적이 있는데, 나는 이곳의 마을 풍경을 보면서 마치 인형들이 사는 곳을 방문하기라도 한 것처럼 어린 동심의 세계로 돌아갔다.

저녁이 되어 식사를 하기 위해 주변의 마땅한 식당을 찾았다. 피아 마을에는 한 마디로 먹을 게 엄청 풍부하고 다양하게 있다. 여러 여행 관련 서

당나귀를 타고 588계단을 올라오는 모습

적에도 자세히 소개해 놓았듯이 산토리니에는 마음만 먹으면 이곳의 싱싱
한 해산물에서부터 수블라키(Souvlaki)와 기로스 (Gyros)에 이르기까지 매
우 다양한 음식 종류가 있고 고급 식당들이 즐비해 있었다. 그런데 나는
내가 정말 구두쇠라는 것을 이번 여행을 통해 절실히 깨달았다. 나는 이곳
의 음식 자체가 나에게 잘 맞지 않는다는 분명한 이유가 있긴 했지만, 그
럼에도 고급 식당의 메뉴를 보면 대개 가격이 15-30유로나 되어서 가격
이 무척 부담스럽게 느껴졌다. 앞에서도 언급했지만 나는 이번 그리스 사
태를 고려해서 현금을 나름대로 많이 가지고 왔다. 그럼에도 나는 한 끼에
이삼만 원 하는 식사를 시키기에는 어딘가 부담스러웠고 또 어쩌다가 시
켜보면 도중에 먹지 못하고 속이 메스꺼워, 음식에 비해 돈이 아깝다는 생
각이 들어 아예 그런 비싼 고급 레스토랑을 가지 않는 습관이 생겨 버렸
다. 그러다보니 식사 때만 되면 나는 먹을 것을 제대로 찾지 못했다. 일반
식당을 가면 거의가 바싹 마른 바게트에 고기를 얇게 쓸어 속에다 넣어 둔
빵 종류들이고, 비싼 고급 레스토랑에 가면 가격이 형편없이 비싼데다 먹
고 나면 사실 별로 먹을 게 없고, 내 입맛에도 맞지 않으니 정말 이번 여행
내내 끼니때마다 식사를 해결하기가 무척 곤혹스럽고 힘들었다. 차라리
식사를 하지 않고 다닐 수만 있으면 얼마나 좋을까, 하는 생각도 해보았을
정도이다. 그 만큼 식사시간만 되면 나는 내키지 않는 발걸음과 함께 이곳
저곳을 한참동안 찾아 헤매는 것이 습관처럼 되어 버렸다. 그러다가 발견
한 것이 기로스라는 음식이다. 아테네에 있을 때는 이 음식이 기로스인가
도 잘 몰랐고, 우연히 아크로폴리스 지하철역 부근에 있는 숙소 근처에서

이 음식을 먹어 보았는데, 아주 내 입맛에 맞는 것은 아니었지만 그런 대로 먹을 만 했다. 그런데 그 기로스가 이곳 산토리니의 피라 마을 한 복판에 여기저기서 팔고 있었다. 나는 그 음식 외에는 다른 음식을 선택할 것이 없었기 때문에 무조건 그 기로스를 때마다 먹었다. 사실 수블라키는 작은 꼬챙이에 고기를 썰어 꽂아 놓은 것인데, 나는 고기를 별로 좋아하지 않아 고기만 있는 것은 별로여서 눈만 뜨면 이 기로스와 씨름을 해야 했다. 기로스는 아마 그리스 전통음식인 것 같았다. 우선 땀을 뻘뻘 흘리며 대개는 덩치가 크고 잘생긴 남성이 밀가루로 반죽이 된 둥그런 피타(Pita)를 왼손에 철썩 얹은 다음 그 위에다가 양파와 토마토, 양상추, 그리고 돼지고기나 혹은 닭고기 중 하나를 듬뿍 넣은 다음 마지막으로 요구르트가 섞인 소스와 후춧가루 같은 것을 뿌려 맛을 내는 모습이 참 인상적이었다. 아, 그리고 이 음식은 A4 크기 정도의 종이에 둘둘 말아서 그 속에다 휴지와 함께 넣어 준다. 가격은 불과 2.5유로. 어떤 곳에서는 조금 양을 더 늘리고 쟁반에 얹어주면 7유로까지 받는다. 그러나 대개는 2.5유로, 우리 돈으로 4,000원이 채 안 되는 가격으로 크게 부담이 되지 않고, 더군다나 안에 고기가 들어 있어서 더운 햇볕을 이겨 내기에도 안성맞춤이었다. 그리고 맛도 내 입맛에 그런대로 맞는다. 아주 맛있는 것은 아니지만 그래도 그리스 음식 가운데서 가장 잘 맞는다고 해도 과언이 아니다. 그런고로 가격, 음식 입맛을 고려해 여행 내내 그리스에서는 이 기로스를 많이 먹었다. 나만 먹는 게 아니라 다른 사람들도 편하게 부담 없이 이 기로스를 거리에서 즐겨 먹는 것을 보았다.

드디어 다음 날 화산섬과 노천온천, 그리고 이아 마을을 거쳐 출발지인 피라 마을의 구항구로 돌아오는 배를 타게 되었다. 나는 구항구로 이동할 때 당나귀도 타지 않고, 그렇다고 케이블카도 타지 않는 대신 나의 두 발, 오직 걸음으로 588개의 계단을 직접 내려갔다. 그 다음 내가 고생한 것은 이루 말할 수가 없다. 앞에서 이야기한 대로 당나귀 똥 냄새는 장난이 아니었다. 생각을 해보라. 지그재그로 된 구항구로 내려가는 588개의 계단은 걸어 내려가면 족히 이삼십 분은 걸리는데, 중간 중간에 당나귀를 타고 올라오는 사람을 만나면 옆에서 기다려야 하고, 또 아침 시간이라 당나귀를 한꺼번에 수십 마리를 몰고 주인이 당나귀를 타고 긴 회초리로 당나귀 뒤 엉덩이 부분을 휘몰아치며 내려오는 것을 피하다보면 시간은 더 걸릴 수 있는데, 무엇보다 당나귀 똥 냄새가 너무 지독해서 견디기가 어려웠다. 그러면 내가 왜 10유로만 주면 당나귀를 타든지, 아니면 케이블카를 타는데, 그렇지 않고 직접 걸어서 가는가를 나 스스로 생각해 보았다. 여행을 편하게만 보내는 게 아니라 어렵고 힘든 여정이지만 내가 직접 그런 코스들을 경험해 본다든지 하는 여러 이유도 있었겠지만 무엇보다 경비를 절약하려는 마음도 분명 내 마음 속에 내재되어 있는 것 같았다. 이런 구두쇠 같은 근검절약 정신은 어린 시절부터 가난을 이겨내기 위한 생존 수단으로 내 몸과 마음에 이미 굳게 습관화되어버린 것 같았다. 이런 잘못된 습관이 그 후의 내 삶에 도움이 되는 부분도 있었지만 그러나 조직생활을 하거나 다른 사람과의 대인관계에서는 그다지 좋지 않다는 점을 여러 차례 느낀 적이 있다.

드디어 구항구에 도착한 나는 경쾌한 음악소리와 함께 학생들이 춤을 추는 신나는 장면을 구경할 수 있었다. 프랑스에서 온 이 학생들은 남녀 모두 열 여명이나 되었는데, 배를 기다리면서 음악을 크게 틀어놓고 남녀 각 한 명씩 두 명이 춤을 추는 것이었다. 그리고 간혹 모두가 일어나서 어깨를 좌우로 덩실거리며 입고 있던 옷을 나풀거리며 춤을 추는 모습은 매우 재미있었고 보는 사람들로 하여금 신이 나게 했다. 이제 갓 고등학교를 졸업하고 대학에 입학하는 또래의 나이들 같은데 정말 경쾌하게 춤을 추었고, 주변 사람들과 함께 구경을 해서 배를 기다리는 한 시간 내내 지루함 같은 것은 아예 잊어버릴 정도였다.

기다리던 배가 드디어 도착해서 세계의 여러 관광객들이 승선해서 출발했다. 화산섬에 도착해 가이드의 안내에 따라 화산섬의 유래와 현재 상태 등에 대해 설명을 듣고 또 뜨거운 태양 아래에 섬 주변을 돌아보며 사진을 촬영하는 시간도 가졌다. 그리고 다시 배를 타서 노천온천이 있는 섬으로 이동을 하는데, 그곳에서 나는 정말 신기한 장면을 감상할 수 있었다. 그것은 다름 아닌 배를 섬 주변에 잠시 멈춰놓고 관광객들로 하여금 깊은 바다에 수영을 할 수 있도록 하는 것이었는데, 나는 책에서 잠깐 그런 내용을 읽었던 기억은 있었지만 그 모습을 현실로 보니 정말 대단하게 느껴졌다. 대부분 수영복을 속에 입고 있어서 입고 있던 옷을 그 자리에서 벗은 채 남녀 모두 한 사람씩 깊은 에메랄드 바다 속으로 첨벙 물에 뛰어드는 것이었다. 나는 너무나 무섭게 느껴져서 수영은 감히 엄두도 내지 못한

화산섬 앞, 배에서 수영을 하기 위해 기다리는 관광객들

바다에서 본 산토리니 피라 마을과 구항구. 마을과 항구 사이에 지그재그로 588계단이 보인다.

채 그런 모습을 지켜보는 것으로 만족해야만 했다. 그리스에서 거의 한국 사람을 만나지 못하다가 처음으로 산토리니에서 엄마와 딸 두 사람을 만났는데, 인천의 어느 대학을 다닌다는 그 여성은 엄마를 혼자 두고 과감히 외국 사람들과 함께 깊은 바다에 몸을 던졌다. 수영을 하는 것을 보니 모두들 정말 잘했다. 물을 전혀 무서워하지 않고 그것을 즐기는 모습들을 보면서 내 모습이 한없이 초라하게 느껴졌다. 나는 언젠가 수영장에서 정식으로 수영을 배우면서도 가장 낮은 단계에서 그 다음 단계로 올라가지 못해 수영을 그만 둔 적이 있을 정도로 수영하고는 거리가 멀었다. 그러니 바다에 가면 아예 물에는 들어가지 않는 것이 예사고, 어린 시절 혹시 물에 들어간다 하더라도 아주 얕은 곳에서만 놀곤 했던 기억이 난다. 이런 면에서 나는 사실 열등감이 많았고, 신체적인 면에서나 운동, 그리고 학업 등의 전반적인 부분에서 오랫동안 그런 감정을 가졌던 적이 있다. 지금은 많이 나아졌지만 아직도 부분적으로는 이런 열등감에서 완전히 벗어나지는 못하는 나 자신을 발견할 수 있었다.

그들은 대략 삼십 분 정도의 시간 동안 수영을 즐긴 후 다시 배에 올라탔다. 그리고 다른 일정을 모두 마친 후에 다시 피라 마을로 돌아왔다. 글을 쓰면서도 나는 내가 너무 구두쇠이고 옛날 방식으로 고리타분하게 살아가고 있다는 것을 알게 되었다. 그러니 나의 둘째 딸을 비롯해서 큰 딸, 심지어는 마누라까지 모두 나의 생활방식에 불편함을 많이 느꼈을 것이란 생각도 하게 되었다. 타인과의 관계에서도 "주는 것이 받는 것보다 더 복이 있다."는 말을 지식으로는 알되 실천하지 못하는 나의 모습을 발견할 수 있었다. 그럼에도 불구하고 나는 하루 종일 배를 타고 산토리니 주변을 돌아본 것에 대해 매우 만족할 정도로 기분이 좋았다. 배를 타고 지중해 연안을 돌아본다는 자체가 나로서는 너무나 신기했고, 배에서 본 지중해의 물살은 파랗다 못해 정말 투명하게 느껴졌다. 당나귀, 배, 노천온천, 수영, 화산섬 투어, 이 모든 것이 하루에 다 이루어졌다고 하니 23유로라는 가격에 비해 정말 값이 싸고 놀라운 체험을 했다고 본다. 산토리니에서의 여행은 이렇게 시작되었다.

어느 레스토랑에서 바라본
산토리니의 바다

산토리니에서 머문 지 삼일 째가 되는 날, 나는 배도 타보았고, 거리도 이곳저곳을 다녀보아 이제 다소 여유가 생겼다. 그래서 갈 곳이 마땅치 않아 다시 들른 곳이 산토리니의 작은 골목들. 때가 성수기라 가게들은 하나같이 모두 문을 활짝 열어놓고 각양각색의 기념품들을 문 앞에 전시해 놓은 채 제각기 손님을 맞이하고 있었다. 나는 늘 가던 구항구의 오른쪽 거리가 아닌 왼쪽 방향으로 발길을 돌려 바다가 시원하게 보이는 전망이 아주 좋은 어느 레스토랑에 들어갔다. 사실 나는 그리스에 온지 시간이 꽤나 많이 흘렀지만 커피다운 커피를 한 잔도 마시지 않고 지금까지 지내왔던 터였다. 그래서 이곳 전망 좋은 레스토랑에서 커피도 한잔 할 겸 사진을 찍기 위해 이곳을 찾았다. 식사를 하는 주 식당은 아래층에 위치해 있었고 내가 들어간 언덕 위의 좋은 전망대에는 주로 테이블들이 놓인 노천 카페로 전시되어 있었다. 그래서 나는 아직 이른 시간이라 손님이 그리 많지 않은 틈을 타서 전망이 아주 좋은 곳을 골라 자리를 잡아 앉았다. 그곳 바로 아래에는 산토리니의 높은 절벽이 바로 수직으로 깎아 세운 듯 형성되어 있었고, 눈을 살짝 왼쪽으로 돌리면 구항구가 보였으며, 정면으로는 정말 눈이 시릴 정도의 파랑색, 아니 에메랄드색의 바다가 환상적인 모습을 드러내고 있었다. 멀리는 화산섬이 보이고 가까이는 대형 크루즈 선박들이 몇 척 들어와 이곳이 바로 세계의 관광지라는 것을 금방 알게 해주었다.

바로 아래 구항구 쪽으로는 자세히 보면 어제 갔던 당나귀들이 오늘도 여전히 손님을 기다리며 줄지어 서있을 것이다. 내가 머문 3박 4일간 산토리니의 여름은 너무나 쾌청해서 하늘이 구름 한 점 없이 맑게 개어 있었고, 또 날씨가 무척 더워서인지 바다색은 더욱 푸르게 빛을 내주고 있었다. 나는 말수가 별로 없어 보이는 그리스 청년이 가지고 온 메뉴판을 보고 별 생각 없이 그리스 커피를 한 잔 주문했다. 여행을 출발하기 전에 그리스의 전통 커피에 대해 약간 읽어보긴 했지만 사실 이 커피의 맛이 어떤 것인지 전혀 모르고 있었다. 가격은 2.5유로로, 매우 싼 편이었고, 아마 그 집에서 파는 모든 음료나 종류 가운데 가장 값싼 가격이 아닌가 생각된다.

잠시 후 책에서만 보았던 그리스의 전통 커피가 나왔다. 이 커피의 이름은 그냥 '그리스 커피(Greek Coffee)'라고도 하고 '엘리니코'라고도 하는데, 우리나라에서 마시는 일반 커피하고는 담는 그릇이나 만드는 방법, 그리고 맛이 전혀 다르다. 우선 커피를 담는 컵이 에스프레소를 담는 그릇보다 약간 큰 사기로 된 데미타스(demitasse)라는 컵에 담아주고, 컵의 아랫부분에는 커피 가루가 고스란히 남아있어 그냥 마셨다가는 입에 가루가 남아 커피를 제대로 마시지 못한다. 마셔보면 커피가 순하게 목으로 들어가는 게 아니라 혓바닥에 걸려 입안이 까칠까칠하고 맛은 약간 묵직하며, 에스프레소도 아닌 것이 매우 강한 느낌을 준다. 나는 이렇게 전망이 뛰어난 곳에서 사진도 찍고 또 바다를 보며 잠시 명상의 시간을 가지려 했지만 커피 양이 얼마 되지 않다보니 오래 앉아 있기가 왠지 눈치가 보였다. 그렇다고 먹지도 않는 음식을 주문할 수도 없고, 다시 입맛에 별로 맞지 않는 커피를 시킬 수도 없으니 그냥 미안하지만 시간을 보내면서 사진을 찍는데 몰두했다. 그런데 그곳에서 머무른 약 이삼십 분의 시간이 나로 하여금 이번 한 달간의 여행 중 그 어디서도 느껴보지 못했던 진한 감동의 시간을 갖게 할 줄은 미처 예상하지 못했다. 누군가 산토리니를 보고 평(評)을 하면서 '눈부신 바다'라고 표현을 하는데, 정말 그 수식어가 부족할 정도로 이곳의 바다는 내게 강한 인상을 던져 주었다. 〈그리스인 조르바〉의 작가인 니코스 카잔차키스가 그의 저서에서 "에게 해를 보지 않고 죽는 자는 복이 없다."라고 했는데 나는 그곳이 바로 여기라고 생각했고, 이제야 그가 그렇게 표현한 이유를 알게 되었다. 바다색이 어찌 그리 맑고 푸른지, 에메랄드색이라고는 하지만 바다의 전체 자태에서 풍겨지는 느낌이란 이루 말할 수 없을 정도로 아름답고 대단했다. 그 어떤 표현이 바로 그 장소에서 내가 느낀 감정을 정확히 표현할 수 있을지 나 자신이 아직도 모를 정도로 감동 그 자체였다.

언덕에서 내려다본 산토리니 바다풍경. 크루즈 선박들이 정박해있고, 실제 배를 타고 다니다보면
바로 이곳이 천국이구나, 하고 느낄 정도로 아름답다.

피라 마을의 골목길에서 사진을 찍는 관광객들

나는 이 산토리니의 바다를 보면서 사람도 저와 같으면 얼마나 좋을까, 하고 생각을 해 보았다. 그 만큼 산토리니의 바다는 내게 당당하고 우람차게 보였으며 매우 투명하게 비추어졌다. 어제 배를 타고 하루 종일 주변 일대를 다닐 때도 나는 유난히 바다 속을 세심하게 살펴보았지만 정말 형언하기 힘들 정도로 바다가 깨끗했고, 우리나라에서는 잘 사용도 하지 않는 에메랄드색이란 것이 바로 저런 거구나, 하고 수없이 혼자서 입에서 뇌까리며 연거푸 스마트폰의 사진 셔터를 눌러댔던 기억이 새로웠다.

사람이 살아가면서 죄를 지으면 왠지 스스로 자신이 한없이 작아지는 기분이 든다. 이미 커피가 동이 난 커피 잔을 입에 갖다 대며 나는 '남은 생을 저 산토리니 바다처럼 당당하게 살아볼 수는 없을까?' 하고 한참동안 생각에 젖어들은 기억이 난다. 내 나이도 어느새 60이 되었다. 건강하게 살아갈 수 있는 삶의 기간이 얼마나 되겠는가! 그 동안 참 많은 죄를 지으며 생존 경쟁 속에서 나 자신과 가정을 지키기 위해 열심히 고군분투해왔다. 하지만 그런 삶이 정말 가치 있는 삶인지, 창조주께서 원하시는 삶인지에 대해서는 깊이 있게 생각해보지 못했다. 그냥, 그렇게 무조건 열심히 앞만 바라보며 전진하는 삶을 살아왔던 게 분명하다. 최근에 뉴스를 보니까 나만 그런 게 아닌가 보다. 전직 국무총리를 했던 분도 그렇고 잘나가던 국회의원도 그만 잘못을 저질러 감옥으로 향하는 모습을 보았다.

산토리니의 바다! 너는 앞으로 나의 삶에 분명한 방향을 제시함은 물론 어떻게 살아가야 한다는 메시지를 강력한 이미지로 부각시켜 주었다. 언제 어디서나 당당하고 자신 있는 모습을 보이기 위해서는 자신과 타인을 속이지 않아야 할 것이다. 맹자(孟子)의 군자삼락(君子三樂)이란 곳을 보면, "군자는 하늘을 우러러 부끄럼이 없어야 한다."고 되어 있는데, 이런 지식이 한낱 책에서나 나오는 구호가 아니라 앞으로의 나의 삶의 현장에서 제대로 적용될 수 있기를 간곡히 다짐하는 바이다. 이렇게 했을 때 비로소 이번 여행의 가치가 되살아나고 많은 경비와 시간, 그리고 열정을 간직한 채 떠난 배낭여행이 아깝게 느껴지지가 않을 것이다.

화산섬을 앞에 두고 대형 크루즈 몇 척을 가볍게 얹어 놓은 산토리니의 바다는 이런 이유로 세계의 많은 사람들로부터 그렇게 인기를 모으고 사랑을 받는가보다. 그리스 주변에 있는 많은 섬들 가운데 유독 이 산토리니가 가장 사랑을 많이 받는 이유가 바로 이 천연색의 광대한 모습을 제공해 주는 바다 때문이 아닌가 생각해 본다. 물론 파란 지붕과 하얀 색의 벽들로 가득한 피라 마을과 이아 마을의 아기자기한 풍경도 좋지만 산토리니에서 이 바다가 전해주는 의미는 그 모든 것을 포함한 이미니, 바로 그 역할을 한다고 나는 믿는다.

산토리니의
밤 풍경

누군가 말했다. '산토리니의 나이트라이프는 밤새 지속된다고…'. 나는 처음에는 한글로 된 이 단어, 나이트라이프가 뭔지 궁금했다. 알고 보니 'night life', 즉 밤의 문화 내지 밤의 생활을 뜻하는 말이다. 나는 이번 여행을 하는 한 달 내내 거의 밤에 숙소를 떠나 다른 곳에 가 본적이 없을 정도로 밤에 거리를 다니는 것에 대해 조심을 했다. 집을 떠나 타지에 나와 자칫 강도라도 만나게 되면 어떻게 그것을 감당하겠는가를 내심 걱정했다. 계획했던 한 달간의 여행은 고사하고 집에도 돌아가지 못하는 불행한 일도 닥칠 수 있으니 아예 밤이 되면 나는 숙소에서 다른 여행자와 이야기를 나누거나 다음 날 방문하게 될 유적지의 위치와 정보를 확인하면서 시간을 보냈다. 물론 여행지에서의 밤 문화가 어떤지에 대해 궁금하기도 하고 직접 현장에서 체험을 해보고 싶은 생각도 있었지만 스플리트와 아테네와 같은 대도시에서의 화려한 조명을 제외하고는 그런 시간은 가급적 피했다. 그러나 산토리니만큼은 예외로 하고 싶었고, 이 아름답고 조그마한 세계적 휴양지에서의 밤 문화는 어떤 것인지를 직접 느껴보기로 하고 늦은 시간이었지만 숙소를 과감히 나섰다.

7월 중순, 일 년 중 최고의 성수기라고 하는 산토리니에서의 밤은 그야말로 낮과 전혀 다를 바가 없을 정도로 거리에는 사람들이 인산인해(人山人海)를 이루고 있었고, 상점의 가게 문들은 그때까지 활짝 열어놓은 채 고객을 기다리고 있었다. 또 거리의 식당이나 노천카페도 지나가는 행인들에 의해 모두 손님이 가득 차 있어서 시계를 보지 않고는 그때가 낮인지 밤인지를 정확히 구분하지 못할 정도로 산토리니의 밤은 매우 활기가 넘쳐흘렀다. 게다가 전날 갔던 구항구로 향하는 좁은 골목길에는 록큰롤 음악이 넘쳐흘렀고, 어깨를 감싸주는 따뜻한 남성들의 팔에 안긴 채 젊은 여성들은 마냥 행복해하는 표정을 지으며 여기저기서 술잔을 기울이고 있었다. 시계바늘이 자정을 넘어가는 시간, 거리의 온도는 점차 식어가기 시작했지만 이곳에 있는 바(Bar)나 클럽(Club)들은 마치 고양이가 생선을 본 것처럼 마음껏 그 열기를 펼쳐 보이기 시작했다. 네온사인 불빛이 위에서 아래로, 그리고 둥그런 원을 그리며 정신없이 돌아가고 있는 가운데 그 속에 있는 사람들은 맥주잔과 칵테일 잔을 서로 부딪치며 외쳐대는 고함소리와 함께 신나게 춤을 추고 있었다. 조그마한 무대 공간 위에서 속살을 거의 다 드러내 놓고 춤을 추는 두 명의 젊은 여성은 보는 사람이 그저 황홀할 정도로 그 순간에 몰입하는 모습을 볼 수 있었다. 이러한 흥겨운 모습은 마치 내일은 없고 단지 오늘만 존재하기라도 하는 듯이 그렇게 행복감을 가지고 즐거운 시간을 보내는 것 같이 느껴졌다. 나는 홀 내부를 자세하게 보기 위해 얼굴을 약간 건물 안쪽으로 내 밀었지만 어느 샌가 건물 입구를 지키고 있던 커다란 두 명의 장정들에 의해 제지를 당하고야 말았다. 그들은 키가 대략 180㎝는 넘어보였고, 두 팔에는 모두 어지러운 문신을 하고 있었으며 보기에도 마치 격투기 선수같이 느껴졌다. 그래서 나는 홀 안으로 들어가는 것을 포기하고 대신 좁은 골목길을 좌우로 왔다 갔다 하며 홀 내부의 분위기를 파악했다.

흥겨운 음악과 춤, 젊은 남녀들의 입맞춤과 포옹, 술잔 부딪히는 소리, 그리고 담배 연기만이 자욱하게 이삼십 평이나 되는 공간을 채우고 있었다. 그때의 분위기를 한 마디로 표현한다면 쾌락(快樂) 그 자체였다. 쾌락은 기쁨과 다른 것이다. 기쁨은 가슴 저 깊은 곳에서 느껴지는 진한 감동을 체험할 수 있지만 쾌락은 그저 육체적인 향락에 불과할 뿐이다. 지난날의 나는 오랫동안 기쁨 대신 쾌락을 즐기는 데 많은 에너지와 열정을 소비했다. 쾌락의 맨 앞자리에는 어김없이 술이 있었고 다음에는 여자가 있었다. 나는 외국 여행을 나갈 때 공항에서 가장 먼저 양주 판매점을 찾아 시버스 리걸이나 지금은 이름도 기억을 하지 못하는 여러 종류의 술을 마구 구입하곤 했다. 이런 남편을 두고도 유럽을 여행하는 10일간 아내는 말없이 나를 따라주었다. 지금도 당시를 생각하면 아내와 둘째 딸에게 매우 미안한 생각이 든다. 오스트리아의 인스부르크나 독일의 로텐부르크의 작은 골목들, 그리고 스위스의 시내에 이르기까지 나는 가는 곳곳마다 그곳의 역사나 문화에 관심을 가지는 대신 오직 괜찮은 술을 찾기에 여념이 없었다. 나중에 돌아오는 시간에 보니 나의 큰 가방 안에는 거의 대부분이 술병으로 가득 차 있다는 사실을 알게 되었다. 이런 생활을 나는 대략 30년 넘게 했다.

나는 이런 잘못된 습관을 고치기 위해 나름대로 노력도 많이 했다. 여러 서적을 읽고, 영화도 감상했으며, 또 전라도 완도에서 특별히 차(茶)를 주문해 따뜻한 햇볕이 들어오는 창가에 앉아 오랫동안 명상에 잠기기도 했다. 그리고 나는 무엇보다 교회에 나가 예배를 보며 나의 행동이 고쳐지기를 수없이 바라며 기도도 했다. 그러나 이 모든 것이 하나도 결실을 맺지 못한 채 모두 물거품이 되어버리고 말았다. 그래서 나는 독한 마음을 먹고

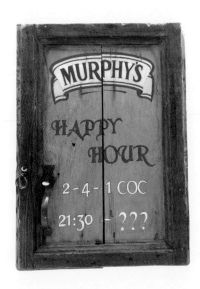

피라 마을 어느 술집 벽에 걸린 간판.
시작 시간이 21:30분인데 그 끝은 없다.

나 스스로 다짐하며 백일 간 술을 끊겠다고 해서 겨우 성공을 했다. 술을 즐기는 사람으로서는 100일 간 술을 먹지 않는다는 것은 대단한 일이다. 직장에서의 회식 때도 나는 그냥 물끄러미 그들을 쳐다보며 물이나 음료 수만 마셔야 했다. 그런데 문제는 술을 끊은 그 다음 날부터 나는 다시 술을 마시는 악순환을 거듭했다는 것이다. 개인에 따라 차이는 있겠지만 나의 경우 담배보다는 술을 끊기가 몹시도 힘들고 어려웠다. 담배야 한 달에 두 세 개비를 피울 정도로 적게 피워서 쉽게 끊을 수 있었지만 담배보다는 쾌락을 안겨주는 술은 끊으려야 끊을 수 없는 그런 악한 습관이 내 몸에 끈질기게 달라붙어 있었다. 직장이나 동료들의 회식자리가 있으면, 나는 어김없이 어두침침한 공간에서 여성들이 따라주는 술에 대략 10명 남짓의 일행과 함께 인생 이야기를 한답시고 늦은 시간을 보내며 2차, 3차를 갔던 기억이 새롭다. 이들 모두가 사회에서는 소위 성공했다는 자리에 앉아 있는 사람들, 즉 의사, 교수, 연구원, CEO들이다.

'영혼이 없는 육체는 죽은 것(The body without the spirit is dead)'이라 했는데 나는 어떻게 보면 근 30년이 넘는 긴 시간을 영혼을 잃어버린 채 살아왔던 게 아닌가 생각한다. 박사 학위를 취득할 때도, 학교에서 학생들을 가르칠 때도, 전국을 다니며 수많은 곳에서 특강을 할 때도 나는 무슨 정신으로 강의를 했는가 싶다. 내가 2008년 3월을 기점으로 새 사람(new self)이 되어 밝은 빛의 세계로 나오기 전까지는 그런 동굴과도 같은 암흑의 시간이 계속해서 나의 영혼을 지배하게 만들었다. 그것이 어린 시절의 가정

환경이나 부모의 양육태도에서 비롯되었든지, 아니면 그 후의 학습에 의한 것이든 간에 나는 그렇게 심리학자로서 나의 행동을 절제하지 못한 채 그 많은 시간들을 '영혼을 잃어버린 삶'을 살아왔다. 이러한 암흑의 시대에서 어떻게 오늘 날의 나로 변화시킬 수 있었는가가 이 배낭여행의 초점이자 핵심이다. 나는 뒤에서 계속 이야기하겠지만 이런 나를 변화시키기 위해 2008년 3월 12일부터 일 년 반 동안 눈이 오나 비가 오나 하루도 빠짐없이 가까운 교회에 새벽기도를 다니면서 수없이 많은 눈물의 회개를 하며 나를 바로 잡고자 노력했다. 그리고 인도와 네팔을 다녀온 뒤 속이 차지 않아 드디어 2011년 가을과 2013년 여름, 두 번에 걸쳐 스페인 산티아고 순례길을 걸었다. 그 결과 나는 너무나 놀라운 체험을 했고 드디어 어둠의 세계에서 빛의 세계로 들어서게 되었다. 눈에 보이는 모든 것이 그저 감사하게만 느껴졌고 사도 바울이나 베드로가 경험했던 신비스런 세계를 나 스스로 직접 체험했으며, 주변은 온통 아름다움과 행복함, 그 자체였다.

세계적인 관광지인 산토리니에서의 즐겁고 향락에 빠진 하룻밤 정도가 무슨 일이 되겠는가? 하지만 이러한 잘못된 습관은 계속해서 일상생활에서 이어지기 마련이고 또 술이란 것은 '무의식으로 가는 지름길'이기 때문에 쾌락의 맨 입구에 술과 여성이 있다고 보면 된다. 여성이 들으면 기분이 나쁘겠지만 오늘날의 신문 지상을 보면 얼마나 많은 남성들이 이 성의 문제를 해결하지 못한 채 방황하고 힘들게 살아가고 있는지를 보면 그 심각성을 알 수 있다. 물론 성의 문제는 술과 무관하게도 발생할 수 있다. 이

산토리니의 피라 마을, 아래에 구항구가 내려다보이는 찻집이 정말 멋지게 느껴진다.

성의 문제는 다음에 나올 '산티아고 편'에서 상세하게 다뤄보도록 하겠다.

성 어거스틴(Saint Augustinus) 역시 오랫동안 방탕한 생활을 하다가 어느 한 순간에 어둠에서 빛의 세계로 되돌아 올 수 있었다. 어머니 모니카 여사가 평소에 그렇게도 올바른 길을 가도록 자식에게 요구를 했지만 어거스틴은 그런 어머니의 요구를 한낱 잔소리로 치부한 채 인간이 저지를 수 있는 모든 악한 행동들을 서슴지 않고 행하다가 결국은 어머니가 선물한 성경의 한 부분을 읽고 개심하게 되었다. "어둠이 거의 지나가고 날이 밝아오니 이제 어둠의 행실을 그치고 빛의 갑옷을 입어라!" 나는 교회에서 여기에 대한 강의를 했는데, 강의를 하는 나도 울었고, 이 강의를 들은 사람이 다시 여러 사람 앞에서 간증을 할 때 나의 모습을 기억하며 눈물을 펑펑 쏟아냈다. 그 만큼 인간이면 누구에게나 자신만이 알 수 있는 죄의 고리에 놓여 있기 때문에 우리는 그 울타리에서 과감히 벗어날 수 있는 기회를 만들어야 한다. 그렇지 못하면 영원히 어둠의 세력에 끌려 다니며 쾌락 속에 빠져 허우적거리는 삶을 살아가게 된다. 이로 인한 결과는 모두 자기 개인과 가정, 가족들, 직장에 어느새 전파되어 정신적인 피로와 스트레스, 그리고 삶의 무기력감에 휩싸이게 될 것이다.

나 자신이 직접 체험한 바에 의하면 알코올과 여성에 의한 방탕한 길은 정말 끊기가 매우 어렵다. 어떤 사람은 평생 동안 이 습관을 고치지 못한 채 음울하고 쾌락에 빠진 생활을 이어나간다. 그것은 마치 영혼을 잃어버린 채 악한 사탄이 자신의 몸과 마음을 마음대로 지배하도록 허용하면서 온갖 더러운 행동과 음탕하고 방탕하며, 도무지 참된 기쁨이라고는 맛보기 힘든 그런 무절제한 생활을 이어 나가게 한다. 정말 안타깝지만 시계바늘은 지금도 일초, 일초 지나가고 있고 단 한 번뿐인 자신의 인생은 그렇게 암울한 생으로 마감하게 된다. 나는 산토리니의 흥겨운 밤 문화를 보면서 다시는 추악하고도 고달픈 여정이 될 그곳 암흑의 동굴로 들어가지 않으리라 굳게 다짐했다.

산토리니 숙소에서
만난 여인

나는 이번 여행을 하는 동안 많은 준비를 했는데, 그 가운데 하나가 숙소를 정하는 문제였다. 여행 기간이 짧지 않은 한 달이나 되니 그 기간 동안의 숙소를 미리 정한다는 게 여간 힘든 일이 아니었다. 나는 젊은 사람들과는 달리 인터넷을 자유스럽게 잘하지 못해 처음에는 어떻게 예약을 해야 하는지도 모르다가 점차 익숙해진 다음 해외 호텔 예약 전문 사이트인 booking.com을 이용했다. 인터넷을 통해 숙소를 예약하는 일은 그다지 어렵지는 않았는데 그냥 원하는 지역이나 호텔 이름, 그리고 날짜 정도를 입력하면 많은 호텔들이 등장하고 가격별로 제시해주니 그 다음에는 Visa나 Master 카드로 결제만 하면 되는 것이었다. 이 사이트에서 제공하는 호텔의 대부분은 사전에 예약을 해 놓고도 그 다음에 취소가 가능해서 매우 편리했다. 그리고 취소나 내용을 변경 하는데 아무런 추가 비용을 부담하지 않는다.

　가령, 크레타에서 로마로 이동할 때 비행기 출발시간이 06:30분이라 나는 그곳에서 머무는 3일 간의 여행 기간 중 마지막 날은 공항 근처에 숙소를 잡고 싶어 이미 예약을 해두었던 호텔에서 변경을 하고 싶었다. 그러면 해당 사이트에 들어가 자신의 비밀번호를 넣고 예약 변경을 하면 간단히 이 모든 것이 쉽게 해결되었다. 그리고 숙소를 정하는데 중요한 요소 중 하나가 해당 숙소에 대한 기존 사용자들의 평가결과이다. 이 평가결과는 10점 만점의 점수와 서술형으로 기록된 그들의 느낌을 제시한 것으로 구성되어 있다. 그런데 나는 한 달간의 숙소 전부를 이 두 가지 내용을 보고 신중하게 예약을 했는데 그만 산토리니만큼은 실수로 이 내용을 보지 못하는 우를 범했다. 그것은 다른 숙소는 모두 booking.com을 이용했지만 유독 이곳 산토리니만큼은 비행기 티켓을 예매할 때 그곳 같은 사이트에서 예매를 연결해서 그만 시스템이 약간 다른 형태에서 이루어지고 말았기 때문이다. 이 간단한 실수로 나는 산토리니에서 3일간 묵을 호텔의 평점이 다른 곳보다 훨씬 낮은 6.6이었고, 서술형으로 기록된 기존 사용자들의 피드백도 매우 부정적인 것으로 채워진 그런 숙소를 정하고 말았다. 피드백 중에는 "이곳 호텔은 밤새 시끄러워 잠을 제대로 자지 못했다."거나 "주인이 매우 불친절하고 방도 지저분하다." 등의 내용이 올라와 있었다. 나는 이곳 산토리니 호텔을 예약한 것에 대해 매우 후회를 하고 다른 곳으로 변경을 하려 했지만 문제는 그 많이 예약한 호텔 가운데 유독 이곳 호텔만이 이미 선불로 지불한 비용을 돌려주지 않는다는 것이었다. 나는 계약을 하면서 이 내용을 제대로 보지 못했는데 나중에 알고 보니 영어로 분명히

'non refundable'이라고 기록되어 있었다. 나는 생전 처음 가보는 세계적인 관광지인 산토리니에서 매우 불편한 호텔을 예약한 채 3일 간이나 머무르게 될 것이라는 염려를 가진 채 여행길에 올랐다. 이런 나를 보고 아내는 "일단 그곳에 가 봐요. 그렇지 않을 수도 있고, 오히려 더 좋을 수도 있으니까…" 하는 여운을 던져주어 나는 실낱 같은 희망을 갖고 여행에 임하게 되었다.

하늘에서 내려다 본 산토리니 섬은 기대했던 것보다 화려하지도 않았고, 다만 높은 기암절벽을 따라 하얀 집들이 쭉 길게 선을 이루며 모여 있는 것이 인상적이었다. 나는 공항에 내려서 로컬 버스를 타고 시내로 들어갔다. 시내라 해보아야 공항에서 피라 마을과 이아 마을이 전부이니 이곳 산토리니에서 길을 찾기는 그다지 어렵지가 않았다. 나는 사람들이 많이 모이고 또 고급 식당들이 밀집되어 있다는 피라 마을의 중심부에 숙소를 예약해 두었는데, 버스 정거장에서 불과 100m도 안 되는 숙소를 찾는데 무려 30분 이상이 걸렸다. 현지 사람들은 호텔 이름을 대도 잘 모르고 또 지중해의 숙소들은 큰 호텔을 제외하고는 대부분 간판이 없었기 때문에 더욱 그러했다. 물어물어 나는 겨우 숙소를 찾아 평지보다 조금 높게 위치한 숙소로 가기위해 계단을 올라갔다. 숙소는 매우 아담한 모습으로 길가의 코너 부근에 위치해 있었고, 하얀색 담벼락에 약간 옅은 푸른색을 입혀 놓아 아주 조용하고 차분하게 느껴졌다. 시간이 오후 2시 정도가 되었을까, 하늘에서 햇볕은 강하게 내리쬐는데 안내 데스크에는 40대 중반으로 보이는 한 아주머니가 환한 웃음과 함께 간단한 인사를 하며 나를 반갑게 맞아주었다. 나는 한국에서 준비한 영문으로 된 계약 서류를 보여주었더니 아주머니는 바로 내게 응답하는 대신 어디론가 전화를 했다. 내가 생각하기로는 아마 이 건물의 주인하고 통화를 하는 것 같았다. 그 전만 하더라도 나는 이 사람이 주인인줄 알았지만 전화를 해서 나에게 방을 안내해 주는 것을 보고 즉각적으로 이 아주머니가 호텔에서 일을 하는 스텝(staff)이라는 사실을 알게 되었다. 아주 곱고 약간 밝은 색의 긴 치마를 입은 아주머니의 모습은 마치 그리스 신화에 나오는 요정같이 보였다. 언젠가 그리스에서 올림픽을 할 때 본 헤라 신전에서 성화를 채화하던 여사제 가운데 한 명이라고 해도 과언이 아닐 정도로 옷차림과 매너, 특히 그 얼굴에서 풍기는 미소와 인상은 아주 품위 있는 신화 속의 여인을 연상케 했다.

전화를 한 뒤 그 여성은 내게 바로 옆에 있는 방으로 안내해 주면서 열쇠를 사용하는 방법과 숙소의 구조를 알려 주었다. 내가 본 그 호텔의 실내는 그리스의 다른 숙소에 비교가 되지 않을 정도로 깨끗했고, 무엇보다 더블침대를 혼자 사용하는 독방이어서 너무 좋았다. 아테네 시와 같은 가격임에도 불구하고 그곳에는 8명이 함께 잠을 자는 도미토리였는데, 이곳은 같은 가격에 혼자 사용하는 독방이니 나는 정말 가격 대비 시설에 매우 만족했다. 그리고 침대 위의 이부자리도 그리스 색으로 깔끔히 정리해 놓았고, 방안에 화장실과 샤워실, 화장대, 어느 하나 소홀한 게 하나도 없었다. 여행을 모두 마친 지금 다시 확인해보니 비수기 때의 가격이 그 당시의 두 배에서 많게는 수십 배에 이를 만큼 비싼 방이었다. 나는 이 방을 대략 6개월 전에 예약을 해 두었는데, 그 효력이 단단히 있었다.

숙소는 피라 마을의 한 복판에 위치해 있어서 그곳에서 대략 100m도 가지 않아 바로 구항구로 이동하는 곳이 나오고 또 마을의 어디라도 10분이면 모두 갈 수 있어서 사용하기가 무척 편리했다. 그리고 다음 날 내가 해지는 노을을 보기 위해 유명한 이아 마을로 이동을 하는 데도 숙소 근처에 버스 터미널이 있어서 모든 여행에 편리함을 더해주었다. 나는 그곳에 3일간 머무르는 동안 구항구에서 배도 타고, 화산섬도 구경을 했으며, 피라 마을의 여러 식당과 기념품 가게들, 그리고 무엇보다 세계 각지에서 온 관광객들과 함께 산토리니의 뛰어난 경치를 구경할 수 있었다. 앞에서 수니온 곳을 소개할 때 저녁노을을 이야기하면서 잠깐 이아 마을의 해지는 장면을 소개한 바 있는데, 정말 이아 마을의 해지는 장면은 이루 말할 수 없이 아름다운 장면을 연출해서 사진을 찍은 나 스스로가 놀랄 정도로 감동적이었고, 그 자체로서 예술적 가치가 무척 높은 장면이라 말할 수 있다. 그런 뛰어난 자연환경과 또 산토리니라는 세계적 명소를 이 저렴한 가격으로 멋진 호텔에서 3일간 머무르게 될 줄을 나는 꿈에도 생각하지 못했다. 아내의 말대로 내가 출발 직전에 한 걱정은 모두 기우(杞憂)에 불과했다. 여행을 모두 마친 지금, 한 달간 묵은 모든 숙소 가운데 가장 좋은 곳을 제시하라고 누군가 나에게 물어본다면 나는 당연히 이 산토리니의 호텔이라고 말해주고 싶다. 그 만큼 내가 묵은 숙소는 깨끗하고 조용했으며, 독방에다가 침대도 싱글이 아닌 더블침대라 아주 편하게 지냈다. 그리고 하루가 바뀌면서 내가 어지럽혀 놓은 침대와 화장실, 그리고 방안이 여행을 하고 돌아오면 너무나 정성스럽고 깨끗하게 정리되어 있어, 이런 것에 비

이아 마을의 해지는 장면. 세계적으로 알아주는 관광 명소이다.

하면 내가 지출한 호텔 비용이 상대적으로 적게 느껴져서 나는 한편으로 호텔측에 미안한 생각마저 들 정도였다.

　그런데 정말 내가 하고 싶은 이야기는 지금부터이다. 나는 숙소에 3일 간 머무르면서 그 스텝 아주머니와 몇 번 마주칠 기회가 있었는데, 그때마다 그 아주머니는 아주 곱고 상냥하며 친절한 태도로 나를 대해 주었고, 한 마디로 매너가 신화에 나오는 선녀같이 느껴질 정도로 좋았다. 내가 이 여성과 만나고 대화를 나누는 그 시간동안 나는 스스로 내가 한없이 작아

이아 마을에서 해지는 장면을 감상하는 관광객들. 정말 멋지게 느껴진다.

지는 느낌을 받게 되었고, 평소의 나의 행동과 태도에 반성을 하게 되었다. '어떻게 해서 저 여성은 저렇게 우아한 자태를 나타내 보이는가!' '이 무더운 날씨에도 불구하고 호텔의 주인도 아닌 스텝이 어쩌면 저렇게도 부드럽고 예절바르게 손님을 대할 수 있을까'에 대해 나는 많이 생각하게 되었다. 이 스텝 여성은 내가 약간의 팁을 침대에 놓아두자 내가 하루 여행을 마치고 돌아왔을 때는 그 팁을 화장대 위에 단정히 놓아두어서 그렇게 한 나의 행동이 몹시도 결례가 되었다는 생각이 들 정도였다. 그녀는 오전 9시에 출근해서 정확히 오후 3시 30분 정도가 되면 문을 잠그고 퇴근을 했다. 그러면서 그 이후에 올 손님을 위해서 영어로 몇 자 쪽지에 남겨서 문고리에 꽂아두어 후속 조치를 취해주었다.

사람이 살아가면서 중요한 게 많지만 이 '예절'만큼 중요한 게 있을까를 최근에야 비로소 나는 깨닫게 되었다. 나는 2008년도 이후 나 스스로 사람이 많이 바뀌게 되면서 그 전의 강의를 할 때와는 달리 학생들로부터 여러 종류의 긍정적 피드백을 많이 받게 되었는데, 문제는 강의가 끝난 이후에 그들과 개별적으로 만나면 나의 행동이 그들에게 어떻게 비추어질까를 많이 걱정했었다. 대표적인 예로, 내가 경상남도 통영에 강의를 갔었는데, 토요일 날 그곳에 모인 대략 40명의 선생님들 중 장학사가 한 분 계셨는데 알고 보니 그 분이 바로 나를 강의에 초대한 교육청의 실무자였다. 그녀는 나를 선생님들에게 소개를 해준 뒤 자기는 다른 약속이 있어서 곧장 자리를 떠나려 했지만 내가 강의를 시작한 뒤 5분만 듣고도 강의 내용이 너무 마음에 와 닿아 그 자리를 뜨지 못하고 남은 4시간 강의를 모두 듣게 되었다고 나중에 내게 전해주었다. 그 만큼 나의 강의에 매력을 느끼고 내용이 좋았다고 했는데, 그 다음이 문제였다. 이 장학사님은 강의가 끝난 후 나를 그냥 보내기가 아쉬웠든지 교육을 받은 2명의 여선생님을 호출해 나와 함께 통영을 구경시켜 준다고 했다. 그래서 같이 차로 이동한 후 장학사님은 내게 충무 김밥도 사주고 또 전망이 좋은 높은 언덕 위로 올라가 통영의 멋진 바다를 한 눈에 볼 수 있도록 극진한 대접을 아끼지 않았다. 이런 모습은 비단 이곳뿐만 아니라 내 강의가 행해지는 많은 장소에서 비슷한 대접과 분위기를 많이 느꼈던 적이 있다. 나는 속으로 '지난 직장에 있을 때는 그렇게 어렵게 느껴지던 강의가 사람이 달라지니 이렇게 잘될 수도 있는 거구나!' 하고 생각했다.

이 글을 통해서 내가 독자들에게 알리고 싶은 메시지는 다름 아닌 '예절'이다. 이를 다른 말로 고치면 '품위'인데, 우리가 어떤 사람을 만나게 되면 그 사람으로부터 이런 품위를 느끼게 된다. 상대가 아무리 높은 직위를 가지고 있고 재산, 학력 등이 우수하다 하더라도 그 사람이 말하는 것이나 행동하는 것을 보면 금방 상대방의 품위를 짐작할 수 있다. 이런 면에서 나는 변화가 많이 이루어졌다고는 하나 여전히 부족한 것이 사실이며 이런 예절과 품위가 짧은 기간에 노력을 한다고 해서 잘 고쳐지지가 않아 나로 하여금 매우 식상하게 한다. 그래서 나는 강의를 마친 후 가급적이면 그런 개인적인 식사자리나 모임에 나가지 않으려 한다.

산토리니에서 만난 그 여성의 품위는 앞서 언급한 대로 올림피아의 헤라 신전에서 성화를 채화하던 그리스의 여사제의 모습을 그대로 느끼게 했다. 나는 어린 시절 지게를 지고 가난하며 성질이 포악한 아버지 밑에서 자라, 나 스스로 예절이 너무나 부족하다는 것을 잘 알고 있었기에 이런 그녀의 예절과 품위가 더욱 부럽게 느껴졌다. 나는 어린 시절 수년 간 어

머니에게 온갖 욕설과 구타를 하는 아버지의 모습에서 심한 공포를 경험
해야 했었고, 그로 인해 그때의 경험이 그 후의 나의 삶에 많은 부정적 영
향을 끼쳤다고 본다. 그렇다고 지금에 와서 나의 이런 예절이 부족한 부분
에 대해 그 원인을 오직 아버지 탓으로만 돌리자는 것은 아니다. 아니 원
인을 따지기보다는 그 후로 수십 년의 삶을 이어온 오늘날의 내가 아직도
예절이 부족하다는 사실에 아쉬움을 표현하는 것이다. 나는 정말이지 다
시 태어날 수만 있다면 이 예절 문제를 포함해서 좀 더 여유 있고 인간을
사랑하며 보다 높은 윤리적 가치를 가지고 살아가고 싶다. 그런데 지금의
나로서는 이 예절과 품위를 지키는 것이 참 안 되는 부분이다. 왜 나는 저
산토리니 여성처럼 인간을 따뜻하게 배려하며 환한 웃음으로 대하지 못

하는가를 생각하면 그것이 한낱 지식으로 해결되지 않는 문제이기 때문에 더욱 아쉬움을 더한다. 이런 점에서 나는 이번 여행에서 잊지 못할 교훈 중의 하나를 이곳 산토리니에서 느꼈고, 이것을 알게 해 준 사람이 바로 산토리니 숙소에서 만난 그리스 여인이란 것도 알게 되었다. 아쉬운 것은 그 여인의 사진을 내가 한 장도 찍어오지 못했다는 사실이다. 하지만 그 여인이 내게 보여준 아름다운 자태만은 지금도 내 가슴속에 살아 숨 쉬고 있다. 지금 이 시간도 그녀는 그 호텔을 찾는 고객들에게 자신만의 특유한 은은하면서도 고요한 미소, 친절, 그리고 자상한 모습을 보여주고 있을 것이다. 평소에 생각하지 못한 예절의 중요성을 나는 이곳 산토리니에서 다시 한 번 깨닫게 되는 소중한 체험을 했었다. 언젠가 나는 다시 한 번 시간을 내어 이곳을 방문해 보고 싶다. 그때는 과연 그 여인이 있을지 궁금하다. 그러나 아무리 시간이 지난다 해도 그 여인이 보여준 자태와 품위는 영원히 내 마음속에 고이 간직될 것이다.

그리스인 조르바를 찾아
크레타 섬으로

나는 언제부터인가 크레타(Crete)라는 섬이 내 머릿속에 깊이 각인되었다. 그것이 그리스 로마 신화를 읽게 되면서부터인지 아니면 다른 책들을 접하게 되면서인지는 잘 모르겠지만 아무튼 크레타라는 이름은 내게 매우 고상하고 미지의 섬이라는 것을 인식시켜 주었다. 그래서 나는 기회가 되면 꼭 한 번 이곳을 방문하리라 평소에 마음을 단단히 먹고 있었다. 그러던 차에 나는 〈그리스인 조르바〉라는 영화를 보면서 조르바의 자유스런 행동에 너무나 감명을 받은 나머지 그 후로부터는 이곳 크레타 섬을 꼭 가고 싶은 중요한 장소로 삼았다. 〈그리스인 조르바〉는 크레타가 고향인 니코스 카잔차키스의 소설 〈그리스인 조르바〉 내지 〈희랍인 조르바〉를 영화화 한 것인데, 이 영화에서 내가 좋아하는 안소니 퀸이 얼마나 연기를 잘하던지 정말 영화를 다섯 번이나 봐도 질리지 않고 지금도 다시 보고 싶을 정도이다. 나는 영화만으로는 만족이 덜되어 더 자세히 조르바의 삶에 대

해 알기 위해 책을 구입해서 읽었으나, 책은 외국 서적을 번역해 놓은 것
이어서 읽기가 껄끄러워 중도에 포기하고 말았다.

영화는 참 멋지고 무엇보다 내용이 충실했다. 첫 장면은 그리스 아테네
의 피레우스 항구에서 시작한다. 크레타로 가는 배를 타기 위해 조르바(안
소니 퀸 분)는 심한 비바람이 몰아치는 악천후 속에서 짐 꾸러미 하나를
등에 지고 휴게소 문을 열며 들어선다. 이때 책에서 눈을 떼지 못한 채 한
쪽 구석에서 열심히 독서를 하며 배를 기다리고 있는 대장(저자인 카잔차
키스 자신을 표현)에게 다가가서 슬며시 말을 건넨다. 그리고 얼마 지나지
않아 대장과 함께 크레타로 향하는 배를 타고, 그곳에 도착해서는 대장의
탄광 일을 도와주며 같이 생활하게 된다.

영화는 보기에 따라 그 느낌이 다르겠지만 나의 경우 이 영화를 너무
나 재밌게 보았고, 내용 하나하나가 주는 의미가 내게는 마치 보물처럼 그
렇게 받아들여졌다. 지금도 기억나는 장면으로는 첫 장면 외에 조르바가
부블리나를 꼬시는 장면, 대장이 미망인을 꾀지 못해 힘들어하자 조르바
가 대신 중간에 다리를 놓아주는 부분, 그리고 마지막 장면에서 조르바와
대장이 해변에서 함께 어깨동무를 하고 춤을 추는 장면 등이다. 그 외에
도 의미가 있는 장면이 수없이 많다. 그 가운데서도 내게 가장 인상 깊었
던 장면은 조르바가 대장으로부터 돈을 받아 도시에 나와 탄광을 건설하
는데 필요한 여러 공구를 사러 나왔을 때 이야기이다. 조르바는 공구를 살

돈으로 공구를 사지 않고 바로 술집으로 가서 그곳에서 일하는 악사(樂士)
와 꽃을 파는 여인에게 팁을 듬뿍 집어주고 또 샴페인도 시키면서 멋진 폼
을 과시한다. 이때 처음에는 나이가 많아 보이고 수염이 텁수룩한 조르바
를 할아버지라고 놀려대던 젊고 아름다운 여성이 나중에는 조르바를 껴안
고 키스를 하는 웃지 못 할 장면도 나온다. 그 만큼 조르바는 자유인(自由
人)이다.

자유인! 이 단어는 그냥 우리가 일반적으로 하는 말과는 의미가 다르
다. 만약 누군가가 당신에게 "당신은 자유인인가?" 라고 묻는다면 대부분
의 사람들은 별 생각 없이 "그렇다"고 대답할지 모른다. 그러나 가만히 생
각해보라. 당신이 진정한 자유인인가? 무슨 자유가 당신에게 주어져 있는
가? 가고 싶은 여행을 마음대로 갈 자유, 어디론가 한적한 곳에 가서 한 달
동안 쉬고 싶은 자유, 직장에서 자신이 하고 싶은 말을 다 하는 자유, 그 외
에 여러 자유를 진정 당신은 현재 누리고 있는가? 〈그리스인 조르바〉의 저
자인 카잔차키스는 자유에 대해 "자유란 내가 하기 싫은 것을 하지 않는
것, 내가 하고 싶은 것을 하는 것"이라고 간단명료하게 표현한 바 있다. 당
신은 정말 평생토록 직장에서 일을 하고 싶은 마음을 갖고 수없이 반복되
는 똑같은 일을 하고 있는가? 아니면 그저 가정을 지키기 위해서, 그것도
아니면 인간에게 내려진 숙명의 굴레라서 그런 것인가? 그런 일상의 직장
생활이 며칠, 몇 달, 더 나아가 몇 년은 괜찮을지도 모르겠다. 하지만 그 기
간이 수십 년이나 평생 동안이라고 하면 어떤 생각이 드는가? 돌이켜 보건

데 나는 대략 31년이 넘는 긴 시간을 공직에서 보냈다. 30대 초반 시절, 내가 전방에서 중대장 시절을 할 때, 당시 결혼을 한 지 채 몇 년이 지나지 않은 시점에, 한 지역에서 3년이 넘도록 근무하면서도 단 3일간의 휴가도 가지 못한 경우가 있었다. 3년간을 하루도 빠짐없이 매일 집에서 부대로 출근해야 했으며, 주말에도 일직근무 내지 병사들과 함께 축구를 하면서 시간을 직장에서 보내야했다. 겨우 주말에 시간을 내서 시내로 나가게 되면 번개통신이라는 명목으로 지휘관은 비상시 1시간 이내로 소집될 수 있는 지역에 위치해야 한다고 해서 마음대로 식사나 목욕도 하지 못한 시절이 있었다. 그렇게 해서 돈을 모아 저축을 하고, 집을 샀으며, 가족들의 생계를 책임지는 가장으로서의 역할에 충실해야만 했다.

이후 나는 전역을 해서 다시 학교 기관에 들어갔지만 그곳에서의 생활도 그 전에 비해 크게 달라진 것이 없었다. 다만 도시 지역이고 역할이 강의를 하는 것이라 그 전보다는 다소 생활이 편리해지긴 했지만 다람쥐 쳇바퀴같이 반복되는 일상생활과 조직으로부터 내려오는 여러 지시와 가장으로서의 역할을 하기 위한 책임 소재에서는 좀처럼 벗어나지 못한 채 매우 제한된 생활을 할 수밖에 없었다. 게다가 어쩌다 시간을 내서 가족과 함께 외국여행이라도 가려면 최소 몇 주 전에 상급자로부터 허락을 받아야만 했다. 이런 보이지 않는 일상생활의 통제는 나로 하여금 어느 순간에 마치 누군가 나의 목을 죄어오는 것처럼 그렇게 답답함을 느끼게 했다. 이런 기분은 나만 느끼는 것인가. 아마도 아닐 것이라고 나는 생각한

크레타 섬, 헤라클리온 시에 있는 카잔차키스의 무덤

다. 내가 이 글을 쓰고 있는 연구실 바로 앞에는 정부 청사 건물들이 용 모양으로 길게 자리를 잡고 있는데, 여기서 일하는 공무원들 역시 마찬가지일 것이라고 나는 생각한다. 다만 개인에 따라 누구는 그런 것을 느끼고, 또 누구는 그런 사실 자체를 아예 느끼지 못하고 살아가는 차이만 존재할 뿐이라고 본다. 공무원이 되기 위해 수십 대 일의 높은 경쟁률을 뚫고 정작 입사를 했지만 그들은 직장 생활을 매우 통제된 범위 안에서 하도록 요구받고 있다. 그렇기 때문에 카잔차키스는 〈그리스인 조르바〉를 통해 누구에게나 가장 소중하고 필요하면서도 그 소중함을 잊고 사는 바로 이 자유를 강조하고자 한 것이다.

이 〈그리스인 조르바〉에 관한 영화나 책을 보고 단번에 인생이 바뀌었다는 사람들도 있다. 대표적인 사람으로 안철수의 멘토 가운데 한 명인 시골 의사 박경철과 전 명지대 교수였던 김정운 문화심리학자이다. 이 두 사람은 과히 〈그리스인 조르바〉를 가장 사랑하고 영향을 많이 받은 사람들의 표본이라 할 수 있다. 먼저 박경철의 경우, 대학 시절 카잔차키스의 책을 읽고 마음에 두었다가 20년이 지난 40대 중반이 되어서는 아예 그의 저서들을 모조리 읽은 다음, 그것도 모자라 자신의 말로 인생 2막이 시작되기 전에 49세의 나이로 그리스로 여행을 떠나 〈문명의 배꼽, 그리스〉라는 책을 내기도 했다. 그런데 재미있는 점은 박경철이 크레타 섬을 찾아 그곳에 있는 카잔차키스의 무덤을 방문한 후 근처에 있는 상점에서 소주를 구입해 무덤에 붓고 절을 했다는 사실이다. 그리고 현지에서 만난 사람과 대화를 하던 도중 박경철은 자신의 그런 행동이 바로 "카잔차키스가 나의 영웅"이기 때문에 그렇게 했다고 말한 부분이다. 그 덕택에 박경철은 그 현지 사람의 집에 초대를 받아 저녁식사도 함께 했다는 것인데, 그 만큼 그는 카잔차키스를 좋아했던 사람이다. 두 번째의 김정운 교수 역시 그렇다. 지금은 교수가 아니라 문화심리학자이자 '여러 가지 문제 연구소장'이지만 그는 예전에 명지대학교에서 문예창작을 가르치던 교수였다. 평범한 교수 생활에 그리 흥미를 갖지 못했던지 어느 신문사가 고전읽기 난에 기사화할 내용을 써달라고 김 교수에게 부탁을 했는데, 김 교수는 그만 이 책을 읽은 후 책장을 덮고 바로 총장에게 사직서를 제출했다는 것이다. 그러면서 두 사람 모두 카잔차키스의 무덤에 있는 묘비명을 이야기한다. 거기에는 그리스어로 이렇게 적혀있다.

"나는 아무 것도 바라지 않는다.
나는 아무 것도 두려워하지 않는다.
나는 자유인이다."

나는 크레타를 방문할 때 흔히들 이야기하는 '신들의 고향'이나 '유럽 문명의 탄생지'라는 그런 고상한 이야기는 뒤로 하고 제일 마음에 둔 것이 바로 이 카잔차키스의 무덤과 행적이었기 때문에 공항에 도착한 직후 바로 숙소를 찾아 여장을 푼 후 곧장 찾은 곳이 바로 이 카잔차키스의 무덤이다. 지도를 자세히 보니 무덤은 헤라클리온(Heraklion, 이라클리온으로도

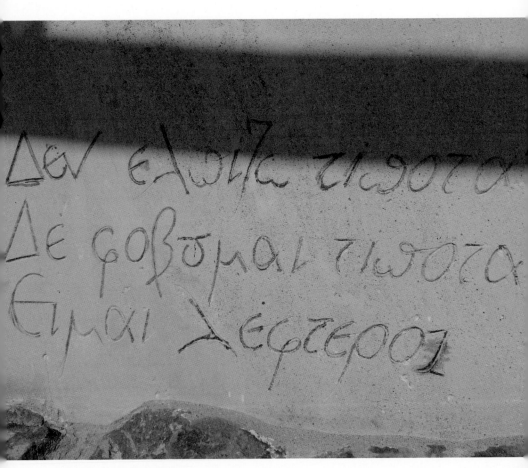

카잔차키스의 묘비에 쓰여진 글씨.

불림) 시내의 남쪽 끝자락에 거리도 얼마 떨어지지 않은 곳에 위치해 있었다. 스마트폰의 구글 지도를 봐도 그곳이 시내를 둘러싸고 있는 베네치아 성벽의 남쪽 가장자리에 있다는 것을 금방 알 수 있었다. 나는 현지인에게 묻고 또 지도를 이용해 그리 어렵지 않게 카잔차키스의 무덤을 찾았다. 찾아가는 주변은 매우 복잡하고도 좁은 골목길을 몇 번이나 가로질러 가야만 한다. 물론 큰 도로로 돌아서 가는 방법도 있겠지만 나는 숙소에서 버스를 내린 베네치아 성벽이 보이는 항구 쪽에서 걸어가서 그런지 아무튼 집들로 둘러싸인 골목길을 많이 통과한 것 같다. 먼 거리는 아니었지만 30분 정도 복잡한 건물 사이를 통과하니 그곳이 바로 카잔차키스의 무덤이 있는 곳인데, 이곳을 찾은 나는 예상외로 그곳에 관광객이 한 명도 없다는 사실에 처음으로 놀랐다. 지금까지 가는 곳곳마다 세계의 관광객들이 차고 넘쳤는데, 어찌하여 이곳 카잔차키스의 무덤에는 나를 제외한 단 한 명의 관광객도 없을까에 대해 우선 의문이 갔다. 그러면서 내가 잘못 온 것일까를 생각하며 주변을 둘러보았다. 들어가는 입구는 무슨 관광지처럼 만들어 놓았는데, 돈은 받지 않았고, 입구 왼쪽에 조그마한 구멍가게가 하나 있었다. 그리고 한쪽 끝에는 녹이 슬은 철판에 무엇인가 카잔차키스의 무덤에 관한 설명을 해 놓은 간판도 보였다. 주변은 매우 조용했고 사람의 인기척이 거의 없는 한적한 오후의 여름 그런 분위기였다.

성벽으로 둘러싸인 약간 높은 곳에 있는 무덤에는 그야말로 내가 그토록 보고 싶었고, 박경철과 김정운 교수가 열광하던 카잔차키스의 무덤이 실제 맞는가에 대한 의문이 들 정도로 관광객들이나 이곳 현지인들로부터 외면 받고 있다는 생각이 들었다. 나는 올라가 뜨겁게 내리쬐는 7월의 태양 아래서 좌우로 멋쩍게 묘지 사진을 찍고, 바다가 내려 보이는 주변의 풍광을 보고 바로 내려왔다. 그런데 이런 사실이 내가 기대했던 바에 비해 너무나 허전하고 멋쩍어서 나는 무덤 아래에 있는 조그마한 사무실에 들어가 그곳에 근무하는 남자 한 명과 약간의 대화를 나누었다. 정확히는 모르지만 그 사람은 주변에 있는 테니스장을 관리하는 관리인 같았다. 40대 초반으로 보이는 그 남성은 에어컨이 꽤나 잘 나오는 그의 사무실에서 아주 친절하게 내게 카잔차키스의 박물관이 있는 곳을 알려주면서 교통까지도 확인해주는 수고를 해주었다. 그러나 불행히도 전화로 확인해보니 카잔차키스의 박물관으로 가는 버스가 마땅치 않은 모양이었다. 지도를 보며 둘이서 몇 번이나 박물관으로 가는 방법을 알아보았으나 방법이 마땅치가 않아 나는 기대에 비해 너무나 쉽게 박물관 방문을 포기해 버렸다.

카잔차키스! 그는 과연 어떤 사람이기에 박경철과 김정운 교수가 그토록 칭찬을 아끼지 않았고, 또 그리스 문학의 선두 주자이자 고향인 크레타 섬의 영웅으로 떠올랐는가. 내가 아테네에서 출발해 도착한 헤라클리온 공항의 간판에도 헤라클리온이 아닌 '카잔차키스 공항'으로 기록되어 있었다. 그가 주장한 자유란 도대체 무엇을 의미하는가. 아니 자유에 대한 정의나 토론 대신 무엇이 그 두 사람으로 하여금 그토록 중요한 결정을 하게 만들었는가. 그리고 자유가 그토록 중요한데 왜 수십만, 수백만, 수천만 명의 다른 사람들은 그런 자유를 추구하지 못한 채 그저 주어진 생업에 종사할 수밖에 없는 것일까. 이들은 그런 자유를 추구할 용기가 없는 것일까, 아니면 아예 그런데 관심이 없거나 알고도 미리 포기한 것일까.

이런 기회를 살려 이 책을 읽고 있는 여러분들도 한 번 이 문제에 대해 생각해 보았으면 한다. 나는 31년간의 공직생활을 청산하고 2008년도에 명예퇴직을 했는데, 이어서 나는 몇 군데의 대학 강의를 맡고 있고, 또 개인적으로는 심리상담연구소를 운영하고 있다. 연구소야 내가 조정하기에 따라 문을 닫고 언제든지 자유롭게 여행을 떠날 수도 있지만 교수직은 그렇지 않다. 학기가 시작되면 꼼짝 못한다. 왜냐하면 교수는 일단 과목을 맡은 이상 학기 강의를 내 마음대로 할 수 있는 권한이 없기 때문이다. 그러다보니 그 전에 비해 약간의 융통성은 생겼지만 여전히 지금도 나는 통제되고 제한적인 삶을 살고 있다는 생각이 든다.

영화 〈빠삐용〉을 보면 자유를 추구하기 위해서 목숨을 걸고 감옥을 탈출하는 장면이 나온다. 무척 감동 깊게 몇 번이나 본 이 영화는 마지막 장면에서 결국 빠삐용이 절벽에서 뛰어내려 자유를 찾아가는 장면으로 마감한다. 나는 항상 실존주의 철학을 존중하고 머릿속에 입력해 둔 나머지 죽음이란 단어를 자주 생각하곤 한다. 인간은 한정된 시간만 살 수 있는 존재이고 나 같이 나이 60이 되면 언제까지 건강한 삶을 살 수 있을지에 대해 생각하게 되고, 또 실제로도 앞으로 살 인생이 그리 길지 않다는 사실도 깨닫게 된다. 그럼에도 불구하고 대부분의 사람들은 자신이 진정 하고 싶은 것이 아니라 생업을 위해서, 가정을 지키기 위해서 경제적인 포로의 삶에 매우 익숙해져 아예 그런 자유에 대해 생각해 볼 여력을 갖지 못하는 처지에 놓여있다. 내가 두 번째 산티아고를 갔을 때 서울에서 직장을 다닌 다는 30대 초반의 미혼 여성은 너무나 산티아고 순례길을 걷고 싶은데 직장 문제로 그렇게 하지 못하니까 40일 코스를 단 7일간의 시간을 내서 왔다고 들었다. 그녀는 일정상 800㎞에 달하는 풀코스를 걷지 못하기 때문에 한국에서 생장이 아닌 마드리드로 곧장 이동해 그곳에서 다시 산티아고 목적지의 전방 100㎞ 앞에 있는 사리아까지 버스로 이동했다고 했다.

다시 이야기를 원점으로 돌려보면, 카잔차키스의 말대로 당신이 정말 '하고 싶지 않으면 하지 않고, 하고 싶은 일만 하라!'는 그의 말에 동의할 수 있겠는가. 말로는 쉽게 할 수 있을지 모르지만 현실로 옮기기에는 너무나 어렵고 불가능한 일일 것이다. 그럼에도 불구하고 우리 모두는 이 '자유'라는 두 글자에 귀를 기울이고 자신의 현재 모습을 되돌아볼 필요가 있다고 본다. 박경철의 말대로 여러분은 인생 2막, 아니 3막이 되어도 여전히 물질이나 생활의 포로가 되고 노예가 되어, 안이한 습관이나 관행에 얽매어 도무지 진정 자신이 하고 싶은 게 뭔지에 대해 생각조차 할 수 없는 로봇에 불과한 존재가 되고 말 것인가. 내가 하는 말에 아예 두 귀를 닫고 있는 모습이 혹시 당신 자신이 아닌지 되돌아보았으면 하는 바람이다.

크노소스 궁전에서 만난
〈라 파리지엔느〉

앞서 언급한 대로 내가 크레타 섬을 가장 가고 싶어 했던 이유 중의 하나는 신화도 아니요 유적지도 아닌 바로 〈그리스인 조르바〉의 저자인 카잔차키스 때문이었을 것이다. 그렇기 때문에 나는 공항에 도착한 첫 날, 바로 숙소에 짐을 풀자마자 바로 그의 무덤으로 향했던 것이다. 그러나 생각했던 것보다 무덤이 허술해서 나는 다소 실망했지만 그래도 내가 직접 그의 무덤을 찾아보았다는데 스스로 위안을 했다. 그런데 나는 이곳 크레타에서 무려 3박 4일간의 시간을 보내는 것으로 배정을 해 놓았는데, 나머지 시간은 어떻게 한단 말인가, 하는 생각이 들었다. 나는 한국에서 여행을 출발하기 전에 구입해서 본 그리스에 관한 책을 두고 왔기 때문에 내 머리 속에는 이곳 크레타에 관한 추가적인 정보가 별로 없었다. 그때 공항에 있는 여행 안내소에서 받은 지도를 보고 생각이 떠오른 곳이 바로 크노소스(Knossos) 궁전이다. 알고 보면 이곳 크레타 섬에서 가장 중요하게 부각되는 곳 중에 하나가 이곳 크노소스 궁전이다.

크노소스 궁전은 크레타 섬의 베네치아 성곽 가까이에 있는 엘레프 테리아스 광장에서 2번 버스를 타면 대략 20분 이내에 도착하는 거리에 있다. 재미있는 사실은 크레타에서 버스를 타면 그리스 아테네에서와는 달리 버스 내에서 기사가 승객이 내미는 버스표를 잡고 반을 찢는다는 것이다. 나는 이 광경이 무척 재미있어 유심히 쳐다보았다. 승객은 차를 타면 일단 버스 기사에게 버스표를 내밀고 그러면 기사는 그것을 반으로 찢는데, 이 광경이 너무나 재미있었다. 나는 이때 1.5유로의 일반 표 대신 숙소 근처에서 5유로를 주고 데일리 버스표(daily ticket)를 구입했기 때문에 기사에게 그것을 보여주고 하루 종일 어디를 가나 그냥 버스를 탈 수 있었다.

버스는 복잡한 헤라클리온 시내를 빠져나와 크노소스 궁전의 입구 앞에 정확히 승객을 내려줬는데, 주변에는 시골스런 분위기와 앞쪽으로 멀리 보이는 그리 높지 않은 산, 그리고 입구 바로 앞에는 기념품을 파는 상점들이 즐비해 있었다. 나는 입장권을 구입해서 궁전 내부로 들어갔는데, 궁전은 한 마디로 볼게 없었다. 이 표현은 사실 너무 빈약하고 크노소스 궁전을 비하하는 것으로 비추어지는 것 같아 다시 표현한다면 궁전은 내가 기대했거나 바라던 것과는 너무나 다른 매우 황량하고 수분이 없는 땅에서 가끔 먼지만 푸석이는 그런 곳이었다. 그러나 이곳이 세계적인 관광지이자 신화의 고장이며, 그리고 유럽 문명의 탄생지이기 때문에 방문객

버스 내에서 승객들이 내미는 버스표를 운전기사가
반으로 당겨 찢는 모습

들은 무척이나 많았다. 나는 그들 일행이 가는 곳을 뒤따라가면서 유적을 감상했다. 나중에 알고 보니 이 크노소스 궁전은 그 역사가 무려 3,500년이 넘는다고 한다. 말이 3,500년이지 우리나라 역사를 교과서에서 배울 때 고려시대, 조선시대, 하던 것과는 년도가 비교가 되지 않을 정도로 오래 되었다.

이렇게 오랜 역사를 가지고 있는 궁전 내부는 비록 벽돌담이 허물어지고 구릉진 곳에서 여기저기 단지와 그림들이 있는 정도지만 인류 문화에 기여하는 역사적 가치는 이루 말할 수 없이 높은 것들이다. 글을 쓰고 있는 지금도 내가 문화에 너무 무식한 것 같아서 스스로 미안할 정도이다. 궁전은 기원전 1,600년경에 미노스왕의 지시에 의해 다달로스라는 건축가에 의해 만들어졌다. 신화에서 나오는 것처럼 이 궁전은 라비린토스 (Labyrinthos), 즉 미궁(迷宮)이란 말에 맞게 일단 누구든지 그 속에 들어가면 밖으로 빠져 나올 수 없도록 설계되어 4층 구조의 1,200개가 넘는 방으로 가득 차 있었다. 하지만 20세기 초에 영국의 고고학자인 아더 에반스

크노소스 궁전 입구에서 차례를 기다리고 있는 관광객들

크노소스 궁전의 벽화를 구경하고 있는 관광객들

(Arther Evans)에 의해 발견된 궁전은 현재 상당히 발굴이 진행되었으나 옛날의 그런 모습은 기대하기가 어렵고 다만 여기저기서 왕이 머물던 자리나 벽화들, 그리고 무너진 방들을 관람할 수가 있었다. 원래의 모습은 나중에 헤라클리온 시내에 있는 고고학 박물관에서 조립으로 된 건축물로 볼 수 있었다. 나는 학교에서 강의를 할 때 가끔 영웅 테세우스와 아리아드네 공주의 비화가 담긴 이 미로(迷路)의 이미지를 자주 사용해 왔는데, 내가 그 역사의 실제 현장에 와 있다는 사실 자체가 도무지 믿기지가 않을 정도였다.

이곳 크노소스 궁전을 둘러싼 신화에 대해 이야기하면 끝이 없을 정도이다. 앞서 언급한 미노아 문명의 미노스왕도 알고 보면 신화에 나오는 제우스의 아들이다. 또 미로의 이야기에서 나오는 미노타오루스라는 반인반수의 괴물은 포세이돈의 벌에 의해 만들어진 미노스왕의 아내 파시파와 황소 사이에서 나온 아들이다. 나는 이런 신화의 이야기를 접할 때마다 참 재미있기도 하고 그것이 과연 사실인지 허구인지 늘 궁금해 했다. 여기에서 이야기가 이어져 바로 테세우스가 괴물을 물리치고 고국인 아테네로 돌아가다가 그만 승리에 도취해서 흰 돛 대신 검은 돛을 달아 아버지인 에이게우스가 수니온 곳의 앞 바다에 투신해버렸다는 이야기는 앞에서 언급한 바 있다. 이처럼 역사는 공부를 하면 할수록 더욱 흥미가 있어지고 박식해지며 시공간을 초월한 상상의 바다에 몸을 담그게 된다. 만약 내가 다시 공부를 시작할 수 있다면 나는 제대로 된 역사를 배워보고 싶다.

아래에서 위로 본 크노소스 궁전. 전체적으로 굉장히 메말라 있는 기분이다.

  나는 허허벌판의 대지 위에 세워져있는 가로 세로 100m 안팎의 삭막한
크노소스 궁전을 두세 번 돌아보면서 속으로 '유명한 것에 비해서 별로 볼
게 없구나!' 하고 스스로 자평을 했다. 그런데 그나마 관심이 가는 것이 있
었는데, 그것은 바로 벽에 그려진 프레스코(fresco) 형식의 벽화들이었다.
가장 먼저 눈에 들어온 것이 〈백합을 든 왕자, The Prince of the Lilies〉였
고, 다음이 〈푸른색의 여인들, Ladies in Blue〉이었다. 이 두 그림은 시간
이 3,500년이 지난 그림이라고는 도무지 믿기지 않을 정도로 색상이 뚜렷
했으며, 그림 자체도 거의 보존이 깨끗한 상태였다. 나중에 안 사실이지만

고고학 박물관에서 본 크노소스 궁전의 원래 모습을 재현한 조형물

여기에 있는 그림들은 모두 모조품이고 진품은 헤라클리온 시내에 있는
고고학 박물관에 옮겨놓았다고 한다. 나는 이 궁전을 빠져 나와 다시 시내
로 진입해 고고학 박물관을 찾았다. 고고학 박물관은 엘레프 테리아스 광
장 바로 옆에 있었는데 몇 번을 다시 쳐다봐도 도무지 박물관 같지 않고
그냥 일반적인 건물 같이 보였다. 그런데 이런 어설퍼 보이는 건물 속에
무려 3,500년이 넘은 유적들이 전시되어 있다니 실로 이것은 대단한 것이
었다. 나는 입장권을 구매해서 그 속을 차분히 둘러보았다. 박물관 내부에
는 얼마 전에 크노소스 궁전에서 본 여러 유적들이 깔끔하고 질서 있게 정

돈되어 있었고, 내가 가장 주의 깊게 본 두 벽화도 전시되어 있었다. 실내에서 사진을 찍는 것이 허용되었기 때문에 나는 여러 장의 사진들을 찍으면서 다시 두 그림에 대한 진품을 면밀히 살펴보았다. 정말이지 어떻게 보관했기에 3,500년이 된 그림들이 이렇게 보존 상태가 깨끗할까, 아마 나 뿐만이 아니라 그곳을 찾은 모든 사람들이 이 점에서 느낀 바가 동일할 것이다. 보관 상태도 좋았지만 무엇보다 나는 이 두 그림이 무척이나 마음에 들었다. 먼저 〈백합을 든 왕자〉는 예쁘장한 젊은 남성이 허리가 매우 잘록하면서 한 손에 백합을 들고 다른 한 손으로는 동물인지 뭔가를 끌고 가는 모습이었고, 〈푸른색의 여인들〉은 그림 자체가 전통적인 그리스 방식으로 전체 색깔이 약간 푸른색을 띠고 있었으며, 무엇보다 세 여인이 입고 있는 옷차림이나 밝은 얼굴 모습이 매우 고풍스러우며 귀족다운 면모를 보여주는 것이 눈길을 끌었다. 나는 이 두 그림에 빠져 오랫동안 감상을 했다. 그 외에도 크레타가 다른 나라와 전쟁을 하면서 남긴 여러 무기들이 전시되어 있었는데 그 가운데는 전사의 투구와 검(劍)도 있었다. 나는 유리관 안에 별도로 전시되어 있는 이 투구와 검을 보면서 그 순간 파울로 코엘료가 산티아고를 처음 다녀온 뒤 쓴 〈순례자〉라는 책자를 머릿속에 떠올렸다. 저자는 그 책에서 자신이 산티아고 길을 떠나기 전 출발지인 브라질에서 엄숙한 제사를 지내며 바로 순례의 목적이 검을 찾는 것이라고 되어 있는데, 나중에 그것을 산티아고 최종 목적지의 3분의 2 지점에 있는 성당 내부에서 찾았다고 서술하고 있다. 나는 이런 기억이 있어서인지 박물관 내부에서 이 검과 투구를 보는 순간 나 역시 기독교인으로서 마귀와 싸워 승

고고학 박물관에서 본 〈푸른색의 여인들〉 진품

고고학 박물관에서 본 〈백합을 든 왕자〉 진품

고고학 박물관에 보관되어 있는 칼과 투구

리할 수 있는 성령의 검과 투구를 찾았다고 자부했다. 그러면서 나는 이번 여행에서, 특히 크레타라는 곳에서 얻은 큰 성과로 생각했다.

나는 크레타섬의 가장 핵심적인 관광지이자 역사와 신화의 고장인 크노소스 궁전을 보고 나름대로 그 의미를 정리를 해 보았다. 나는 과연 이 궁전을 보면서 무엇을 느꼈는가. 역사적 가치를 지닌 유적인가, 아니면 벽에 그려진 프레스코 형식의 그림들인가. 그것도 아니면 내가 이곳 크레타섬의 크노소스 궁전을 방문한 그 자체인가, 등에 관해 여러 가지 생각들을 해 보기도 했다. 이 모든 것들이 나름대로 의미가 있고 가치 또한 대단한 것들이지만 그럼에도 불구하고 나는 크노소스 궁전을 돌아본 것에 대한 회한이 여전히 남는 것 같았다. 그토록 오래되고 유명하며, 또 유럽 역사의 시작이자 신화의 본 고장인 이곳 크노소스 궁전을 나는 단지 몇 장의 벽화와 유적을 본데 만족해야 하는가, 하는 아쉬움이 진하게 내 마음속에 남았다.

그런데 나는 이 궁전에서 본 몇 장의 벽화 외에 〈라 파리지엔느, La Parisienne〉라는 벽화가 또 고고학 박물관에 전시되어 있다는 사실을 뒤늦게 알게 되었다. 물론 모조품도 그곳 크노소스 궁전의 서쪽 어딘가에 있다고 하는데, 나는 두 곳 모두에서 이 그림을 보지 못한 채 크레타 여행을 마치고 말았다. 나는 인터넷 검색을 통해 〈라 파리지엔느〉 그림을 다시 확인해 본 결과 여기에서 비로소 크레타 여행의 진수를 발견할 수 있었다. 그것은 다름 아닌 이 그림에 나오는 여인의 모습에서 풍기는 정서적 향기이다. 눈이 둥그렇고 빨간 입술과 잘 빗은 머릿결, 그리고 입고 있는 옷에서 풍겨 나오는 여인의 모습은 내게 너무나 감동적이었고 또 고상하게 비춰졌다. 앞서 언급한 〈푸른색의 여인들〉도 아주 멋지고 좋았지만 이 〈라 파리지엔느〉 그림을 보는 순간 나는 그 어떤 그림과 유적보다도 더 반해 버렸다. 물론 그 먼 곳까지 가서 진품을 보지 못하고 온 점에 대해서는 매우 애석한 생각이 들지만 그것은 이미 엎질러진 물이고, 또 기회가 되면 다시 그곳을 방문하면 되는 것이었다. 중요한 것은 내가 처음에 밝혔듯이 나는 이번 한 달 간의 지중해 여행을 단지 역사나 문화 관광을 위해 간 것이 아니기 때문에 나는 가는 곳마다 스스로 나의 마음을 거울에 비추어보며 자아를 찾기에 치중했다. 그런 점에서 나는 더욱 이 〈라 파리지엔느〉 그림이 대단하게 느껴지고 소중하게 받아들여지는 것이다. 바로 이것은 내가 방문한 크노소스 궁전의 모습과 너무나 대비되는 것이다. 습기라고는 아무 데서도 찾을 수가 없었던 그 메마른 대지 위에 여기저기 흩어져 있는 유적들과 담벼락의 모습이 바로 내 마음이 아니겠는가 하고 생각을 하게 되었다. 앞서 언급한 대로 나는 60년이나 되는 오랜 세월을 산 사람이지만 그 긴 세월 동안 나는 왠지 마음이 밝지 못하고 무거웠으며, 또 색깔로 치면 약간 어두운 색으로 삶을 이어왔다. 그리고 무엇보다 마음이 오랫동안 메마르고 건조했다. 내가 전에 근무하던 직장을 나온 2008년 이후로는 많이 나아지긴 했지만 그 건조한 마음 상태가 지금도 완전히 가시지는 않았다고 본다. 그 건조한 이유를 여기서 이야기해서 무엇 하겠는가. 그것보다 더 중요한 것은 남은 생을 이 건조함 대신 바로 〈라 파리지엔느〉처럼 풍부

한 감성을 갖추는 것이다. 그 만큼 이 그림에 등장하는 여인은 바로 나의
어머니 같은 존재였으며, 아니 앞으로도 내 마음 속에 영원히 남아 인생
의 길잡이가 되어 주었으면 하는 바람이다. 재미있는 이야기로 얼마 전 쇼
핑학의 창시자라고 하는 마틴 린드스트롬이 한국을 방문해 어느 신문사와
인터뷰한 내용을 읽어 보았는데, 그에 의하면 삼성은 합리적(rationality)인

라 파리지엔느

제품을 생산하고 애플은 감성적(emotion)인 제품을 만들어낸다고 소개했
다. 그러면서 그는 삼성이 애플을 이기지 못하는 이유로 바로 이 감성 부
분 때문이라고 지적했다. 인간은 합리적인 것을 추구하는 면에서 뛰어나
야 하지만 그렇다고 그것이 감성보다 앞서지는 못한다고 그는 보았던 것
이다. 그에 의하면, 고객들 입장에서도 애플은 그들의 종교이자 문화로 자
리 잡고 있다고 한다. 나는 이 말을 들으면서 그의 분석이 상당히 수긍이
가는 것으로 평가한다. 다시 말해 아무리 제품이 뛰어나고 오래 쓸 수 있
도록 튼튼하게 만들어졌다 하더라도 인간이 가진 마음속의 감성을 뛰어
넘지는 못한다. 그렇기 때문에 인간은 합리성을 추구하되 그보다 더 중요
한 감성을 자기 마음에서 빼앗겨 버려서는 안 된다.

7월의 뜨거운 태양 아래 그것도 매우 건조한 날씨 속에서, 눈에 보이는
것이라고는 오직 메마른 땅과 그 위에 서 있는 무너진 담벼락, 오래된 항
아리들, 그리고 약간의 프레스코 그림이 내가 본 크노소스의 궁전에 대한
느낌이라면 그와는 너무나 대조되는 이 〈라 파리지엔느〉 벽화는 내게 풍
부한 생명의 물기를 제공해주며 영양을 던져주었다고 볼 수 있다. 마치 그
것은 잎이 푸른 나무가 시냇가에 심겨져 있는 것과 같으며 내 마음 상태는
상대적으로 오랜 세월 동안 너무나 빈약하고도 허약한 상태에 머물러 있
었다는 사실을 깨닫게 해주었다. 지금은 그 전에 비해서 많이 좋아졌다고
는 하지만 프로이트가 말한 대로 아주 어린 시절부터 오랫동안 형성된 이
굵은 마음의 기둥과 뿌리를 제거한다는 것이 그리 쉽지는 않는 일이다. 하

지만 그렇다고 해서 그대로 주저앉아 있을 수만은 없고 계속해서 따뜻한 감성을 마음속에 불어 넣는다면 내가 변하지 못할 것이 없다고 본다. 더군다나 나는 하나님을 믿는 기독교 신앙인으로서 늘 말씀을 묵상하며 성령의 검과 투구로 무장한 채 이 메마른 정서와 싸우며 풍부한 인격과 심성을 가진 나로 만들어 나가자고 다짐해 본다. 이것이 바로 내가 크노소스 궁전과 고고학 박물관에서 얻은 소중한 교훈이다.

CROATIA

크로아티아

크로아티아

크로아티아는 '아드리아 해의 진주'라고 불릴 정도로 바다가 아름답다.

파괴와 회복의 도시,
두브로브니크의 옛 시가지

'아드리아 해의 진주', '지상의 천국' 등이 크로아티아에 있는 두브로브니크에 대한 수식어들이다. 나는 여행을 출발하기 전에 이곳에 대해 많은 서적과 방송을 통해 정보를 얻은 바가 있어 자못 기대가 컸었다. 그래서 나는 그리스에서의 일정을 모두 마치고 아테네에서 두브로브니크로 이동하면서 그 감회가 남달랐고, 산토리니에서 느꼈던 강한 감정을 보다 새로운 차원에서 두브로브니크에서 느끼기를 기대하면서 여행길에 올랐다. 비행기는 출발한지 1시간 정도 되어 두브로브니크 공항에 도착했는데, 나는 그곳에서 셔틀버스를 타고 30분 정도 이동해 드디어 말로만 듣던 두브로브니크의 옛 시가지 앞에 정확히 도착했다. 대대수의 탑승객들이 버스 종점에 갈 것도 없이 그곳에 다 내렸기 때문에 나도 당연히 그들을 따라 옛 시가지의 성곽 주변에서 내렸다.

시간이 정오 근처가 되었을까. 무척 무더운 날씨 속에서도 사람들은 매우 활기차게 시간을 보내고 있었고, 나는 그 모습만 봐도 이곳 두브로브니크가 얼마나 멋진 도시인가를 짐작할 수 있었다. 개인적인 생각이긴 하지만 나는 이곳을 찾는 여행객이라면 날씨와 물가가 평시보다는 비교가 되지 않을 정도로 덥고 비싸긴 하지만 그래도 왠지 이곳을 제대로 방문하기 위해서는 일 년 중 여름철 성수기가 가장 좋다고 본다. 왜냐하면 여름철이 되어야 신도시나 구시가지에 위치한 항구에서 주변의 섬이나 도시로 떠나는 배들이 항상 있고 또한 모든 종류의 가게와 식당들이 밤늦게까지 문을 열어 쇼핑을 하기도 안성맞춤이기 때문이다. 그리고 여름이 아니고서는 보기 어렵다는 에메랄드 바다 색깔이 정말 진한 감동을 선사하는 것도 여름철이 관광하기에 좋은 이유이다. 나는 성곽 바로 앞에 있는 예쁘장한 젤라토 가게에서 사람들이 아이스크림을 사기 위해 장사진을 치고 있는 모습을 보고 평소에는 잘 먹지 않았던 젤라토를 이곳에서 사 먹었는데 그 맛이 기가 막히게 좋았다.

나는 성 안으로 당장에라도 들어가고 싶었지만 우선 등에 메고 있는 배낭이 너무 무겁고 짐이 되기 때문에 먼저 숙소를 찾아야했다. 지도를 보니까 숙소는 버스를 내린 곳에서 왼쪽으로 약 1.5㎞ 정도 떨어진 곳에 위치해 있었다. 그 정도 거리야 나는 걸어가도 문제없을 것 같아 산티아고에서 닦은 실력으로 10㎏이 훌쩍 넘는 배낭을 맨 채 숙소를 향해 걷기 시작했다. 이마에는 땀방울이 금방 맺히기 시작했고, 승객들을 태운 시내버스는 이런 나의 모습을 비웃기라도 하듯이 옆으로 쌩쌩 잘도 지나갔다. 걷기 시작한 지 5분 정도 되는 거리에 언덕이 시작되었는데 그곳에 아마 특급 호텔로 보이는 건물에서 사람들이 몇 명 걸어 나오는 모습이 보였다. '나의 숙소는 도미토리인데 저들은 이런 고급 숙소에서 시간을 보내는구나!' 하는 생각이 순간적으로 들었고 나는 경제가 참 중요하다는 생각을 잠시 했다. 나는 구슬땀을 비 오듯 흘리면서 물어물어 드디어 숙소에 도착했다. 그런데 이곳 숙소는 찾기도 어려웠을 뿐만 아니라 전체 한 달간의 여행에서 가장 불편한 시스템을 갖추고 있었다. 한 방에 4명이 사용하는데 공간이 얼마나 좁고 답답한지 방에 들어서는 순간 숨이 턱 하고 막힐 정도였다. 게다가 여름철의 무더운 날씨에도 다른 곳과는 달리 방안에는 에어컨이 없었고 대신 낡은 선풍기 한 대가 시끄러운 소리를 내며 천정에서 빙빙 돌고 있을 뿐이었다. 또 짐을 풀려니 흑인 청년 한 명이 어젯밤에 무엇을 했는지 웃통을 훌러덩 벗은 채로 낮 시간에 이층 침대에서 쿨쿨 잠을 자고 있었다. 나는 순간 '무척 불편하겠구나!', 하는 생각이 들었지만 달리 다른 방법이 없었다. 내가 할 수 있는 것이라고는 고작 현지 분위기와 상황에 잘 적응하는 것뿐이었다. 나는 짐을 풀고 샤워를 가볍게 마친 뒤 드디어 두브로브니크의 가장 명소인 성곽 방향으로 코스를 잡아 숙소를 나섰다.

여행 중 특별한 모습을 몇 번 보았는데, 그 가운데 하나가 깎아지른 절벽에 세워진 철조망에 자물통이 수백 개 잠가진 채 달려 있는 모습이다. 이런 모습은 나중에 이탈리아 북부지방의 친퀘 테레에 가서도 볼 수 있었

바다를 향해 누군가가 자물통을 잠가 매달아 놓았다. 이런 모습은 나중에 이탈리아의 친퀘 테레에서
도 흔히 볼 수 있었다.

구시가지의 성곽으로 들어가는 서쪽 입구 필레 문

성곽 위에서 바라본 시내 풍경

느는데, 옆에 있는 사람들에게 물어본 즉, 아마 행운을 비는 것이라고 했는데, 아무튼 나에게는 무슨 미신 같이 느껴졌다. 빠른 걸음으로 20분 정도 걸어서 나는 마침내 성곽 입구에 도착했다. 시간이 오후 2시를 넘어 나는 성곽 투어 대신 그냥 성 내부를 돌아보기로 했다. 사람들이 가는 곳마다 장사진을 이루고 있었고, 정말 책에서 읽었던

대로 플라차 대로에는 바닥이 반들반들한 대리석이 햇볕을 받아 반짝이고 있었으며, 온 골목마다 사람들이 길바닥이나 의자에 앉아 젤라토를 먹거나 아니면 음료수를 마시면서 휴식을 취하고 있었다. 그리고 상가들이 많아 어떤 사람들은 쇼핑을 하고 또 다른 사람들은 성당 내부를 돌아보기도 하였다.

두브로브니크에 도착한 이튿날 나는 다시 숙소에서 구시가지로 걸어가서 100쿠나(kuna, 약 2만 원)를 주고 티켓을 구입해서 말로만 듣던 필레 문을 통과해 성곽을 오르기 시작했다. 성곽의 거리는 대략 2㎞ 정도 되는데, 한 바퀴 도는데 2시간 정도가 소요된다고 한다. 나는 대략 오전 10시 정도

성곽 위에서 바라본 로브리예나츠 요새. 입구에는 "어떤 황금과도 자유를 바꾸지 않는다."라는 문구가 라틴어로 쓰여 있다.

언덕 위에서 바라본 두브로브니크의 구시가지. 이 사진은 마치 크로아티아를 상징하는 풍경으로 사용되고 있다.

에 오르기 시작했는데 실제 올라보니 어제 성 내부에서 보았던 두브로브니크에 대한 인상과는 전혀 다른 정말 멋진 추억들을 만들어낼 수 있었다. 앞서 언급했던 '지상의 낙원'이나 '아드리아 해의 진주'라는 말이 조금도 손색이 없을 정도로 그렇게 경치가 뛰어났고, 여기 오기 전의 산토리니와는 또 다른 감각으로 나는 멋진 풍경을 구경할 수 있었다. 무엇보다 성곽 위에서 로브리예나츠 요새 방향으로 사진을 찍었는데, 그 사진을 여행을 다녀온 후 컴퓨터 화면이나 스마트 폰 배경 화면으로 올렸더니 그 장면은 마치 달력의 한 장면을 보는 것과 같이 정말 멋졌다. 나는 사진작가가 아님에도 이렇게 멋진 사진을 찍을 수 있다는 사실에 새삼 이곳의 풍경에 감탄사를 자아냈다. 이런 기분은 산토리니에서도 많이 느꼈는데, 역시 두브로브니크의 구시가지도 전혀 그 기대를 저버리지 않고 톡톡한 역할을 해주었다.

더운 날씨에도 성곽을 돌면서 나는 사진을 찍기에 여념이 없었고, 또 중간 중간에 멈춰 서서 주변의 풍경을 감상했다. 그 가운데 성곽 외부에 있으면서 바다와 만나는 부자 카페(Cafe Buza)의 모습도 내게는 참 멋지게 보였다. 여기서 〈꽃보다 누나〉에 출연한 이미연이 레몬 맛이 나는 맥주를 벌컥벌컥 들이마셨다고 하는데 그럴만했다. 그 만큼 장소가 멋지고 감상적이었다. 명칭이 부자 카페인데, 여기서 말하는 부자는 돈이 많은 부자가 아니라 그냥 이름일 뿐이다. 울퉁불퉁한 바위 위에 파라솔이 여기저기 쳐져 있는 이곳 부자 카페에서는 몇 명의 사람들이 맥주를 마시고 있었고, 또 다른 사람들은 맑고 깊은 바다에 몸을 풍덩 던지며 수영을 자유롭게 즐

성곽에 붙어 있는 부자 카페의 모습

기고 있었다. 나는 어린 아이까지 그 깊은 바다에 같이 들어가 수영을 하
는 모습을 보면서 그리스에서 느꼈던 열등감이 또 약간 내 속에서 올라오
는 것을 느꼈다. 어떻게 나는 저렇게 멋진 바다를 보고도 수영을 즐기지
못하고 그냥 눈으로만 요기를 하는지 내 모습이 그렇게 탐탐하게 생각되
지는 않았다. 나는 이런 때 그저 꾹 참고 그냥 무더위를 이기며 다른 관광
에 몰입하고 그것으로 만족해야만 했다.

성곽 위에 설치해 놓은 대포.
이렇게 아름다운 세계문화유산에 대해 전쟁을 한다는 인간이 불쌍하게 느껴진다.

나는 성곽 위를 걸으면서 구석구석 경치를 놓치지 않으려고 애를 썼다. 빨래를 걸어둔 일반 생활상에서부터 성곽 위에 대포가 걸쳐져 있는 모습, 그리고 끝없이 이어지는 주황색 지붕과 바다가 잘 어우러져 있는 풍경에 이르기까지 그 모습이 너무나 아름다워 나는 감탄사를 연속해서 내질러야만 했다. 그런데 알고 보니 이렇게 멋진 두브로브니크의 옛 시가지가 바로 몇 년 전만해도 전쟁의 상처로 시달리고 폐허가 되었다는 사실에 나는 놀라움을 금할 수가 없었다. 내용을 살펴보니 이곳 크로아티아는 원래 구 유고슬라비아 연방에 속해있었다. 여기에는 슬로베니아, 크로아티아, 세르비아, 보스니아-헤르체코비나, 마케도니아, 몬테네그로 등의 6개 나라로 구성되어 있었는데, 이것이 하나의 단일 국가로 되었다가 도중에 크로아티아와 슬로베니아가 독립을 요구하다가 세르비아계의 유고 연방과 마찰을 일으켜 그만 전쟁에 몰입하고 말았다고 한다. 전쟁을 하다 보니 유고 연방은 함대와 전투기를 몰고 와서 바로 이곳 두브로브니크의 옛 시가지 바로 앞 바다와 시가지에 폭탄을 마구 투하하고 쏘아대니 그 다음은 어떤 일이 벌어지겠는가. 나는 그 모습을 상상만 해도 마음이 너무나 아프고 치가 떨린다. 지금도 인터넷에 들어가면 당시의 전쟁 모습을 고스란히 동영상으로 직접 볼 수 있다. 세르비아 군의 전투기와 함선이 바다와 공중에서 마구 함포를 쏘고 폭탄을 투하시켜 두브로브니크의 옛 시가지가 여기저기 화염에 싸이는 모습은 차마 인간으로서 눈뜨고는 볼 수 없을 만큼 잔인하게 느껴졌다. 어찌 인간이 이렇게 포악할 수 있을까. 나는 이런 일을 저지른 세르비아군이 정말 미웠다. 아무리 전쟁이라고 하더라도 그렇지, 이렇게 아름답고 세계적인 문화유산에 대해 전투기로 폭격을 해서 성당이나 수도원이 불타는 모습은 내가 정말 아무리 이해를 하려고 해도 이해를 하지 못할 정도로 비극적인 일이라 생각되었다. 세르비아군은 이곳 성곽뿐만 아니라 그 뒤를 받쳐주고 있는 스르지 산에도 폭격을 해서 맨 정상에 있는 십자가 바로 옆에 포탄이 떨어지는 모습도 보았다. 이런 극악하고 비참한 모습을 보고 그래도 프랑스의 학술원 원장이었던 장 도르메송이 자신의 지인들을 대동해 인간방패를 만들어 세르비아군으로부터 그나마 성곽을 보호하고 문화유산의 파괴를 조금이나마 막은 것은 실로 놀라운 일이며 그 용기와 행동에 찬사를 보내는 바이다.

나는 이곳 두브로브니크의 구시가지를 돌아보면서 아름다운 경치와 역사적인 건물, 그리고 유적지를 돌아보는 것에도 감탄을 하고 여행의 가치를 발견해 낼 수 있었지만, 무엇보다 인간 역시 이렇게 폐허된 내면을 가진 사람들이 주변에는 너무나도 많다는 사실을 머릿속에 떠올릴 수 있었다. 나 역시도 오랫동안 내면이 파괴되어 있었고 무척이나 황폐한 그런 상태의 마음 상태를 유지하며 생활해왔다. 그러다보니 너무나 쉽게 일상생활에 짜증이 났고 화를 냈으며, 또 스트레스 상황 하에서 하루하루의 소중한 시간을 낭비해야만 했던 기억들이 많다. 이런 상황은 어디 나만 그렇겠는가. 내가 일전에 한국의 내 놓으라 하는 부자(富者)들을 상담할 때도 그런 모습들을 많이 느꼈고, 그 이후에도 평상시의 주변 사람들에게서, 그리고 내가 만난 내담자들로부터 많이 느꼈던 바이다. 중요한 것은 인간이 살아가면서 자신의 파괴된 내면을 원상태로 복구하는 것이다. 이것은 두브로브니크 옛 시가지의 모습에서도 볼 수 있듯이 그런 전쟁의 참화 속에서 모든 것이 불타고 파괴된 다음에도 다시 복구를 하니 이렇게 과거를 잊고 그곳에 수많은 관광객들이 다시 찾으며 또 이곳의 현지 사람들이 행복하게 삶을 이어갈 수 있다는 사실에 주목할 필요가 있다. 이런 면에서 인간도 마찬가지이다. 이 글을 읽고 있는 사람 중에, 아니 거의 대다수라 해

구시가지 내 성곽 내부 모습. 지붕이 온통 붉은색으로 되어 있는 것이 특징이다.

도 무방할 것 같은데, 아무튼 우리 모두는 날마다 새롭게 내 마음 속의 상처 입은 내면을 원래처럼 복구해야만 한다. 그렇지 않고 복구가 되지 않은 채 그냥 살아간다면 겉으로의 삶은 화려하고 무난한 것 같지만 어딘가 행복하지 못하고 삶의 진정한 기쁨과 의미를 상실한 채 살아가게 될 것이다. 다시 말해 내면이 황폐화되고 철저하게 파괴되어 있는 사람은 아무리 좋은 것을 가져다준다고 해도 그 사람이 보기에는 짜증스럽고 부정적인 것으로만 받아들일 확률이 높다. 그렇기 때문에 그 개인은 거의 대다수 시간을 스트레스 상황에 놓인 채 무력하게 생활하게 되고, 그로 인해 인생의 참된 가치를 잃어버린 채 그저 정신과 영혼이 사라진 육체만의 부패된 향연만을 이어갈 가능성이 높다.

크로아티아의 두브로브니크에 있는 옛 시가지! 정말 멋지고 아름다운 사람들이 살아가는 곳이다. 성곽을 둘러싸고 있는 바다도 멋지고 성곽 내부에 있는 주황색 지붕도 잊지 못하며 특히 성곽을 따라 걷는 성곽 투어는 내 평생에 잊지 못할 좋은 추억거리로 기억에 남는다. 뿐만 아니라 성곽 입구 쪽의 필레 문 앞에 있는 젤라토 상점은 내가 또다시 그곳을 찾게 만드는 원동력으로 작용할 만큼 좋은 추억으로 남아있다. 무더운 7월의 날씨 속에서도 에메랄드 바다색과 옛 시가지의 성곽 투어, 그리고 그 내부를 돌아보며 여러 곳을 방문하고 사람들과 부대꼈다는 사실은 내 평생에 잊을 수 없는 낭만 그 자체였다. 이처럼 철저하게 파괴되고 화염에 휩싸인 옛날의 구시가지 모습이 새롭게 탄생한 것처럼 우리 마음도 철저하게 부

서진 내면을 하나하나 회복시켜 나가야 할 것이다. 그래야 남은 인생을 풍족하고 기쁨이 충만한 채 인생을 하루하루 참되고 가치 있게 살아갈 수 있을 것이다. 두브로브니크는 이런 면에서 내게 중요한 교훈을 제공했다. 성곽 주변을 몇 번이나 구경하고 또 신시가지로 가서 배를 탄다고 그만 성곽을 위에서 내려다보고 있는 유명한 스르지 산을 올라가지 못한 것이 여행을 마친 지금도 마음에 걸린다. 이런 남은 기억을 되새기고 채우기 위해서라도 언젠가 다시 한 번 아내와 함께 이곳을 꼭 찾을 것이다. 그때까지 안녕, 두브로브니크!

시간이 멈춰버린 곳,
스플리트의 디오클레티아누스 궁전

나는 두브로브니크에서의 3박 4일간의 여정을 마치고 크로아티아 일정의 두 번째 코스로 정해진 스플리트를 향해 출발했다. 스플리트를 가기 위해 준비하던 나는 같은 숙소에서 만난 한국 청년의 얘기에 깜짝 놀라 그전 날 둘이서 버스표를 인터넷으로 예약하느라 진땀을 쏟아야했다. 나는 두브로브니크에서 스플리트 정도야 매 시간마다 버스가 있을 것으로 편안하게 생각해 전혀 걱정을 하지 않고 있었는데, 스포츠심리학을 전공하고 싶어 하는 이 청년은 나를 도와준답시고 스마트폰으로 확인을 하더니 내일 스플리트로 가는 버스가 전부 매진되었다고 전해준다. 나는 모든 일정을 한국에서 다 계획해놓고 출발을 했기 때문에 여행 중 조금이라도 여정에 차질이 생기면 숙소와 교통문제 등 여러 혼란이 발생할 것이기 때문에 그 말을 듣고 조바심이 났다. 그래서 둘이서 이층 계단을 내려와 밤늦게 카운터로 가서 그곳을 지키는 여자 관리인에게 이런 사정을 이야기하고 버스표를 부탁했다. 이 여성은 인터넷으로 금방 확인하더니 스플리트로 가는 버스 좌석이 그때까지 많이 남아있다는 것이다. 그러면서 내 카드를 달라고 하더니 금방 내가 원하는 시간에 버스표를 예매하고 출력까지 해주었다. 정말 고마웠다. 여행지에서 이런 경우가 많은데 정말 사람이 살아가면서 서로 돕고 산다는 것이 얼마나 중요한 것인가는 매번 느끼는 일이다. 내가 2011년에 떠난 스페인 산티아고 순례길에서도 이 도움(help)의 중요성에 대해서는 너무나 절실하게 경험했던 부분이다.

나는 숙소에서 제공해주는 아침 식사를 간단히 마친 뒤 무거운 배낭을 메고 좁은 입구 길을 나섰다. 스플리트로 가는 버스 터미널은 그 전날 내가 가까운 섬을 갈 때 이용했던 항구 조금 지나 있었기 때문에 숙소에서 30분 정도 떨어진 그곳에 가기위해 나는 버스 대신 도보를 선택했다. 두브로브니크에서 스플리트로 가기 위해서는 약 4시간 버스를 타야 하는데, 나는 지금까지의 여행 경험 상 장거리 버스 안에서 많은 고생을 했던 터라 이번 여행에서는 거의 구역 간 이동을 비행기로 사전 예약을 모두 하고 왔다. 전체 여행기간인 30일 동안에 나는 비행기를 무려 14번이나 탔다. 다행히도 걱정했던 버스는 에어컨이 잘 나오고 깨끗했으며, 무엇보다 스플리트로 가는 코스가 해변을 따라 갔었기 때문에 나는 이동하는 시간 내내 심심하지도 않고 참 기분이 좋았다. 가는 코스가 그리스 아테네에서 수니온 곳으로 이동할 때와 비슷해 나는 버스 안에서 잠시 그곳 생각을 했다. 버스는 가다가 중간에 한번 휴식을 하는데 이렇게 가다보니 4시간의 버스

크로아티아 두브로브니크에서 스플리트로 가는 도중 보스니아 지역을 통과해야 하는 검문소. 버스에 올라온 경비병이 엄격한 태도로 여권을 조사했다.

이동은 아주 무난히 이루어졌다. 한 가지 특이한 점은 가다가 중간 지점에 검문소가 하나 나타났다는 사실이다. 나는 웬 검문소인가 하고 의아했는데, 스마트폰으로 구글 지도를 보았더니 그 통과지점이 바로 크로아티아에서 보스니아 국경을 넘는 것이었다. 지도를 보면 알겠지만 크로아티아가 아드리아 해를 따라 남북으로 길게 뻗어 있는데, 이곳에서만 유독 잠깐 국토가 반 토막으로 잘라져있다. 전쟁을 하고 종전을 할 때 어떻게 나라가 이렇게 형성이 되었나보다.

나는 드디어 크로아티아의 두 번째 큰 도시라고 하는 스플리트에 도착

을 했는데, 도착 지점이 버스정거장이 아니라 마치 시장 한 복판에 있는
것처럼 어수선한 느낌을 받았다. 따닥따닥 붙어서 길게 늘어선 상가들 바
로 앞에 버스가 정차하는데, 사람들이 매우 북새통이었고, 바로 앞에는 항
구가 있어 큰 배들과 바다가 한눈에 들어왔다. 태양은 하늘에서 뜨겁게 내
리쬐고 있었는데, 나는 우선 요기를 때우기 위해 식사할 곳을 찾았다. 여
행 내내 경험한 바이지만 나는 식사 때만 되면 무엇을 먹어야할지 신경을
써야 했다. 길게 늘어선 상점들에 전시되어 있는 음식들은 거의가 딱딱한
바게트 종류에 고기를 얇게 썰어서 얹어놓은 것들인데 나는 그런 음식들
을 싫어했기 때문에 특별히 먹을 게 없었다. 그렇다고 아침에 먹은 미숫가
루로 점심까지 때울 수도 없고 식사 때만 되면 나는 이렇게 답답함을 느꼈
다. 나는 버스에서 내린 곳에서 숙소를 찾기 위해 100m 정도 걸었을 때 드
디어 먹을거리를 찾았다. 내가 눈여겨 본 음식은 그리스에서 먹었던 기로
스는 아닌데 아무튼 빵 안에 무슨 야채와 양념들을 넣어 놓고 고기도 약간
들어있어서 활동을 많이 해야 하는 나로서는 안성맞춤이었다. 가격도 저
렴하고 맛도 그런대로 괜찮아 나는 평소에 잘 먹지 않는 콜라와 함께 맛
있게 먹었다. 무더운 날씨 속에서도 사람들은 몹시도 분주하게 거리를 활
보하고 있었고, 또 이런 식사 시간이 되면 연인이나 가족 단위로 무엇이든
요기를 때우는 그런 오후 나절이었다.

나는 새로운 곳에 도착하면 늘 가장 먼저 하는 일, 즉 숙소를 찾기 위해
스마트폰의 구글 지도를 이용했다. 많이 알려진 대로 스플리트는 디오클

1,700년 된 성곽에 교묘하게 현대식 집을 만들어 살아간다.
정말 이 모습은 과거와 현재가 같이 공존하는 것 같은 느낌을 받았다.

레티아누스 궁전이라는 가로 세로 약 200m 정도의 직사각형 모습에 관광지가 다 담겨져 있다고 해도 과언이 아닌데, 나는 그 한복판에 들어가 숙소를 찾는데 정말 어려웠다. 나중에 로마에서도 느꼈지만 이곳 숙소들은 간판이 없는 게 특징이다. 물론 큰 호텔들이야 간판이 있겠지만 작은 호스텔이나 숙소들은 간판 자체가 아예 없고, 대략 7층 높이의 건물에 한 층을 빌려 운영을 하는 경우가 많았기 때문에 입구에 가서 마치 네임 카드식으로 각 층을 꽂아놓은 표식을 보고 정해진 숙소를 찾아야만 한다. 그런데 이곳 스플리트는 정확히 건물을 찾아간다고 하더라도 그 건물 앞에서 숙소를 알아보지 못할 정도로 혼란스럽게 되어있었기 때문에 나는 숙소를 찾는데 무척 애를 먹었다. 나는 겨우 주변 사람들에게 물어서 숙소를 찾을 수 있었는데 내가 찾아간 건물은 중앙에 위치한 육중한 문이 굳게 잠겨 있었다. 나는 자그마한 공간의 광장 옆에 있는 레스토랑 주인에게 부탁해서 주인에게 전화를 하고서야 겨우 건물 안으로 들어갈 수가 있었다. 내가 3일 간 사용할 공간은 4명이 사용하도록 되어 있었는데 샤워실이나 화장실이 약간 좁긴 하지만 그런대로 사용하기에는 무난해보였다. 더군다나 에어컨도 잘 나왔으며 공동으로 여행객들이 쉴 수 있도록 휴식공간이 마련되어 있어 나는 마음속으로 안도했다. 나는 샤워를 간단히 하고 짐을 정리한 후 숙소를 나서서 스플리트 시내의 중심부인 디오클레티아누스 궁전을 활보하기 시작했다.

정말 이곳은 대단한 곳이다. 그것은 시기적으로 이 궁전이 1,700년 전에 지어졌다는 사실도 그렇지만 그 당시의 건물이 상당 부분 보존이 잘 되어 있고, 더군다나 그 성곽과 성곽 사이로 현대식 건물을 연결 지어 집을 지어 살고 있는 모습은 정말 보기에 놀라웠다. 성곽이 오래되어서인지 이끼와 곰팡이가 건물 사이로 잔뜩 끼어 있었고, 동서남북으로 자그마한 문들이 나 있었는데, 그 이름도 은문, 철문, 청동문, 그리고 황금문이라 불리어지고 있었다. 이 4개의 자그마한 문으로 일단 궁전 안에 들어가면 앞에서 언급한 바 있는 크레타의 크노소스 궁전처럼 아주 좁은 미로가 궁전의 이곳저곳을 마치 거미줄처럼 연결해주고 있다. 그리고 건물과 건물 사이로 약간의 공간만 있으면 어김없이 그곳에는 식당과 노천카페가 만들어져 있었다. 기회가 되면 스플리트를 꼭 한번 가보길 바란다. 저녁이 되면, 아마 성수기라는 계절의 영향도 있긴 하지만, 아무튼 이런 크고 작은 광장에는 그야말로 친구들끼리, 연인 간에 맥주와 음료수, 그리고 와인을 마시며 앉을 좌석이 없을 정도로 꽉 차있는 모습을 어디서든지 볼 수 있을 것이다. 나는 이런 장면을 보는 그 자체만으로도 너무나 신이 났고 이 도시가 정말 세계적인 관광지라는 사실을 실감할 수 있었다. 그리고 말로만 듣던 크루즈의 대형 선박들이 그 궁전 밖으로 여기저기 정박하고 있는 모습들을 쉽게 볼 수 있었다.

나는 둘째 날 저녁에도 궁전에 나갔더니 거리의 악사들이 십여 명 군집을 이루어 여러 종류의 악기들을 들고 요란하게 소리를 내며 거리를 힘차게 활보하는 모습을 보았다. 그 뒤에는 유럽의 아가씨들 몇 명이서 서로

도미니우스 성당의 종탑에서 바라본 스플리트 항구 모습

웃어가며 신이 나서 배낭을 맨 채 계속해서 그 악단을 따라다니며 흥겨운 시간을 보내고 있었다. 나 역시 이런 모습이 너무 재미있게 보여 그 악단이 궁전을 거의 한 바퀴 다 돌 때까지 그 뒤를 따라다니며 같이 즐거운 시간을 보냈다. 그런데 재미있는 사실은, 내가 그 거리의 악사들을 음악과 함께 줄곧 따라다니는 동안 노천카페에 앉아 있던 사람들이 이들을 주목하며 전부 시선을 집중했는데, 그 순간 내가 마치 악단의 주인공이나 되는 것과 같은 착시현상을 느껴 뿌듯한 감정으로 스플리트의 낭만을 즐기고 있었다는 사실이다.

나는 구도시를 몇 바퀴나 돌아보면서 궁전의 중앙 부분에 위치해 있으면서 높은 종탑을 가진 도미니우스 성당을 관심 있게 바라보았다. 성당 바로 앞에는 열주광장이 있는데, 밤이면 많은 사람이 이곳에 몰리고, 또 악기를 연주하며 공연까지 이곳에서 한다. 나는 일단 성당의 종탑 위로 올라가보기로 하고 티켓을 끊었다. 그런데 이곳을 여행하는 대다수의 사람들이 거의 공통적으로 느끼는 사항은 종탑으로 올라가는 계단이 너무 무섭고 위험하다는 것이다. 얇은 철로 만들어진 사다리는 올라갈수록 아래가 훤히 내려다보이는 구조로 되어 있어 보기에도 매우 위험스럽게 느껴질 정도였다. 그럼에도 수많은 관광객들이 이 계단을 밟고 종탑의 꼭대기까지 올라간다. 고생해서 올라가면 그곳에서 보는 경치는 한 마디로 가관이다. 바로 앞에는 스플리트의 멋진 항구가 한눈에 들어오고 또 사방을 돌아보면 동서남북의 문들과 함께 빨간 지붕의 크로아티아 건물들이 예쁘게 시야에 들어온다. 그리고 내가 약간 특이하게 느낀 점은 성당 입구에 스핑크스 조각물이 하나 있는데 그것은 로마가 이집트로부터 빼앗아 온 것이라 한다. 얼마 전 내가 터키에 갔을 때도 성 소피아 성당 앞 공원에 돌로 된 엄청난 오벨리스크를 보았는데, 그것 역시 로마가 이집트에서 빼앗아 온 것이라 한다. 참 전쟁은 무서운 것이고, 인간의 나쁜 탐욕은 그 끝이 어디까지인지 심히 의심스러울 정도이다.

이 외에도 스플리트의 구도시, 즉 디오클레티아누스 궁전의 이곳저곳을 돌아보면 볼만한 것이 꽤나 있는데, 무엇보다 남문에서 중앙광장으로 이어지는 곳에 위치한 지하상가도 빼놓을 수 없다. 지금부터 1,700년 전 당시에는 이곳에 음식이나 와인을 보관했다고 하는데 현재는 액세서리 상점들이 화려하게 자리 잡고 있다. 그리고 북문 쪽에 위치한 그레고리우스 닌 주교의 동상 또한 빼놓을 수 없는 구경거리이다. 높이가 꽤나 높은데, 듣기로는 이 주교가 '크로아티아의 아버지'라고 존경을 받는 사람이다. 그 동상의 엄지발가락을 만지면 소원이 들어진다고 해서 가서 보면 정말 빤질빤질하게 그 부분만 닳아있는 것을 확인할 수 있다. 나는 그곳에 직접 갔음에도 그 엄지발가락을 만지지 않았는데 그 이유는 내가 미신을 몹시 싫어하기 때문이다. 이런 모습은 스페인 산티아고 대성당에 도착해서도 마

도미니우스 성당의 종탑을 올라가는 모습. 나는 웬만하면 무서워하지 않는데,
정말 이곳은 오르내릴 때 매우 위험하게 느껴졌다.

도미니우스 성당의 종탑에서 바라본 스플리트의 구시가지 모습

찬가지이다.

　나는 이 디오클레티아누스 궁전 내부를 몇 번이나 돌아보면서 시간의 공간성에 대해 생각을 했다. 과거와 현재라는 것이 무엇인가. 이 성이 1,700년 전에 지어졌고 오늘에 이르렀는데, 당시의 건물이 원 상태로 많이 남아있고, 부서진 곳에는 현대식 집을 지어 같이 연결해서 많은 사람들이 현재 그곳에 살아가고 있다. 나는 강의를 할 때나 평소에도 늘 죽음에 대해 이야기하고 생각을 한다. 모든 인간이 죽는다는 데에는 누구도 부정할 수 없는 엄연한 진리가 존재한다. 이 말을 듣고 여러분들은 어떠한 생각을 하는가. 앞으로 몇 년, 혹은 몇 십 년을 더 살긴 하겠지만 언젠가는 우리 모두가 죽는다는 사실에는 변함이 없다. 쉽게 이야기하면 우리 몸은 썩어서 이 지구상에서 완전히 없어지는 것이다. 이 죽음과 관련해서 몇 년 전 작고한 스티브잡스가 스탠포드 대학에서 한 연설을 주목할 필요가 있다. 그는 연설에서 "모든 인간이 죽음을 맞이할 수밖에 없기 때문에 살아있는 시간동안 가치 있는 일을 하라."고 했다. 그런데 나를 포함해 대부분의 사람들은 이런 죽음에 대해 머릿속에서 잠시 스쳐 지나가는 찰나적 과정에 그칠 뿐 그렇게 심각하게 받아들이려 하지 않는 것 같다.

과거를 되돌아보면 한때 이집트를 비롯해 이스라엘, 시리아, 아프리카 등 지중해 일대를 지배했던 로마의 권력자들도 지금은 모두 죽고 없다. 이 궁전을 지어 10년간 마지막 여생을 보냈던 디오클레티아누스 황제마저도 지금은 그 흔적조차 찾을 수 없이 사라져버렸다. 내 주변만 보더라도 아주 가깝게 지냈던 친구와 지인, 친척들, 그리고 부모님께서도 모두 한줌의 흙으로 돌아갔다. 이런 죽음을 우리 모두는 항상 의식하고 있어야 한다. 그래야 그 죽음이 오늘을 가치 있게 살아갈 수 있는 원동력으로 작용할 수 있다. 어차피 우리 모두가 이 지구상에서 완전히 사라지고 죽는 존재에 불과하다면 오늘, 지금 이 시간을 어떻게 보내야 하는가에 대해 새롭게 생각할 수 있을 것이다.

바다에서 바라본 도미니우스 성당과 옛 시가지 모습

　나는 이곳 스플리트의 디오클레티아누스 궁전을 방문하면서 흔히 이야
기하는 낭만이라던가, 유네스코에 등재된 세계문화유적지, 그리고 1,700
년이나 되었다는 고도(古都)의 아름다움에 넋을 잃는 것도 중요하겠지만,
무엇보다 이 궁전을 보면서 죽음에 대해 다시 생각해볼 수 있는 계기를 가
졌다. 어떻게 해서 1,700년이나 된 건물 안에 지금도 여전히 사람들이 생활
을 해 갈 수 있는가. 이렇게 과거와 현재가 공존하면서 나는 내가 과연 어

디오클레티아누스 궁전의 남문 쪽 해안가에 위치한 리바 거리.

느 시대에 살고 있는가에 대해 잠시 혼란을 겪어야만 했다. 시계바늘이 멈춰버린 도시, 이곳 스플리트의 디오클레티아누스 궁전을 보면서 나는 삶과 죽음의 문제를 다시 한 번 생각하게 되었고, 지금 바로 이 순간 내가 살아서 숨을 쉬고 있다는 이 평안함의 소중한 가치를 재발견하며 예전과는 전혀 다른 차원의 삶을 살아가고자 한다.

로마 시대 때 황제가 연설을 하거나 회의를 했던 열주 광장에 놓인 이집트의 스핑크스 조각물

　　나 역시 언젠가는 한 줌의 흙으로 되돌아갈 것이다. 나는 결코 이러한 사실이 두렵지 않다. 나는 다만 지금 존재하는 이 순간부터 남은 생명을 다하는 순간까지 변화를 추구하고자 하는 목적지에 도달하고야 말겠다는 강한 열망을 가졌을 뿐이다. 나는 그것이야말로 내가 이 땅에 태어나 창조주께 헌신하는 좋은 본보기라고 생각한다. 세상의 온갖 권력과 부귀영화를 경험한 바 있는 솔로몬이 바로 죽기 직전에 "모든 것이 헛되고 헛되다"는 고백을 한 것과 같이 우리는 세상적인 삶에서 내가 어디에 서 있는지, 무엇을 하고 있는지를 매 순간 직시할 필요가 있다. 그렇지 않으면 방앗간에서 기계가 계속 돌아가듯이 무조건적인 반복된 삶을 살아가게 되고, 이러한 형태의 삶은 당연히 삶의 가치를 현저하게 떨어지게 한다. 한 시대의 천재였던 스티브잡스가 이야기한 것처럼 우리가 바로 내일 죽을 수도 있다는 사실을 항상 염두에 두고 오늘 바로 이 순간을 소중하게 살아가야 할 것이다. 나는 미로와 같이 좁은 골목길이 동서남북으로 불규칙하게 뻗어 있는 디오클레티아누스 궁전 내부를 몇 바퀴나 돌아본 뒤 얼마 전 작고한 김자옥이 〈꽃보다 누나〉에서 감격해 춤을 추던 지하통로를 통해 남문으로 나와 항구 방향으로 발걸음을 옮겼다. 리바 거리라고 하는 그곳에는 포르투갈의 포르토(Porto) 해변에서 본 야자수를 능가하는 멋진 나무들이 일렬로 줄을 지어 서 있었다. 거리의 노천카페에는 밤낮 구분 없이 전 세계에서 온 관광객들로 넘쳐흐른다. 나는 이국 멀리 떨어진 이 스플리트에서 3일간 머무르면서 평소에 늘 생각해왔던 죽음의 문제에 대해 다시 한 번 진지한 생각을 다질 수 있었다. 인생을 멀리 보라. 그래야 리처드 버크가 〈갈

매기의 꿈)에서 이야기한 것처럼 더 높
이 날고, 더 많은 것을 인생에서 느낄
수 있을 것이다. 인생은 누구나 한 번
사는 것, 이런 문제를 의식한다면 우리
모두는 지금보다 더 멋진 인생을 가꾸
어 나가야 하지 않을까 하고 생각한다.
매일 똑같이 반복되는 자신의 육신과
마음에 새로운 활력을 불어 넣자. 그것
이 여행이든, 독서이든, 종교에 의해서
이든, 우리 모두는 몸부림을 쳐야 한다.
그렇지 않고 흐르는 세월에 자신을 그
대로 방치할 경우 그야말로 덧없는 세
월, 의미 없는 인생이 되고 말 것이다.
자신의 몸과 마음, 그리고 영혼에 안식
을 주고 평화를 주자. 이런 마음을 나는
아드리아 해의 낭만의 고도(古都), 스플
리트에서 느꼈다. 여행은 참 좋은 것이
다.

두브로브니크에서 스플리트로 이동하는 구간에 정박해 있는 대형 크루즈 선박들.

천국을 연상케 하는
브라치 섬의 볼 해변

나는 여행을 준비하면서 크로아티아에 가면 꼭 흐바르(Hvar) 섬을 가봐
야겠다고 몇 번이나 다짐하고 또 생각했다. 왜냐하면 내가 본 여행에 관한
책자마다 모두 흐바르 섬이 "세상에서 가장 아름다운 섬"이라고 소개되어
있었기 때문이다. 나는 지도에서 흐바르 섬의 위치를 확인해보니 스플리
트에서 매우 가깝게 있어 두브로브니크를 지나 스플리트에 가면 꼭 이 섬
을 방문할 것이라는 계획을 단단히 세워놓았다. 그런데 갑자기 상황이 바
뀌는 계기가 발생했다. 그것은 내가 스플리트의 버스 정류소에 내려 바로
찾은 여행안내소 팸플릿에서 마치 천국을 보는 것과도 같은 브라치(Brac)
섬의 볼 해변(Bol Beach) 이란 곳을 발견했기 때문이다. 그 사진은 조그맣
게 수록되어 있었는데, 그 옆에 영어로 된 여러 설명을 굳이 읽어보지 않
더라도 바로 그곳이 매우 아름답고 멋진 곳이라는 것을 짐작케 해주었다.
진한 녹색의 소나무 숲과 눈부시게 아름다운 고깔 모양의 비치, 그리고 푸

볼 비치의 버스 정류장이자 여행 안내소. 여행을 할 때 'i'라고 표시된 곳을 잘 찾아야 한다.
그래야 많은 정보를 얻을 수가 있다.

른색과 에메랄드빛이 동시에 나는 바닷물이 서로 조화를 이루는 모습은 보는 순간 내 마음이 깨끗이 정화되는 느낌까지 받을 정도로 멋져 보였다. 그렇게 볼 비치는 처음부터 내 마음 속에 아름답게 다가왔다. 더군다나 나는 이곳 스플리트의 여행 첫 날 밤에 숙소에서 인터넷으로 흐바르 섬을 다녀온 여행객들의 소감문을 확인해본 결과 상당수가 기대에 미치지 못한다는 내용을 읽었던 터라 나는 배표를 끊는 항구에서 흐바르가 아닌 브라치 섬의 볼 해변을 자신 있게 선택했다.

브라치 섬은 스플리트에서 흐바르 섬으로 가는 길목에 위치해 있다. 스플리트 항구에서 대략 40분 정도 걸리는 시간에 배는 브라치 섬에 도착했다. 그런데 배에서 내린 곳은 수페테르(Supeter)라고 하는 곳이고 볼 해변으로 가기 위해서는 다시 버스로 이동을 해야 했다. 나는 거리에 비해 왕

볼 비치의 입구 부근의 해안가

복 버스 값이 꽤나 비싸다고 생각되었지만 다른 방법이 없었다. 배에서 내
린 사람들 모두가 마치 사전에 약속이나 한 것처럼 전혀 머뭇거림이 없이
바로 버스를 타고 볼 해변으로 이동하기 때문이다. 정오가 가까워오는 무
더운 날씨에 버스 내부에는 많은 사람들이 탑승을 해서인지 나는 이동하는
시간 내내 공기가 텁텁하고 답답하게 느껴졌다. 작은 섬인 줄 알았더니 꽤
나 긴 시간인 대략 40분 정도를 버스는 구부러진 도로를 따라 언덕을 오르
락내리락 하며 이동을 했다. 드디어 도착한 볼 마을에는 그럴싸한 해변과
사람들은 하나도 보이지 않았고 자그마한 여행안내소와 상점 하나만 덩그
러니 버스 정거장에 붙어 있었다. 나는 일단 여행 안내소로 들어가서 볼 해

변의 사진을 보여주며 위치를 확인했다. 돌아온 답변은 볼 해변이 바로 이 곳에서 얼마 떨어져 있지 않으며, 바로 앞쪽으로 보이는 소나무 숲길을 따라 계속해서 걸어 올라가면 된다는 것이었다. 그 말을 듣는 순간 나는 곧장 아가씨가 말한 그 길을 따라 숲길을 걷기 시작했다. 볼 해변까지의 거리가 약 3㎞라고 하지만 숲길을 따라 걸어가며 왼쪽에 펼쳐지는 멋진 해변과 피서객들의 모습을 감상하며 걷다보니 나는 그 시간이 그다지 힘들지도 않았고 지루한 느낌도 들지 않았다. 대신 언덕 위에서 소나무 숲 사이로 바라보는 윈드서핑을 하는 모습은 정말 장관이었다. 나는 그 순간 '이곳이 바로 천국이구나!', 하는 느낌을 받았고 그 이후 계속해서 사진을 찍어대기 시작했다. 그리고 내가 오랫동안 계획해 놓았던 흐바르 섬 대신 이곳 브라치 섬

공중에서 본 볼 비치의 모습. 이 사진을 나는 스플리트 여행 안내소에서 보고 흐바르 섬 대신 이곳을 선택했다. 눈부시게 화려하고 아름답다(인터넷 사진).

의 볼 해변으로 온 것에 대해 나는 무척 다행이라고 생각을 했다.

　나는 그늘이 우거진 숲길을 따라 한참을 걸어올라 가니 사진에서 본 고깔 모양의 해변을 드디어 만날 수 있었다. 정말 아쉬운 것은 이곳에 대해 항공 촬영을 해야 하는데 그럴 수 없는 것이 마음에 걸렸다. 인터넷을 확인해 보면 항공사진이 나오는데 정말 멋지다. 아무튼 나는 바다 물속에는 들어가지 않고 주로 언덕 위의 소나무 그늘 아래에서 휴식을 취하면서 멀

윈드서핑을 즐기는 모습들. 나는 이 풍경을 보면서 마치 내가 천국에 와 있는 것으로 착각했다.

리 보이는 윈드서핑과 피서객들의 수영하는 모습을 즐기느라 시간 가는
줄 몰랐다.

나는 이번 여행에서 그토록 바라고 기대했던 흐바르 섬을 가지 않고 대
신 브라치 섬을 가게 되었는데, 그 결정과정이 바로 우리 인생살이에도 적
용될 수 있다는 생각을 하게 되었다. 즉, 흐바르 섬은 누구에게나, 그리고
너무나 당연히 "세계에서 가장 아름다운 섬"으로 소개되었지만 정작 다녀

온 많은 여행객들에게 그런 기대를 인식시켜 주지 못한 반면 평소에 거의 이름도 없는 브라치 섬의 볼 해변은 무명이면서도 실제 와보니 천국과 같은 느낌을 주며 많은 관광객들에게 사랑을 받고 있다는 사실이다. 이런 내용은 심리학에서 페르소나(persona)라는 개념으로 소개되고 있다. 페르소나란 무도회에서 쓰는 마스크, 즉 겉으로 드러난 인격을 말한다. 흔히 사람들은 명품 가방과 명품 시계, 그리고 명품 옷을 좋아한다. 누군가가 결혼을 하게 되면 당사자는 물론이고 심지어 그 부모까지 이런 명품을 바라는 시대가 되었다. 그런데 앞서 스플리트의 구시가지인 디오클레티아누스 궁전을 이야기하면서도 언급했듯이 사람은 모두다 언젠가는 죽게 되어 있는데 그런 명품들을 가져서 뭣하겠는가, 하는 생각이 든다. 또 결혼을 하기 위해서는 당사자의 학벌이 어떻고 직장은 어디이며, 그 부모는 뭣을 하고, 경제력은 어떤지에 관해서 세밀히 확인을 하는 절차를 밟는데, 이런 것들을 두고 바로 페르소나라고 이야기할 수 있다. 그리고 이 페르소나가 기대하는 바에 도달하지 못하면 결혼은 애초부터 성립되지 못할 만큼 그 역할은 매우 크게 우리 생활에 영향을 미치고 있다. 그러나 알고 보면 이러한 페르소나는 진정 우리가 갖추어야 할 것이 아닌 갈대지팡이에 불과하다는 사실을 직시해야 한다. 갈대지팡이는 속이 텅 비어 우리가 믿고 의지해야 할 대상이 되지 못한다. 따라서 우리가 이 세상을 살아가면서 페르소나를 중요하게 간주해야 하겠지만 그렇다고 이 페르소나에 종속되어서는 안 된다. 다시 말해 돈이 많고 학력이 높으며, 좋은 직장을 가졌다고 해서 그 사람이 좋다는 식의 평가는 아주 잘못된 것이다. 그럼에도 상당수의 사람들은 이 페르소나가 마치 전부인 것처럼 떠받들고 심지어 숭배까지 하고 있는 것은 매우 애처로운 모습이다. 이런 경향성은 남자보다는 여자들에게 더 두드러지게 나타나는 것 같다. 성경에도 이와 관련한 이야기가 나오는데 바로 사울 왕과 다윗에 관한 내용이다.

사울 왕은 처음에는 겸손하고 용모가 수려해서 왕으로 뽑혔지만 점차 교만해지고 포악해져서 그 다음 왕을 뽑아야만 했다. 이에 사무엘은 이새를 불러 그들의 아들을 모두 데리고 오라고 했는데 이새는 양치기인 막내 아들 다윗만 빼고 모두 사무엘에게 보여주었다. 이에 사무엘은 그들의 용모는 모두 수려하고 멋지지만 용모 대신에 마음을 보는 터라 모두를 마음에 들지 않아 했다. 대신 그는 다른 아들들에 비해 비록 용모는 보잘 것 없었지만 눈이 똑바르고 지혜로운 막내 다윗을 다음 왕으로 선발한다. 그러면서 하는 말이 "사람들은 겉의 용모를 보고 판단하지만 여호와는 중심을 보고 판단한다."고 했다. 여기서 말하는 중심이란 곧 겉이 아닌 속을 뜻하고 마음을 말하는 것이다.

옛날 우리 속담에 "빛 좋은 개살구"나 "소문난 잔치에 먹을 게 없다."는 것이 있는데 이 또한 겉보다는 속이 더 중요하다는 의미를 내포하고 있다. 사람이 살아가면서 겉으로의 포장, 즉 학력이나 경제 등이 중요한 것은 사실이지만 그렇다고 거기에만 너무 전적으로 매달려서는 안 된다. 그보다는 내면이 잘 가꾸어지고 다듬어진 인간이 더욱 중요하고 인간다우며, 살아보면 더 매력적이란 것을 쉽게 알 수 있다. 우리에게 고전으로 잘 알려진 〈제인 에어〉를 읽어보면 이와 비슷한 이야기가 전개된다. 그녀는 가진 돈과 학력, 그리고 가정 배경은 없었지만 나중에 용모와 마음가짐이 우수한 귀족의 결혼상대로 청혼을 받게 된다. 용모가 수려하고 직위도 귀족인 그가 아름답고 부유층의 자녀인 약혼 여성을 뒤로 제체 두고 기어이 제인 에어를 배우자로 선택한 이유는 바로 그녀가 때 묻지 않은 순수한 영혼을 가졌다고 보았기 때문이다. 이와 같이 사람은 겉보다는 속, 다시 말해 중심을 잘 유지해야 한다. 마음을 늘 평화스럽게 관리하고 인성과 윤리, 그리고 품위를 유지하는 것이 중요하다. 사람을 볼 때 지나치게 그가 가진 학력이나 경제력, 그리고 겉으로 드러난 외모나 배경에 관심을 가진다면 이는 잘못된 것이다. 만약 그런 사람과 결혼을 한다면 처음에는 아주 신나게 살아갈지 모르지만 시간이 지나면서 점차 상대에 대한 매력을 잃게 되고 또 싫증을 느끼게 된다. 이런 이유로 현대사회에서는 그 어느 때보다 이혼율이 급격이 늘어나고 있는 추세이다.

반복해서 강조하지만 인간이 올바르게 살아가기 위해서는 겉으로의 포장보다는 그 속에 들어있는 내용물을 올바르게 채워 나가야 한다. 이것을 두고 '내면이 성숙한 인간'이라 부르고 싶다. 이런 점을 생각한다면 나는 많은 사람들로부터 화려하게 조명을 받는 흐바르 섬보다는 전혀 이름조차 잘 알려져 있지 않은 브라치 섬의 볼 해변을 추천하고 싶다. 물론 개인에 따라 두 섬에 대한 평가는 달라질 수 있고, 또 실제 어느 섬이 더 아름다운가에 대해서 이야기하는 것은 여기서 아무런 의미가 없다. 다만 내가 스플리트의 볼 해변에서 느끼고 경험한 바가 그렇다는 것이다. 그것을 인간의 삶에 조명해 봤을 때 중요한 의미가 숨어 있다는 사실을 상기시켰을 뿐이다. 파울료 코엘료가 〈연금술사〉에서도 같은 뜻의 이야기를 했다. 지도를 보고 고생 끝에 이집트의 피라미드 앞에 도착해 보물을 찾기 위해 땅을 파는 양치기 소년 산티아고에게 노인은 다음과 같이 말한다. "애야, 보물은 그곳에 있는 것이 아니라 바로 네 마음속에 있단다." 이런 면에서 우리는 마음 관리를 매일, 그리고 철저히 해야 한다. 이것은 마치 양이 이리 떼와 함께 사는 이치와 같다. 조금만 조심하지 않으면 그만 중심을 잃어버리고 화를 불러일으킬 수 있다. 중심을 잡자! 그것도 철저하게.

ITALY

이탈리아

이탈리아

자아정체감을 생각하게 하는
로마의 콜로세움 경기장

그리스와 크로아티아 여행을 마치고 나는 스플리트에서 비행기를 타고 로마로 이동했다. 그리스의 아테네가 가까이 있는 산토리니나 크레타 섬을 가기 위한 전초기지로 활용되었다면 나는 이곳 로마를 그런 용도로 활용했다. 나는 이곳에서 비행기로 몰타 섬도 갔으며 이탈리아 북부에 위치한 친퀘 테레도 갔었다. 뿐만 아니라 로마는 나로 하여금 열차로 나폴리나 소렌토, 카프리, 그리고 아말피 계곡으로 이동을 가능케 해주는 좋은 구심점 역할을 해주었다. 나는 2006년도에 가족과 함께 이곳 로마를 방문한 적이 있는데, 그때는 단체여행이라 정말 뭐가 뭔지 모르고 그냥 가이드를 따라 다녔던 것 같다. 아직도 기억나는 것은 미켈란젤로의 작품들이 있는 시스티나 성당과 눈이 많이 쌓인 알프스 산맥을 넘나들며 버스 안에서 두 편의 영화를 본 것이다. 실제 로마에 있는 콜로세움을 배경으로 하는 〈글래디에이트〉와 오스트리아와 알프스 산맥을 배경으로 하는 〈사운드 오브 뮤

직〉을 현지에서 직접 보는 것은 국내 영화관이나 집에서 컴퓨터로 보던 것과는 그 느낌이 몹시 달랐다. 여행사의 고객에 대한 좋은 배려이자 멋진 아이디어 같았다. 당시 유럽을 방문한 것이 2월의 겨울 날씨였는데, 지금 생각하면 버스로 그 미끄럽고 험한 길을 하루 7시간 이상 달렸던 것을 생각하면 아찔하게 느껴지고 몹시 위험했던 것 같다. 그렇지만 그때는 가족과 함께하는 첫 번째 외국여행이자 그것도 유럽이라 나는 감명이 남달랐고 피곤한 줄 모르고 재미있게 따라다녔다.

나는 당시에 로마의 여러 곳을 방문했는데 그 중에 하나가 바로 이곳 콜로세움이다. 그런데 아쉽게도 그때 콜로세움을 밖에서 쳐다보기만 했지 안으로 들어가 보지를 못했다. 다른 장소도 그런 경우가 많아 그냥 스쳐만 지나갔지 세세한 내용을 모르기 때문에 지중해의 바닷가가 대부분인 이번 여행 코스 중에서 내가 내륙인 로마를 포함시킨 특별한 이유였다. 로마에 도착해 테미나르 역 가까이에 숙소를 정한 뒤 나는 지하철을 타고 두 정거장 거리에 있는 콜로세움으로 이동했다. 그러니까 콜로세움이 나의 로마여행 중 첫 번째 방문지가 된 셈이다. 근 10년 만에 다시 찾은 콜로세움은 밖에서 건축물만 쳐다봐도 그 위풍이 대단하게 느껴졌다. 그 날 마침 바람이 심하게 불었는데 마른 먼지가 회오리바람을 타고 공중으로 올라와 눈을 제대로 뜰 수가 없었다. 하지만 그런 날씨 정도가 콜로세움을 보기 위해 세계 곳곳에서 이곳을 찾아온 관광객들의 발걸음을 멈추기에는 역부족이었다. 나는 콜로세움의 내부로 입장하기 위해서 약 30m 이상의 긴 줄

밖에서 본 로마의 콜로세움

을 서야했다. 입장권을 끊고 안으로 들어서니 가장 먼저 콜로세움을 받치고 있는 석조 기둥들이 내 눈에 들어왔다. 무려 2,000년의 지난 세월 동안 저 기둥이 위의 건축물들을 받치고 있다고는 현장에서 내가 직접 눈으로 보면서도 좀처럼 믿기지가 않았다. 자세히 보니 그 기둥들은 높이가 10m가 약간 넘어보였고, 위쪽은 둥근 타원 형식으로 만들어졌으며, 폭은 1m 정도 되어보였다. 단단한 붉은 벽돌로 기둥을 채웠는데 어떻게 그렇게 강하게 만들 수 있었는지 당시의 건축 기술이 정말로 놀라웠다. 계단을 올라 위로 올라가니 드디어 콜로세움의 내부가 한 눈에 들어왔다. 4층 높이인데, 이곳은 경기장으로서 로마시대 때는 검투사의 경기가 벌어졌다고 한다. 그러니까 영화 〈글래디에이터〉에 나오는 장소가 바로 이곳 콜로세움인 것 같다. 지금은 지하를 파헤쳐서 검투를 할 수 없게 되어 있지만 콜로세움을 세운 당시에는 수만 명의 관중이 이곳을 가득 메운 채 검투사의 경기를 지켜보며 열광했을 것이다. 오랜 시간이 지났지만 아직도 그 함성이 내 귀에 들려오는 듯하다. 영화에서 주인공인 막시무스는 자기 가족들을 죄 없이 죽인 코모두스를 죽이고 원수를 갚는다. 정의가 불의를 이기는 영화이다. 참 재미있게 본 것 같다.

나는 이 콜로세움을 보면서 규모의 웅장함이나 로마시대의 통치를 기억하면서도 다른 한편으로는 내 마음 역시 이와 같이 흔들림 없는 정체감(identity)이 확고해졌으면 하는 바람이 들었다. 정체감이 확고하다는 것은 살아가면서 가치관이나 인생철학, 그리고 윤리 등에서 흔들리지 않고 굳

건히 지켜나가는 마음 자세를 말한다. 에릭슨이라는 학자는 자아정체감이
청년기에 형성된다고 하였는데 나는 청년기를 되돌아보아도 분명 이것이
부족했던 것 같다. 고등학교나 대학을 다닐 때 나는 나의 인생관이나 철
학, 그리고 가치관 등에 관해서 그다지 깊이 있게 생각을 해 본 기억이 없
다. 나는 당시에 별다른 생각 없이 그냥 사춘기를 보냈던 것 같다. 그러다
보니 어른이 된 지금도 왜 살아가는지, 무엇을 향해 나아가고 있는지 등에
관해 확실한 견해를 갖지 못하고 있는 것처럼 때로 느껴지기도 한다. 그런
데다 청소년기의 나는 심한 열등감에 사로잡혀 있었다. 당시의 나는 학교
성적이 우수하지 못했던 것은 물론이고 신체적인 부분에 있어서도 남자로
서 평균을 밑돌아 이런 것들이 나로 하여금 열등감을 갖도록 부추겼던 것
같다. 게다가 집안의 내력이 아주 좋지 않았다. 아버지는 하루 품팔이인
지게꾼에 불과했고, 나중에는 시골 고향에 혼자 가서 객사를 하고 말았다.
그때가 내가 중3이었다. 누나 세 명은 모두 초등학교를 다 졸업하지 못했
고, 집안에서 유일하게 공부를 잘한 형님은 그만 사춘기의 고비를 넘기지
못해 공부를 끝까지 마치지 못한 채 그만 중도에 포기하고 말았다. 이런
상황과 나의 개인적인 능력이 합쳐져서 전반적인 열등감에 사로잡히게 되
었고, 겨우 고등학교 때 공부를 한 실력으로 당시로서는 육군사관학교에
치어 제대로 인정을 받지 못했던 육군3사관학교에 입학을 했다. 사관학교
에서 나는 학업 성적이 우수했음에도 군사학이나 사격 등 훈련 과목에서
제대로 못해서 성적이 아주 월등하지는 못했다. 그래도 전체 인원의 10%
안에는 들었으니 못한 것은 아니다. 그리고 장교로 임관을 한 후에 홀로

콜로세움의 내부 모습. 4층 구조로 되어 있고, 높이가 48m, 내부 길이 87m, 폭 55m, 그리고 둘레가 500m에 달한다. 70년에 공사가 시작되어 80년에 완료되었으니 근 이천 년의 세월을 지탱해오고 있다.

콜로세움을 받치고 있는 기둥들. 이천 년이란 세월을 무색하게 할 만큼 그 위용이 대단해 보인다.

남은 어머니가 돌아가시자 나는 이를 악물고 공부를 해서 당시에 위탁교육의 혜택을 봐서 군 장교 신분으로 민간대학인 부산대학교에 들어갈 수가 있었다. 부산대학교는 지금도 그렇게 평가를 받지만 당시로서도 부산, 경남 일대에서 가장 우수한 학교였다. 정말 나는 이것이 계기가 되어 인생의 두 번째 도약을 펼쳐 나갈 수 있게 되었다. 결혼도 하고 아이도 낳고, 수십 년이 지난 지금은 박사학위를 받아 교수까지 되었다. 이런 나를 보고 어떤 사람들은 내가 자수성가했다고 말을 한다. 나는 30대 중반에 교수가 되어 학생들에게 심리학과 상담을 가르치며 정말 남부러울 것이 없었다. 그러나 겉과는 달리 나의 내면에 있는 인격은 그것을 뒷받침해주지 못하고 있었다. 15년간 근무한 직장에서 나는 주변 사람들과의 인간관계가 그다지 좋지 않았고 또 밖에서 학회 활동을 할 때도 상당히 교만에 빠져 있었다. 어떤 경우에는 서울의 일류대학교를 졸업하고 미국, 영국 등 외국의 유명 대학에서 학위를 받은 사람이나 아니면 서울의 우수 대학에서 교수를 하고 있는 사람들에게조차 나는 거만한 태도를 보이곤 했다. 그러다보니 상담자로서, 교수로서, 나는 아무 것도 제대로 활동을 할 수가 없었다. 사실 상담이란 지식과 기술, 자격증, 그리고 학위로만 하는 게 아니다. 그보다 더 중요한 것이 상담자의 인격과 인간 됨됨이인데 나는 사실 이런 면에서 너무나 자질이 부족했다. 그러니 겉으로의 대학교수나 학회 임원, 또 여러 개의 전문자격증도 알고 보면 실속이 없는 것들이었다. 왜냐하면 나는 그런 겉포장 외에 보다 더 중요한 인격과 영혼을 잃어버렸기 때문이다. 그런 면에서 나는 이곳 콜로세움을 보면서 2,000년이라는 세월을 꿋꿋

이 지켜온 그 위엄과 자세에 나의 인격과 자아정체감을 대비해 보았다. 나는 사실 이번 지중해 여행을 떠나기 전에 벌써 인격 함양을 위해 두 번이나 스페인 산티아고 순례자의 길을 다녀왔다. 내 나름대로는 많이 인격이 향상되었고 또 인생에 자신감을 가질 수 있었지만 그럼에도 불구하고 어느 정도의 일정 시간이 지나면 여전히 내가 변화의 원점에 서 있다는 것을 발견하곤 했다. 따라서 나는 상담자로서, 교육자로서, 그리고 한 인간으로서 어떻게 하면 궁극적인 자아실현(self-actualization)을 이루어낼 수 있는가에 대해 고민하게 되었다. 이런 이야기를 하다보니까 머릿속에 떠오르는 사람이 얼마 전에 합참의장으로 발탁된 동기생이다. 그는 정말 체구는 작지만 사관학교 시절에도 명예위원장을 하면서 수십 년이 지난 지금까지도 그 명예를 잘 지켜 옴은 물론 행동 하나하나가 확고한 자아정체감을 바탕으로 하고 있다는 것을 충분히 느낄 수 있다. 나는 로마의 콜로세움을 볼 때마다 나의 정체감을 생각할 것이다. 남은 인생이 얼마이든 간에 선하고 의로우며, 봉사하고 사랑을 전하는 사람이 되고 싶다. 또 빛과 소금의 역할을 해서 주변의 어려운 사람들에게 희망을 전해주고 싶다. 그렇게 하기 위해서는 무엇보다 자아 내에서 흔들리지 않는 믿음과 정체성이 중요한데, 다행스럽게도 여러 학자들은 정체성이란 것이 고정된 것이 아니라 계속해서 변해가며 다듬어 갈 수 있다고 하는 데서 안도감을 찾는다.

나는 많은 학생들을 가르치는데 그 대상이 성인 초기의 대학생이든, 아니면 결혼을 해서 가정을 가진 교사이든 간에 그들이 대부분 확고한 자아

콜로세움 입구에 있는 콘스탄티누스 대제의 개선문.
파리의 개선문이 이것을 모델로 만들었다고 하니 실로 대단한 것이다.

정체감을 갖지 못한 채 살아가고 있다는 것을 나름대로 느낄 수 있었다. 이러한 정체감은 인생을 살아가는 데 매우 중요한 것이다. 무엇보다 정체감은 자신으로 하여금 나아갈 방향성을 갖게 하고 올바른 가치에 대한 길을 안내해주기 때문이다. 나는 로마의 콜로세움을 기억할 때마다 나의 정체성에 대한 점검과 함께 그것의 굳건함을 위해 노력할 것이다. 이런 점에서 여행은 참 좋은 것이다. 무엇보다 여행은 교과서 밖의 지식을 실제 체험을 통해 몸소 체득해 나갈 수 있게 한다는 데 그 매력이 있는 것 같다.

성 베드로 대성당과
피에타

7월 26일, 주일이었다. 나는 여행 기간 동안에는 교회를 나가지 못한다. 그리고 어떤 경우에는 내가 다니고 있는 그 날이 주일인줄도 모르고 관광을 할 때도 있는데 내가 성 베드로 대성당을 방문한 이 날도 마찬가지였다. 로마 방문 이틀째, 나는 지하철을 타고 성 베드로 대성당 가까이에 내렸다. 그런데 지하철에서 막 나가려던 참에 사람들이 구름떼처럼 몰려들며 전부 하차를 하는 것이었다. 그때까지만 해도 나는 별다른 이상한 낌새를 눈치 채지 못하고 그냥 베드로 성당 입구를 찾기 위해 공항에서 받은 로마 시내의 지도와 스마트폰의 구글 지도를 보며 부지런히 걷기 시작했다. 그런데 이상하게도 성당과 바티칸 시국이 가까이에 있는 것만큼은 분명한데 그곳을 찾아가기가 어려웠다. 아마 하루 동안에 베드로 성당과 바티칸의 시스타나 성당을 함께 보려고 하니 시간의 촉박함을 느껴 당시의 내 마음이 조금 다급했던 것 같다. 거리를 지나다니는 사람들에게 물어보

아도 잘 모른다고 하거나 어떤 사람은 방향을 알려주는데 확실한 것이 아
니어서 나는 이리저리 헤매고 있었다. 그때 나는 손수건을 꺼내 콧잔등의
땀을 닦아내며 속으로 '이런 것이 배낭여행인가 보다!', 하는 생각을 잠깐
했던 것 같다. 여행사를 통해 관광을 하면 그냥 가이드만 따라다니면 되는
데 혼자서 하는 여행은 전혀 그것과 다르다. 하루의 목적지를 정하는 것에
서부터 길과 숙소를 찾는 것, 비행기를 타는 것 등에 이르기까지 모든 것
을 나 자신이 직접 다 해결해야만 한다. 나는 대략 20분 이상을 주변에서
헤매다가 겨우 성당으로 향하는 방향을 찾았는데 그 도로는 꽤나 넓었음
에도 불구하고 사람들이 도로의 절반 이상을 매운 채 어디론가 바쁜 걸음
으로 빠르게 가고 있었다. 그때서야 나는 '아, 이 길이 베드로 성당으로 가
는 길이구나!', 하고 생각했다. 그러나 생각은 거기까지였다. 왜 이렇게 많
은 인파가 그것도 매우 빠른 걸음으로 가고 있는지에 대해서는 전혀 생각
하지 못했다. 잠시 뒤 나는 베드로 광장의 오른쪽 부근에 도착을 했는데,
그 순간 기가 막힐 정도로 사람들이 구름떼처럼 많다는 것을 금방 알 수
있었다. 그런데 이들은 하나같이 어디론가 한쪽 방향을 주시하면서 팔을
높이 들어 누군가를 향해 사진을 촬영하고 있었다. 그때서야 나는 바티칸
궁전의 가장 높은 건물 어느 한 창문 안에 프란체스코 교황이 얼굴을 보이
며 주일 강복을 하고 있다는 사실을 알게 되었다. 나는 평소에도 여러 가
지 면에서 감수성이 많이 부족하다고 늘 아내에게 지적을 받아 왔었는데,
'정말 나이만 들었지 내가 이렇게 고지식한가!' 하고 나 스스로도 매우 답
답함을 느꼈다.

베드로 성당 앞에 모인 구름 인파들. 이들은 중앙의 높은 건물 꼭대기.
오른쪽에서 두 번째 천이 내려진 곳에서 강론을 하는 교황의 설교를 듣고 있다.

　　교황이 보이는 창가 아래에는 멀리서도 보일 수 있도록 짙은 밤색의 천
이 길게 늘어뜨려져 있었다. 교황의 연설 모습은 광장 바닥에 설치되어 있
는 대형 스크린에 그대로 방송되고 있었다. 나는 얼마 전 교황이 한국을
방문했을 때도 직접 보지 못하고 그저 뉴스를 통해서만 바라보았는데, 그
가 평소에 생활하는 성 베드로 대성당에 직접 와서 얼굴을 보고 연설을 들
을 수 있다는 이 사실만으로도 내게는 큰 감동으로 다가왔다. 이 글
을 쓰고 있는 현재 교황은 미국의 뉴욕에 위치한 유엔 본부에서 연설을 하
고 있다고 하는데, 그곳에서도 교황의 연설은 물론이고 행동 하나하나에

교황의 설교가 끝난 후, 베드로 성당을 들어가기 위해 길게 줄을 서있는 모습.
왼쪽 옆으로 입구가 있는데, 대략 봐도 수백 미터나 된다. 나는 입장을 위해 2시간 이상 걸렸다.

많은 사람들이 감동을 받고 환희의 물결에 차 있다고 한다. 특히 그는 가
는 곳곳마다 고급스런 리무진보다는 작은 꼬마 차량을 이용해서 그를 보
고 눈물을 흘리는 사람들도 꽤 많다고 하니 교황의 인기가 이 지구상에서
얼마나 높은 지를 짐작할 수 있을 것이다. 내가 바티칸을 찾은 이 날도 마
찬가지였다. 넓은 베드로 광장이 거의 다 찰 정도로 사람들이 많이 모였고
이들은 교황을 보고 환호하며 찬사를 아끼지 않았다.

　사람들은 교황의 연설이 끝나기 전까지는 베드로 성당을 들어가기 위해

오른쪽으로 길게 늘어선 줄 따위에 별다른 관심을 갖지 않았다. 그저 모든 신경을 연설에 집중해서 들었고 사진을 촬영하기에 바빴다. 베드로 성당에로의 입장을 위해서는 불과 30명 안팎의 사람들만이 줄을 서 있었고 나머지 사람들은 광장을 가득 메우고 서 있었다. 나 역시 시간이 많진 않았지만 줄을 서서 빨리 성당 내부로 들어가기보다는 사람들의 무리 속에 끼어서 연신 교황의 사진을 찍으며, 또 알아듣지는 못하지만 교황의 연설을 들으려고 애를 썼다. 드디어 이삼십 분간의 교황의 강복이 끝난 후 얼마의 사람들은 어디론가 발걸음을 왔던 길로 되돌리고, 대략 3분의 2 가량의 사람들은 다시 베드로 성당으로 들어가기 위해 줄을 섰다. 그 시간이 매우 짧아서 나는 그만 줄의 맨 끝부분에 서게 되었다. 그곳에 가 본 사람들은 잘 알겠지만 광장이 매우 넓고 타원형으로 되어 있어서 줄의 끝부분에서 베드로 성당을 입장한다는 것은 시간도 많이 걸리고 땡볕에 정말 고생이었다. 나는 속으로 새치기를 좀 하고 싶은 마음도 있었지만 그냥 줄의 맨 끝에서 기다려보기로 했다. 그러면서 나는 속으로 '이 자체도 여행이니까!', 하고 생각했다. 그렇게 기다려 성당 내부로 들어가기 위해 소요된 시간이 무려 2시간을 넘었다. 나는 자칫 성당이 문을 닫게 되면 하루를 그냥 버리는 게 아닌가 걱정을 하기도 했다. 결국 나는 이날 베드로 성당은 들어가고 시간이 없어 바로 옆에 붙어있는 시스티나 성당을 포함해서 바티칸 궁전 내부로는 들어가지 못했다.

나는 성당 내부를 돌아보면서 무엇보다 피에타의 위상에 놀라움을 금치 못했다. 미켈란젤로가 직접 조각했다고 하는 이 베드로 성당의 피에타는 2006년에도 내가 직접 보긴 했지만 당시에는 그렇게 감동을 받지 못하고 그냥 스쳐지나 갔을 뿐이었다. 그래서 나는 이번 여행 기간 동안 꼭 이 피에타를 가까이서 정확히 감상하고 싶었다. 신경숙의 〈엄마를 부탁해〉를 읽어보면 마지막 장면에서 이 베드로 성당의 피에타가 나온다. 아무튼 나는 전에 근무하던 31년간의 공직생활을 마치고 새 사람이 된 이상 무엇보다 이 피에타를 꼭 감상하고 싶은 욕구가 내 마음속에 오랫동안 간절히 자리 잡고 있었던 터였다. 그래서 나는 성당 내부에서 이리저리 둘러보다가

미켈란젤로의 피에타를 감상하고 있는 관광객들

피에타가 보이지 않아 그곳의 근무자들에게 물어보니 그들은 내게 피에타
가 성당의 입구 오른쪽에 있다고 친절하게 안내해주었다. 정말 많은 사람
들이 그곳을 떠날 줄 모르고 깊은 감동으로 피에타를 감상하고 있었으며
일부는 그 와중에서도 사진 촬영에 여념이 없었다. 나 역시 피에타를 여
러 각도에서 잘 찍으려고 노력을 했다. 내가 조금 아쉬워했던 부분은 피에
타 앞에 사람들의 접근을 막기 위해 대형 흰 유리를 막아놓아 보는 사람들
로 하여금 조금 답답함을 느끼게 했다는 점이다. 그렇지만 내가 피에타를
향해 집중적으로 보기 시작한 지 채 1분이 되지 않아 갑자기 내 온 전신이
심하게 떨리고 가슴이 요동치는 것을 느낄 수 있었다. 어쩌면 나는 그 순

간 오랫동안의 죄책감에서 벗어나고 또 그 동안 지은 죄를 용서받고자 하는 욕구가 저 깊은 심연에서 차고 올라와 나로 하여금 눈물을 솟구치게 했는지도 모르겠다. 미켈란젤로는 십자가에 못 박힌 예수님을 어떻게 해서 저렇게도 처절하게 표현을 잘했을까, 하는 생각이 들었다. 대리석으로 만든 것으로 알고 있는데, 불과 나로부터 5m 정도 떨어진 거리에 있는 피에타는 마치 예수님이 골고다 언덕에서 십자가에 못 박히시고 난 후 바로 그 현장에서 일어난 것처럼 그렇게 나로 하여금 감동을 불러일으키게 해주었다. 그야말로 미켈란젤로라는 명성에 걸맞고 다시 한 번 그의 위대함에 감탄을 금치 못했다. 내가 피에타를 보는 순간 즉각적으로 감동을 받은 것은 다름 아닌 예수님의 지칠 대로 지쳐 죽음을 맞이해 축 늘어진 몸 부분이다. 그것을 보는 순간 나는 '저 분이 나의 죄를 구속하기 위해 자기의 몸을 저렇게 버리셨구나!' 하는 생각이 들었다. 나는 이 피에타를 보면서 여행의 일정이 아직 많이 남아 있었음에도 불구하고 바로 이 장면이 모든 일정의 하이라이트이자 핵심이라고 미리 결론을 내려버렸다. 그 정도로 나는 피에타에 감동을 크게 받았으며 내 가슴은 요동치고 있었다. 내가 산티아고를 두 번 방문했을 때 첫 번째는 산티아고 대성당에서 미사를 본 후 하나님의 음성을 직접 듣는 기적을 체험했고, 두 번째 방문 때는 대성당 앞 광장에서 엘 그레코가 그린 〈베드로의 눈물〉을 직접 체험했는데, 세 번째 이곳 지중해 여행에서는 피에타를 가슴 깊이 간직하게 되었다. 정말 감동 그 자체였고 남은 생을 저 피에타를 내 마음속에 늘 간직하고 생활해야 하겠다는 다짐을 했다.

나는 돌아와서 이 글을 쓰기 위해 다시 성 베드로 대성당에 대한 자료들을 찾아보았다. 그랬더니 전에 그리스에서도 그랬던 것처럼 이곳 베드로 성당에 관해서도 충분히 알지 못하고 본 것에 대해 많은 아쉬움이 남는다. 늦었지만 자세히 내용을 살펴보니 베드로 성당은 4세기경에 콘스탄티누스에 의해 공사가 시작되었다가 경제적, 기술적, 정치적 문제 등으로 공사가 중단되었다가 그 후 천 년이 지난 1452년에 니콜라우스 5세에 의해 다시 공사가 진행되고 또 1506년에 개축 및 증축을 하는 절차를 밟았다고 한다. 이 과정에서 당시의 조각과 미술계에서 거장으로 이름을 날리던 미켈란젤로를 비롯해서 라파엘로, 브라만테, 그리고 베르니니 등에 의해서 공사가 이어져 오늘날에 이르게 되었다. 유명한 성당의 돔은 미켈란젤로가 설계한 것이며, 광장은 주로 베르니니의 손을 거쳤다고 보면 된다. 올라가 본 사람들은 알겠지만 성당의 돔에서 아래를 내려다보면 〈베드로의 눈물〉에 나오는 베드로가 가진 천국 열쇠 모양이 나온다. 그 만큼 설계 자체가 예술적이며 당시 교황의 요구대로 이 바티칸이 세계에서 가장 아름다운 곳으로 만드는데 상당히 부합했다.

그런데 여기서 베르니니라는 천재 조각가의 설계를 조금 더 자세히 살펴볼 필요가 있다. 그냥 광장을 거닐면 잘 모르겠지만 광장은 좌우로 벌어진 타원형 식이고 또 성당을 중심으로 양팔처럼 뻗어 있는 두 개의 회랑에는 전부 284개의 도리아식 기둥이 건물의 무게를 받치고 있다. 그리고 그 회랑 위에는 베르니니의 제자들이 140개의 조각품을 만들어서 건물을 아름답게 꾸며놓았다. 나는 이렇게 많은 천재 조각가들의 설계 가운데서도 유독 성당을 중심으로 좌우 날개로 뻗어있는 두 개의 회랑 부분에 관심이 많이 갔다. 그것은 베르니니가 건축을 시작할 때부터 성당으로 오는 사람들을 환영하고 따뜻이 맞아준다는 의미를 갖고 만들었다고 한다. 나는 그런 설계를 할 수 있는 천재 예술가 베르니니의 작품 구상에 너무나 놀라움을 표하고 그가 진정한 예술가라는 생각을 하게 되었다. 나는 이 두 개의 양 날개로 뻗어있는 회랑을 보면서 그 모습이 바로 '어머니'와 같은 존재라고 생각했다. 어머니라는 단어는 이 지구상의 어느 누구도 그 가치를 평가 절하하지 못할 만큼 우리 모두에게 소중하고도 절대적인 가치로 자리 잡고 있다. 그런데 베르니니의 의도대로 어머니가 된다는 것, 그리고 어머니의 역할이 무엇인가를 생각해 보는 것이 중요했다. 무엇보다도 어머니라는 존재는 사랑의 화신이요, 용서의 표상이다. 자식들이 청소년기나 그 이후에 어떤 잘못을 해도 다른 사람이 아닌 어머니만큼은 그런 자식의 죄를 용서해주고 따뜻하게 사랑으로 보살펴준다. 아마 많은 사람들이 그런 체험을 직접 경험해 보았을 것이다. 그래서 신경숙 역시 이 어머니란 단어 하나로 빅 히트를 쳐서 외국의 여러 나라에도 그녀의 작품이 번역되었다. 그리고 뽀빠이 이상용이 한때 〈우정의 무대〉라는 위문공연을 진행하면서 마지막 순간에 '어머니!', 하고 병사가 외치면 가름막 뒤에서 시골에서 올라온 어머니가 나오고 두 사람은 부둥켜 않은 채 눈물을 흘리며 감동에 젖는 장면을 많은 시간이 흘렀어도 나는 기억하고 있다.

아래에서 위로 본 베드로 성당의 돔 모양

    나는 평소에 다른 사람의 잘못에 대한 관용이 참 부족하다고 느껴왔다. 나는 나의 잘못에 대해서는 대수롭게 넘어가지만 유독 다른 사람의 잘못에 대해서는 꼭 지적을 하는 잘못된 습관을 가지고 있다. 수업시간에 학생들이 수업에 집중하지 않는 것, 도로에서 어떤 사람이 타다 만 담뱃불을 그냥 버리는 행위, 그리고 가족 간에도 어떤 잘못이 있으면 그때마다 잘못을 지적해 주지 않으면 내 마음이 답답했다. 이런 나의 모습을 보고 나는 나 스스로에 대해 '참 관용과 사랑, 그리고 긍휼함이 부족하구나.' 하고 느끼게 된다. 나는 내 나이를 고려한다면 이제는 전과 달리 좀 더 이해심과 아량을 넓게 가지고 살아갈 때가 되었음에도 불구하고 여전히 부분적으로는 예전의 나에 머물고 있다고 생각하니 이런 내가 어떤 때는 밉기까지 생각된다.

그리고 베드로 성당을 방문하면서 중요하게 느낀 것 중 한 가지는, 내가 과연 피에타를 마음속에 늘 간직할 수 있는 옥토(沃土)로 된 마음을 가지고 있는가에 대한 스스로의 성찰이었다. 나는 비록 2008년을 기점으로 그 전과는 모든 생활면에서 다른 새 사람(new self)이 되었다고는 하지만 여전히 새 사람에서 옛 사람(old self)으로, 또 옛 사람에서 새 사람으로 수시로 변신을 번복해가는 내 모습을 보고 아직도 내가 자아실현을 하기에는 많이 부족하다고 생각한다. 그러면서 나는 이 베드로 대성당을 다시 한번 생각하게 되었다. 즉, 세계에서 몰려드는 수많은 관광객들이 매년 이곳을 찾는 것은 그들이 단지 교황이나 역사적 예술품만을 보기 위해서만은 아닐 것이라고 나는 생각한다. 그것은 무엇보다 산토리니의 이아 마을에서 대자연의 노을을 감상했듯이 그들은 이곳 성 베드로 성당을 통해 저 깊은 심연 속에 숨어져 있는 자신만의 고유한 거룩함과 순수한 이미지를 발견하고자하는 할 것이다. 다시 말해 교황을 포함해 여러 성직자들과 또 예수님의 열두 제자 중 한 사람인 베드로의 무덤이 있는 이곳 성당 자체가 그 만큼 순수하고 맑은 영혼을 간직하고 있다고 보기 때문일 것이라고 나는 믿고 있다. 그런 관점에서 나 역시 피에타를 평생 동안 나의 마음속에 간직하고 살아가기 위해서는 바로 내 몸 자체가 바로 성전(聖殿)이 되어야 한다고 생각한다. 그래야 피에타가 그 자체로서의 순수함을 잃지 않고 영원히 내 마음속에서 활활 불타게 될 것이다. 그렇지 않고 선과 악 사이를 수시로 왔다 갔다 하는 미지근한 상태에서는 아무리 이런 피에타를 보더라 하더라도 그것이 그저 하나의 이성적 감상에 그치고 말 것이라고 나는 생각한다. 그렇기 때문에 나는 내 영혼이 늘 깨어있어 나의 몸과 마음에 평화가 깃들기를 소망한다. 그리고 혹시라도 내가 또다시 인간이라는 이유로 죄에 다시 걸려 넘어지기라도 한다면 그때는 영혼의 검을 들어 과감히 싸워 다시 일어서서 회복해야 한다는 것을 뼈저리게 느꼈다. 그런데 이런 느낌은 실제 이런 장소를 방문해서 가질 수도 있고 또 책으로도 간접적인 경험을 할 수 있는 것이다. 중요한 것은 실천인데, 이 실천이 그저 머릿속의 이성 안에서만 헛돌고 있는 것이 보통 사람의 모습이다. 이와 관련한 공자의 이야기가 생각이 난다.

I hear and I forget. (들으면 잊어버리고)

I see and I remember. (보면 기억하고)

I do and I understand. (실제 행동으로 옮겨봐야 그때야 비로소 자기 것이 된다.)

이 말은 실제 그런 경험을 당해보지 않고는 좀처럼 변화가 잘 이루어지지 않는다는 사실을 말해주고 있다. 암이 걸려봐야 건강의 중요성을 뼈저리게 느끼고, 실명이 되어봐야 눈의 중요성을 실감 있게 피부로 느끼게 되며, 직장에서 쫓겨나봐야 그때야 비로소 제 정신을 차리고 자신의 잘못된 행동을 고치려 할 것이다. 이처럼 인간은 자신의 행동을 변화시키는데 그만큼 간사하다. 왜 우리는 실제 꼭 그런 어려움을 당해봐야 그때서야 비로소 정신을 바짝 차리고 몸과 마음, 그리고 영혼의 중요성을 깨닫게 되는 것일까. 이것이 인간의 한계이다. 가족의 중요성, 직장의 중요성, 인간관계의 중요성, 영적인 깨끗함을 유지하는 것, 몸과 마음을 바로 하는 것, 절제하는 것, 다른 사람의 허물을 감싸주고 자비를 베푸는 것, 속이지 않는 것, 방탕한 생활을 하지 않는 것, 그리고 이웃을 사랑하는 것에 이르기까지 수없이 많은 중요한 가치들이 있지만 정작 그것에 대한 중요성을 자각하지 못한 채 머릿속에서만 머무르고 있는 나 자신이 아닌지 돌이켜 반성해 본다.

절제의 미학을 가르쳐준 영화
〈로마의 휴일〉

영화 〈로마의 휴일〉은 정말 명작(名作) 중의 명작이다. 몇 번을 보아도 전혀 지루하지도 않고 또 보고 싶은 영화이기도 하다. 그레고리 펙과 오드리 헵번이 나오는 이 영화는 남녀노소를 막론하고 대부분의 사람들이 좋아하는 영화일 것이라고 나는 생각한다. 영화의 배경은 제목에서도 나오듯이 로마이다. 나는 2006년에 로마를 방문한 적이 있지만 앞서 언급했듯이 그때는 로마를 꼼꼼히 보질 못했기 때문에 언젠가 다시 로마를 찾고 싶은 욕구가 강렬하게 내 마음 속에 자리 잡고 있었다. 그래서 로마를 이번 지중해 여행에서 포함했는데, 4박 5일이라는 비교적 오랜 시간 머문 이곳에서 나는 생각보다 여러 군데를 보지 못한 것 같다. 그것은 나의 안락함과 편안함, 그리고 느긋함을 추구하는 평소 생활스타일에 기인한 것 같다. 나는 숙소에서 아침 일찍 일어나긴 하지만 항상 아침을 챙겨먹고 샤워를 하다보면 숙소에서 제일 늦게 나서는 사람이 되곤 했다.

산탄젤로 성과 천사의 다리. 이곳에서 오페라 〈토스카〉를 촬영했다니 감개가 무량하다.

나는 오전 9시가 넘으면 햇볕을 막아주는 벙거지 모자를 눌러쓰고 한 손에는 물병, 그리고 다른 한 손에는 시내 지도를 들고 다니면서 그 날 어 느 곳을 방문할지를 찾아나갔다. 성 베드로 대성당을 둘러 본 후 남는 시 간을 이용해서 나는 영화에 나오는 여러 곳을 돌아보기로 했다. 영화에서 는 로마 시내의 여러 관광 명소가 등장하는데 그 중에서 나는 선상파티가 열리는 산탄젤로(Castel Sant'Angelo, 일명, '성 천사성'으로도 불림) 성을 찾 았다. 푸치니의 오페라 〈토스카〉의 배경이 되기도 했던 이 성은 성 베드로 대성당에서 나와 직진으로 가면 금방 만날 수 있고 바로 앞에 테베레 강이 유유히 흐르고 있다. 성은 원통형으로 꽤나 아름답게 꾸며져 있는데, 최초에 건축할 때는 하드리아누스 황제의 영묘로 만들어졌다고 한다. 이후 황제의 거처나 방어요충지, 그리고 감옥으로도 사용되었다고 하는데 무엇보다 이 성은 들어가는 입구에 세워진 다리 위의 조각상이 아주 멋지게 보이고 그 다리 밑으로 흐르는 테베레 강이 운치를 더해주었다. 영화 〈로마의 휴일〉에서는 이 성과 다리를 배경으로 그 아래에서 바로 선상파티를 하는 장면을 보여준다. 오드리 헵번의 머리를 커트해준 미용사가 그녀와 춤을 추고 또 공주의 신분을 알아챈 성의 탐정들과 그레고리 펙 일행이 한바탕 소동을 벌이던 장소이기도 하다. 특이한 점은 이곳 다리위에 놓인 조각상들이 바로 성 베드로 대성당 광장을 계획하고 추진했던 베르니니와 그의 제자들이 만들었다는 사실이다. 이런 점을 기억하며 우리나라도 이런 훌륭한 조각가가 많이 배출되었으면 하는 생각이 들었다. 그래야 세계적인 문화관광지로서의 한국이 될 수 있다고 본다.

　나는 산탄젤로 성을 지나 테베레 강을 따라 걷다가 시내 안쪽으로 방향을 튼 다음 로마에서 가장 아름다운 분수라는 칭호

다리 위에 세워진 〈십자가를 든 천사〉.
바로크 양식이며 베르니니의 작품이다.

를 가진 트레비 분수를 찾았다. 그런데 아쉽게도 이곳 분수는 대규모 보수 공사가 진행 중이었다. 오히려 2006년도에 처음 방문했을 때는 원래 모습 그대로 잘 보았던 것 같다. 이곳의 전설은 참 재미있는데, 가령 오른손으로 왼쪽 어깨 뒤로 동전 한 개를 던지면 로마에 다시 올 수 있고, 두 번을 던지면 연인과의 소원이 이루어지며, 세 번을 던지면 힘든 소원이 해결된다고 한다. 물론 대부분의 사람들이 그런 사실을 꼭 믿지는 않겠지만 이곳을 찾게 되면 재미로 동전을 던진다고 한다. 그래서 분수의 밑바닥에는 그렇게 해서 던진 동전들이 가득 쌓여있다.

나는 일전에 시오노 나나미의 〈로마인 이야기〉 열다섯 권을 모두 읽은 적이 있다. 카이사르도 나오고 한니발 장군이 코끼리를 타고 알프스 산맥을 넘는 장면도 아직 기억할 만큼 참 흥미롭게 읽었던 것 같다. 나는 로마를 방문하는 동안 단단한 돌로 바닥이 되어 있으면 그것이 바로 삼천 년이라는 긴 역사를 가진 팍스 로마의 옛 시절이 머릿속에 떠오르고 이것이 당시에 만든 길이 아닌가 생각하게 되었다. '모든 길은 로마로 통한다.'는 역사의 현장이 바로 이곳 로마이다. 그런 점에서 우리나라는 왜 이런 멋진 역사를 가지지 못했는가, 아쉽기도 했다. 물론 사정이야 서로 다르긴 하겠지만 그래도 상투를 머리위에 쓰고 양반, 상놈 하는 것보다는 왠지 이곳 유럽의 역사가 더 멋지게 생각되는 것은 나만의 생각인지 모르겠다. 작가인 시오노 나나미는 아예 이탈리아 사람과 결혼을 해서 이곳에 살았다고 하는데 나는 그렇게 하지는 못하지만 기회가 주어진다면 약 1년 정도 이곳

한창 보수공사가 진행 중인 트레비 분수

에서 살면서 유럽의 낭만을 직접 체험해보고 싶다.

다음으로 발걸음을 옮긴 곳이 로마에서 가장 붐비는 번화가이자 괴테나 바이런, 리스트, 그리고 안데르센과 같은 시인이나 예술가들이 머물렀다고 하는 스페인 광장이다. 영화에서 오드리 헵번이 이곳에서 젤라토를 사서 먹는 장면이 나온다. 공주로 등장하는 오드리 헵번은 머리를 짧게 커트하고 계단에 앉아 일반 서민처럼 젤라토를 구입해서 먹고 있는데, 이런 하나하나의 사실이 세계의 관광객들을 끌어 모으는 유인가로 작용하는 것같다. 아마 일반인이 그렇게 했다면 그것은 아무런 관심도 받지 못했을 것이다. 그러나 영화에서 유명한 배우가 이곳 스페인 광장에서 젤라토를 먹은 사실 자체만으로도 이곳이 유명한 만남의 장소가 되니 참 재미있는 현상이다.

나는 예전에 찾았던 것과는 사뭇 다른 마음자세로 스페인 광장을 올라보았다. 그때와 비교해서 별다른 감명은 느끼지 못했지만 그래도 많은 사람들이 사진을 촬영하고 또 주변을 오가고 있어 나 역시 같은 기분으로 마음이 약간 들떠 있었던 것 같다. 특히 광장 앞에 있는 낡은 배의 모습을 가진 바르카차 분수에서는 양쪽으로 시원한 물줄기가 나오고 있어서 이곳을 찾는 사람들의 갈증을 한결 풀어주었다. 나도 빈 피트 병을 꺼내 물을 가득 채워 마시고 또 얼굴에도 적셔 더운 여름의 오후를 즐겼다. 나는 이곳 스페인 광장에 머무르는 시간동안 이곳의 분위기가 참 낭만적이라는 생각을 했다. 계단이나 분수가 그리 대단한 것은 아니었지만 로마를 찾는 관광객의 대다수가 한곳에 모여 즐거운 시간을 보내는 자체만으로도 아주 멋진 곳이라는 인상을 지울 수가 없었다. 늘 하는 생각이긴 하지만 우리나라도 이런 장소가 많았으면 하는 생각을 잠시 하기도 했다. 흥미로운 사실은 만남의 장소로 활용되는 바르카차 분수 역시 앞서 언급한 조각계의 거장인 베르니니의 아버지가 만들었다는 사실이다. 이런 사실을 접하면 로마라는 곳은 위대한 예술가가 많고 또 그들에 의해 가는 곳곳마다 도시 전체가 예술적 분위기를 만든다는 사실에 나는 참 부러운 마음이 들었다.

나는 영화를 보면서 전체적인 플롯 자체가 전부 흥미롭고 재미있었지만 무엇보다 앤 공주가 처음 머물던 성에서 탈출해서 거리를 배회하다가 그레고리 펙을 만난 다음 그 날 저녁에 있었던 장면을 잊을 수 없다. 죠 브래들리라는 이름의 아메리칸 뉴스 기자로 나오는 그레고리 펙은 그 날 어두운 밤거리에 아무렇게나 누워있는 앤 공주를 만나 처음에는 마차에 태워 그냥 집으로 보내려 했으나 앤 공주가 집이 콜로세움이라 하는 등 엉뚱한 소리를 해서 우연찮게 자신의 집으로 같이 가서 머물게 된다. 거기서 그레고리 펙은 그녀가 공주라는 신분인줄 전혀 모르고 긴 소파를 잡아당겨 아

오드리 헵번이 영화 〈로마의 휴일〉에서 젤라토를 먹으며 연기를 했던 스페인 광장. 참 낭만적인 오후였다.

무릎게나 그곳에 누이고 자신은 널찍한 침대에서 잠을 청한다. 그런데 여기서 심리적으로 특이한 현상은 그레고리 펙이 그렇게 아름다운 아가씨를 바로 옆자리에 눕히고도 전혀 성적인 욕망을 느끼지 않고 그냥 잠자리에 든다는 것이다. 과연 이것이 현실에서는 가능할까, 하는 의문을 갖게 하는 부분이다. 영화에서는 조금의 의심이나 망설임도 없이 그냥 두 남녀가 잠을 잘뿐이다. 어떻게 보면 그레고리 펙의 신사다움이 여과 없이 보여 지는 장면이기도 하지만 심리학을 전공하는 나로서는 도무지 인간의 감추어지고 뿌리 깊은 성적 욕망을 너무나 간과한 장면이라 보아진다. 그럼에도 불구하고 나는 영화를 볼 때마다, 그리고 본 이후에도 계속해서 이 장면이 연상되고 또 실제 내가 그런 상황에 처했다면 나는 어떤 행동을 취했을까를 조심스럽게 확인해본다.

언론의 보도를 접하면 지금 이 시간에도 어김없이 성에 대한 사건은 주요 일간지의 한 면을 장식하고 있다. 성이란 문제는 단순히 지식이나 높은 직위를 가졌다고 해서 지켜지는 것이 아니다. 개인에 따라 욕망의 정도나 행위는 서로 다르게 나타나겠지만 대다수의 많은 사람들에게서 공통적으로 나타나는 현상은 강력한 성에 대한 욕구이다. 그렇기 때문에 위대한 간디마저 그런 사실을 외면하지 못했으며, 오늘날도 의사나 대학교수를 포함해 정치인 등 대다수의 사람들이 여기에 무릎을 꿇고 만다. 뿐만 아니라 돈이나 권력 등 인간의 욕구와 관련해서 여러 문제들이 사회의 악한 단면을 장식하고 그것이 인간의 역사를 이어가고 있다. 그럼에도 이 영화에서는 그레고리 펙이라는 사람을 등장시켜 절제의 미학을 선보이고 있는 것이다. 그는 거리에서 처음 앤 공주를 만났을 때부터 아주 신사다운 행동을 이어갔으며, 중간에 그녀가 바로 공주라는 사실을 알고 잠깐 언론사 상사와 돈 얘기를 주고받기 하지만 곧 그는 많은 돈을 벌 수 있었음에도 불구하고 그의 친구가 찍은 사진과 언론 기사 내용을 상사에게 팔아넘기지 않는다. 한 마디로 신사다움을 그대로 보여주는 동시에 윤리적이고 매우 고상하며, 바로 절제의 도덕성을 한 눈에 보여주는 명장면이다. 그러나 우리가 여기서 기억해야 할 것은 이것이 단순한 영화의 한 장면이기에 앞서서 바로 나 자신이 저런 신사다움을 그대로 본받아야만 한다면 당신은 여기서 어떤 태도를 취할 수 있겠는가를 깊이 생각해 볼 필요가 있다. 영화에서는 이 장면 외에 마지막 부분에서 서로가 사랑하는 관계였음에도 불구하고 앤 공주는 조국과 가족을 위해 왕궁으로 돌아가야만 한다고 하고 그레고리 펙 역시 그런 그녀를 더 이상 붙잡지 않고 그냥 보내준다. 더 이상어떤 행동이나 요구, 그리고 불필요한 말이 없다. 그냥 각자가 본연의 일상생활로 돌아가는 것이다. 그레고리 펙은 이 일로 어떤 부당한 이익이나 헛된 욕망을 갖지 않는다. 너무나 신사다운 이 영화에서의 행동을 나는 정말 본받고 싶다.

영혼이 없는 육체가 죽은 것 같이 실천이 없는 믿음이나 신념, 그리고 온갖 지성은 아무런 가치를 지니지 못한다. 우리가 소위 페르소나라고 하는 여러 직위를 가지고 겉으로는 꽤나 잘난 척 하고 살긴 하지만 사실 그

마음속에 있는 참자기는 그냥 숨죽이고 억압되어 있을 뿐이다. 베르그송이 말한 표피적 자기가 아닌 심층적 자기를 우리는 시간이 날 때마다 마주칠 필요가 있다. 세상에는 여러 가치가 존재하지만 그 가운데 영화 〈로마의 휴일〉에서는 절제의 미학을 잘 보여주고 있다. 내가 지중해 여행을 하면서 단순한 관광이 아닌 진정한 자아를 찾아서 떠난 여행이라고 분명하고도 솔직하게 말한다면 나는 이곳 로마에서 경험한 절제의 미학을 결코 잊어서는 안 될 것이다.

산타마리아 코스메딘 성당의
'진실의 입'을 찾아서

　　몰타에서 로마로 다시 복귀한 후 나는 시간이 남아 테르미니 역 오른쪽으로 천천히 발걸음을 옮겼다. 가다가 그리 크지는 않았지만 멋진 건물이 있어서 사진을 찍어 놓았더니 이것이 로마 4대 성당 가운데 하나인 산타마리아 마조레 성당이란다. 이 성당은 현존하는 성당 가운데 성모 마리아를 위해 건축한 가장 오래된 성당이라고 하는데 정말 놀랍다. 어떻게 우연히 만난 건물이 이처럼 중요한 의미를 간직한 문화재일까, 하는 생각이 들었다. 그 만큼 로마라는 도시는 옛 유적들이 도시 곳곳에 잘 보관되어 있다. 성당의 내부에는 성모 마리아를 비롯해 모세와 이삭, 야곱, 아브라함 등, 여러 성경 속의 인물들에 대해 36개의 모자이크가 전시되어 있다고 하는데 아쉽게도 나는 이 작품들을 감상하지 못한 채 지나치고 말았다. 다음에 발걸음을 멈춘 곳이 치르코 마시모라고 하는 대전차 경기장이다. 영화 벤허를 연상케 하는 이곳 경기장은 눈으로 봐도 길이가 수백 미터에 달할

테르미니 역 부근에 위치한 산타 마리아 마조레 성당. 이곳에 모세나 아브라함 등의 성서 내용이
모자이크화 되어 소장되어 있다고 하니 실로 놀랍다.

치르코 마시모 대전차 경기장. 이런 넓은 공터가 로마 시내 한 복판에 위치해 있다는 게 그들이 얼마나
문화와 역사를 존중하는가를 알 수 있게 한다.

정도로 넓은 자리를 차지하고 있었다. 도심의 한 가운데 이처럼 넓은 장소가 있음에도 아파트를 비롯해 다른 관공서 등의 건물을 짓지 않고 근 이천 년이 다 되어 감에도 불구하고 그대로 보존하는 로마의 높은 문화의식에 대해 깊은 존경심이 우러나올 정도이다. 나는 예전에 삼성 이건희에 대해 연구를 한 적이 있는데, 이건희는 영화 가운데 특별히 〈벤허〉를 좋아했다. 벤허가 멧살라와 전차 경기를 하는 모습은 지금도 눈에 선하게 기억되는데, 이건희는 이 장면을 보면서 벤허와 멧살라의 행동을 비교해 거기서 얻은 교훈을 자신의 경영기법에 도입했다. 여기서 말하는 경영기법이란 다름 아닌 체벌과 꾸중이 아닌 사랑과 칭찬을 말한다. 멧살라는 흑마를 몰면서 계속해서 채찍으로 말의 등을 후려 내리친다. 그러면 말들은 정말 열심히 달렸고 주변의 다른 경주마들은 상대가 되지 않을 정도로 빠른 속력을 냈다. 이에 반해 벤허는 채찍 자체를 아예 가지고 있지 않았다. 경기가 있기 하루 전 날 그는 말들을 불러 모아놓고 귓가에 대고 일일이 내일 경기에 어떤 역할을 해 달라고 속삭이며 말 등과 머리를 쓰다듬어주며 심지어 얼굴을 말 머리에 대고 비비기도 한다. 이런 대조적인 두 사람의 모습을 보여준 후 영화는 다음 날 벌어진 경기에서 벤허가 멧살라를 누르고 승리하는 장면으로 진행된다. 나는 〈벤허〉의 이 경기 장면을 보면서 왠지 마음이 매우 무겁고 지난 일들이 참으로 후회가 될 때가 많다. 지금은 많이 나아졌다고는 하지만 여전히 어떤 상황이 닥치게 되면 나는 누구에게나 고함을 치고 화를 내는 나의 모습을 발견하곤 한다. 많이 성장이 되었다고 하는 지금이 이러할진대 내가 전에 직장에 있던 2008년 이전까지는 그 행위가 어떠했겠는가. 거의 매일 같이 나는 심한 스트레스 상황에 놓여 있었고 내 주변의 누군가가 잘못을 저지르기라도 하면 나는 어김없이 고함을 질러대고 때로는 구타를 한 적도 있었다. 한 번은 둘째 딸이 '콩이'라는 이름을 가진 푸들 강아지 한 마리를 집에 데리고 왔는데 그 강아지는 이제 불과 태어난 지 두 달 정도밖에 되지 않은 어린 것이었다. 나는 처음에는 너무 예뻐서 집에 있을 때 늘 데리고 있었고 먹이도 주었으며 거실에서 함께 뛰어놀며 즐거운 시간을 보냈다. 게다가 밤이 되면 내 이불 밑에 재우고 거의 한 달간 같이 지내면서 나와 콩이는 정이 듬뿍 들었다. 그런데 문제는 콩이가 대소변을 가리지 못한다는 것이다. 신문지를 여러 군데 펼쳐 놓고 그곳에서 일을 보도록 주의도 주고 교육도 시켰지만 콩이는 여전히 이불이나 책상 밑, 그리고 아무 곳에서나 실례를 했다. 이런 콩이에 대해 나는 신문지를 돌돌 말아서 콩이의 콧등 위를 때리며 나무랐다. 그런데 상식적으로 생각해보아도 이제 출생한 지 불과 두 달밖에 되지 않은 강아지를 보고 똥오줌을 제대로 가리라고 요구하는 나 스스로에게 문제가 있었다. 게다가 그 어린 강아지의 콧등을 딱딱한 신문지로 때리기까지 했으니 내 마음속에 분노가 얼마나 쌓여 있었는가를 짐작할 수 있는 부분이다. 이처럼 나는 과거를 생각하면 할수록 나 스스로가 너무 경직되고 여러 면에서 부족하다는 것을 깨닫게 된다. 당시 로마의 인구가 100만 명이라고 하는데 이곳 경기장에 무려 25만 명이 모여 열두 대의 전차가 일곱 바퀴를 돌며 경기하는 모습을 보며 함성을 지르는 군중들의 모습이 아스라니 머릿속에 들어온다. 나는 이 경기장을 보면서 또 한 번의 나의 나약하고 부족한 뒷모습을 보는 것 같아 왠지 쓸쓸함을 느끼며 발걸음을 가까이 있는 '진실의 입' 쪽으로 옮겨갔다.

진실의 입은 원래 기원전 4세기경 헤라클레스 신전 인근의 하수도 덮개로 사용되었다고 하는데 이것이 영화 〈로마의 휴일〉을 통해서 관광 명소로 발전하게 되었다. 영화에서 오드리 헵번과 그레고리 펙은 지름 1.5m 가량의 원판 위에 강의 신이 불리는 홀르비오의 얼굴이 그려진 이 진실의 입에 손을 넣었다 빼며 장난을 친다. 말 그대로 평소에 거짓말을 하는 사람이 이 진실의 입에 손을 넣게 되면 강의 신이 손을 깨물어버린다는 전설이다. 나는 치르코 마시모에서 이곳 진실의 입을 찾기 위해 지도를 보면서 가는데 진실의 입 가까이 와서 갑자기 소낙비가 내리기 시작했다. 나는 비가 오는 것을 참 좋아하지만 비를 직접 몸으로 맞는 것은 매우 싫어해서 가까이에 있는 카페로 얼른 몸을 피해 창가에 자리를 잡고 앉았다. 가로세로 약 50㎝ 정도의 유리창이 도로 방향으로 나 있었는데 나는 다리가 바닥에 닿지 않는 높은 의자에 앉아 그곳 창가를 바라보며 지나가는 행인들을 쳐다보고 있었다. 그냥 앉아 있기에는 뭐해서 평소에는 마시지 않는 드래프트 맥주, 즉 생맥주를 한 잔 시켜 놓고 로마의 저녁 시간을 잠시 감상할 수 있었다. 대략 30분 정도가 되어 비는 멈추었고 나는 약간 어둑해지는 시간에 서둘러 진실의 입으로 발걸음을 옮겼다. 다른 곳과 마찬가지로 비록 주변까지는 왔지만 진실의 입 위치를 정확히 찾지 못해 왔다 갔다 하다가 지나가는 행인을 붙잡고 물어보니 바로 가까이에 위치한 산타마리아

코스메딘 성당의 한 모퉁이에 붙어 있다는 사실을 알게 되었다. 기억을 더듬어보면 2006년도에 내가 이곳에 처음 왔을 때도 그러했다는 사실을 어렴풋이 알 수 있었다.

비가오고 약간 어둑해지는 시간에 시계를 보니 저녁 6시가 되어 가는데, 그곳을 지키는 관리인이 쇠창살로 된 문을 굳게 잠그면서 '오늘 관람은 끝났다.'고 이탈리아어로 말한다. 내가 한 걸음 늦은 것이다. 대략 십여 명의 사람들이 아직 관광을 하지 못해 밖에서 발을 동동 구르고 있었다. 이곳 로마는 다른 유럽이나 선진국과 마찬가지로 시간엄수가 정확하다. 우리나라 같으면 외국의 관광객들이 그렇게 몰려 있으면 약간의 융통성을 발휘했을 텐데 전혀 이곳에서는 그런 것이 허용되지 않는다. 나를 포함해서 남은 사람들은 마침 밖에서 보아도 진실의 입이 보이기 때문에 쇠창살 사이로 손을 넣어 어쩌면 다시 찾지 못할 수도 있는 이 유적에 대해 사진을 빠른 속도로 찍기 시작했다. 이렇게 해서 나도 비록 정면은 아니지만 왼쪽 측면에서 진실의 입을 카메라에 담을 수 있었다.

　우리가 여행을 하면서 단순히 '진실의 입'이라는 이 하수구 덮개를 구경한다면 그것은 별다른 의미를 갖지 못할 것이다. 이런 측면에서 나는 여기서도 남달리 심리학자로서의 기질을 발휘해 보았다. 숙소에 돌아와서도 여전히 나는 진실의 입이라는 단어가 우리에게 던져주는 의미가 무엇인지에 대해 골몰하며 상념에 빠졌었다. 나뿐만 아니라 대부분의 사람들이 이 진실(truth)이란 단어 앞에서는 그렇게 당당하게 자신을 내세울만한 사람들이 별로 없을 것이라 생각한다. 아니 있다고 하면 그것은 지금도 그 사람은 자신을 기만하거나 속이는 것 중 하나에 속해 있다고 볼 수 있다. 물론 지금까지 개인이 어떤 삶을 살아왔는가에 대해서는 저마다 고유한 특성을 가지고 서로 다를 수 있다. 하지만 사람이 살다보면 크고 작은 거짓말을 하게 되는데 어떤 사람들은 자신이 거짓말이나 거짓 행동을 하고 있는지조차 모르고 살아가는 사람도 있다고 보아진다. 이런 현상은 멀리 보지 않아도 일상생활의 뉴스에서 고스란히 나타난다. 법정에 들어서는 피고인들은 하나 같이 자신은 죄를 짓지 않았다고 하는 경우를 쉽게 볼 수 있다. "나는 돈을 받지 않았다." "서로 합의에 의해 성관계를 했다." 등등. 그런데 나중에 알고 보면 그것들이 대개 거짓으로 판명되는 경우가 많다. 나 역시 남의 이야기만 할 입장은 아니다. 그냥 심리적으로 억압하고 두꺼운 페르소나로 덮어 씌어 놓아서 그렇지 얼마나 많이 남을 속이고 자신도 속여 왔는가를 생각하면 절로 고개가 숙여질 뿐이다. 어쩌면 지금도 그 행위가 현재진행형이 아닌지 되돌아보아야만 한다.

언젠가 EBS 방송에서 대학생들을 불러 모아 도덕성 실험을 하는 모습을 보여준 적이 있는데, 그날 하루 인터뷰에 임해주면 수고비로 개인당 10만 원씩을 주겠다고 사전에 약속을 했다. 그런데 당일 날 모든 인터뷰가 끝난 후 프로그램에 참가한 학생들을 한 사람씩 불러 담당자가 15만 원이 담긴 봉투를 건네주면서 "어제 작가와 협의할 때 15만 원을 준다고 했죠?" 라고 확인하니까 참가한 학생의 대다수가 마치 그 순간 죄인이라도 된 듯이 아주 작은 목소리로 '그렇다'고 대답하고 그 봉투를 받아가는 모습을 보았다. 이처럼 주변에는 너무나 크고 작은 거짓말과 거짓 행위가 판을 치고 있다. 이런 정도의 거짓말은 그냥 넘어간다고 하더라도 사회적으로 문제가 되는 그런 거짓말과 행위가 지금 이 순간도 수없이 많은 장소와 상황에서 벌어지고 있을 것이다. 영화 〈파계〉를 보면 무서운 말이 나온다. 처음 수녀교육을 시키던 원장 수녀는 예비 루크 수녀에게 "다른 사람은 속일 수 있을지언정 자신의 양심과 신은 속일 수 없다."고 단호히 말해준다. 나는 이곳 진실의 입을 찾으면서 다른 사람이 아닌 바로 나 자신의 도덕적 양심을 거울에 심도 있게 비춰 보아야만 했다. 이와 함께 칸트가 말한 '실천 이성'이란 것이 생각났다. 그는 "도덕의 법칙은 자연의 법칙과 달리 어떠한 경우에도 지켜져야 한다."고 하면서, 우리가 흔히 상황에 따라 거짓말이 필요하다고 하는 하얀 거짓말, 즉 화이트 라이(white lie)조차도 일체 허용이 되어서는 안 된다고 주장했다. 최근에 어느 일간지에 난 칼럼을 읽어보니까 이와 관련해서 재미있는 우화가 하나 소개되었다.

어느 추운 겨울날 새끼 멧돼지 한 마리가 먹을 것을 찾아 동네에 내려왔다가 사람에게 발각되어 그만 초등학교 아이들이 공부하고 있는 교실에 도망을 쳤다고 한다. 이 모습을 지켜본 아이들은 그 꼬마 멧돼지가 너무나 불쌍해서 그만 사람들에게 거짓말을 하게 되었다.

이런 경우에 여러분들은 어떤 판단을 하겠는가. 과연 아이들의 거짓말에 동의할 것인가, 아니면 잘못되었다고 할 것인가. 나는 대학을 다닐 때 철학을 좋아해서 이 학문을 배우고 싶었지만 워낙 어려워 제대로 배울 기회를 갖지 못했다. 특히 칸트가 말한 순수 이성 비판이나 실천 이성 비판은 그것이 무엇을 뜻하는지 내용을 이해하기가 너무나 어려워 철학을 포기했던 기억이 있다. 그런데 이런 우화를 통해 이해를 하니까 그의 이론이 훨씬 쉽게 다가온다. 칸트가 말한 '실천 이성(實踐 理性)'이란 한 마디로 "어떤 경우에도 거짓말을 해서는 안 되며 합리화되어서도 안 된다."는 의미이다. 이 단어를 내 마음에 오랫동안 간직하고 싶다.

몇 년 전 성철 스님이 돌아가시기 전에 "산은 산이고 물은 물이다."라고 법구를 말씀하셨는데, 그 말을 곰곰이 씹어보면 참으로 중요한 의미가 들어있는 것을 알 수 있다. 사람들은 산을 보아도 제대로 된 산을 보지 못한다. 이것을 다른 말로 고치면 주변에서 감사하고 사랑이 담긴 메시지를 듣거나 현상을 보아도 그런 것을 아예 느끼지도 못하고 살아가는 것을 뜻한다. 도리어 화를 내거나 스트레스 상황에 자신이 빠져버리기까지 한다. 이러한 현상이 발생하는 이유는 바로 자신의 눈과 마음 앞에 짙은 안개가 가로막고 있기 때문이다. 지혜라는 것도 이런 측면에서 마찬가지 현상이라 볼 수 있다. 눈을 바로 떠야 비로소 삶의 지혜가 보인다. 그런데 거짓말과 거짓 행위를 하다보면 마음이 왠지 무겁고 안정이 되지 못한다. 그렇기 때문에 그냥 한 치 앞의 사건에만 주력할 뿐 멀리 보지 못하거나 아니면 어린왕자가 말하는 눈에 보이지 않는 의미를 파악하지를 못하게 된다. 그러니까 이런 사람은 그냥 육체적으로 살아갈 뿐이지 정신적으로 중요한 의미나 그 속에 들어있는 기쁨과 감사함을 찾지도 못한 채 살아가는 것이다. 이렇게 되면 자신의 영혼은 바싹 말라버리고 어느새 자신은 온갖 거짓과 허위에 둘러싸이게 된다. 성철 스님을 오랫동안 보좌했던 원택 스님 또한 그러했다. 그는 연세대학교 정치외교학과를 졸업한 후 친구를 따라 우연히 성철 스님을 찾게 되었는데 그곳에서 "평생 동안 마음에 담고 살 수 있는 말씀을 해 달라"고 부탁을 했는데 그 말을 들은 성철 스님은 대답 대신 우선 일만 번의 절을 하게 한 후 그 후에 하는 말이 "속이지 말라!"고 했던 것이다. 이에 원택 스님은 '자신은 평생 동안 남을 속이지 않고 살아왔는데 뭐 그런 말씀을 하실까' 하고 처음에는 다소 실망감을 갖게 되었지만 점차 인생을 살아가면서 자신이 얼마나 자신을 속이고 있는가에 대해 깊은 자성을 하게 되었다고 한다.

우리가 길을 걷다가 큰 돌에 걸려서 넘어지는 게 아니다. 대신 작은 돌부리나 나뭇가지에 걸려 넘어진다. 마찬가지로 우리가 부지불식간에 조그마한 거짓말이나 거짓 행위를 하고 다닌다면 언젠가 자신의 모습은 매우 타락된 모습에 와 있을 것이다. 이런 측면에서 내가 로마에서 만난 진실의 입은 지금까지 살아온 나의 모습을 되돌아보며 다시 한 번 허리띠를 단단히 맬 수 있는 기회를 제공했다. 늘 하는 말이지만 이런 작은 깨달음을 실천으로 옮기는 것이 더욱 중요한 것이다.

영화 〈인도로 가는 길〉을 보면 아지즈 박사가 갠지스 강을 보며 사원에서 홀로 묵상의 시간을 가지는 장면이 나오는데 그때 판사 아들을 둔 영국의 무어 부인이 그곳을 찾는다. 스산한 바람이 부는 밤늦은 시간에 아지즈 박사는 뒤를 흠칫 돌아보고 사원을 들어오는 무어 부인에게 "사원에 신발을 신고 들어오면 안 된다."고 급히 말하고 이에 놀란 부인은 "신발을 벗고 들어왔다."고 답한다. 다시 아지즈 박사는 부인에게 죄송하다는 말과 함께 "이곳에 아무도 없는 줄 알고 사람들이 신발을 신고 들어온다."고 하자 무어 부인은 아지즈 박사에게 답을 한다. "아무도 없기는 왜 없나요. 신이 보고 계시잖아요!" 이런 도덕성을 가진다면 참으로 부끄러울 게 없는 삶을 살아갈 수 있을 것 같다. 비록 영화이긴 하지만 나도 무어 부인의 도덕성과 윤리의식을 배우고 싶다. 일상생활에서 일어나는 크고 작은 나의 행위를 조심스럽게 살펴볼 필요가 있다. 그러면서 상담자로서, 교육자로서, 신앙인으로서 정직한 사람이 되도록 스스로 만들어가야 한다. 이 단순한 진리가 지켜졌을 때 나는 비로소 진정한 자유를 만끽할 수 있을 것이다.

나 자신을 돌아보게 한
Sant'Agnello 역을 회상하며

로마에서 나폴리를 가려고 길을 나섰다. 평소에 늘 안정을 추구하는 나는 출발하기 하루 전 날 미리 테르미니 역에 가서 나폴리행 기차표를 예매해 두었다. 영어를 사용하지 않는 역무원과 몇 마디 말도 잘 통하지 않아서 나는 기차표 하나를 구입하는 데도 매우 조심스럽고 신경이 쓰였다. 특히 이탈리아는 영어와 이탈리아어를 섞어서 사용하는 경우가 많아 어지간해서는 상대방이 하는 말을 잘 알아들을 수가 없었다. 나는 겨우 나폴리행 열차표를 예매했는데, 역무원이 내게 건네준 표에는 볼펜으로 이상한 글씨가 쓰여 있었다. 나중에 알고 보니 그것이 1705호라는 열차의 번호를 말했는데 이탈리아 사람들은 7자 중간에 가로로 줄을 그어 놓아 몇 번 봐도 그것이 앞에 있는 숫자 1과 함께 영어 알파벳의 A로 보였지 7로 보이지 않았다. 그리고 5라는 숫자도 몇 번을 반복해서 봐도 알아보기 힘들 정도였다.

　　다음 날 아침 나는 열차를 타기 위해 역에 나갔는데 나폴리 행 열차를 어디서 타는지 잘 몰라 주변을 두리번거리고 있었다. 그때 한 소년이 내게 다가오더니 친절하게 자기를 따라오라고 손짓을 한다. 그러더니 이 15세 정도 되어 보이는 소년은 곧 바로 지하 통로로 앞장서더니 통로 내에 붙어 있는 열차 시간표를 확인하고는 곧장 나폴리 행 열차가 있는 곳으로 나를 안내했다. 불과 이삼 분 만에 일어난 일이었는데 그 소년은 내게 손을 벌리며 돈을 달라고 한다. 나는 그냥 1유로를 주었더니 더 달라고 한다. 나는 얼른 자리를 피하고 드디어 나폴리 행 열차를 탔다. 이삼십㎝ 정도의 무릎 공간을 두고 서로 마주 보고 앉는 구조를 가진 나폴리 행 열차는 내 옆자리에 어떤 40대 초반의 아주머니가 앉아 있었고, 맞은편에도 역시 같은 또래의 아주머니가 어린 딸을 데리고 앉아 있었다. 서로가 마주보며 물끄러미 앉아 있다가 간혹 창문 너머 경치를 보며 달리던 열차는 두 시간 후에 정확히 나폴리 역에 도착했다. 그곳에 내려 나는 항구 쪽으로 곧장 가고 싶었지만 워낙 그 전에 나폴리가 위험하다는 메시지를 주변 사람들이나 책에서 귀가 따갑게 들었기 때문에 발걸음이 항구로 잘 떨어지지를 않았다. 게다가 소렌토나 카프리

로마에서 나폴리로 가는 열차. 두 시간 소요되는데 중간에 유명한 폼페이 화산지역이 있다.

달리는 열차에서 바라본 폼페이의 베수비오 화산 모습. 이 화산의 폭발(79년)로 도시 대부분이 엄청난 양의 흙과 돌에 묻혀버리게 되고 약 이천 명의 사람이 죽음을 당했다.

를 하루에 구경하기 위해서는 시간이 촉박하다는 이유로 나는 나폴리 항구를 쉽게 포기하고 거기에서 바로 소렌토 행 열차로 갈아탔다.

소렌토는 나폴리 역에서 약 한 시간 정도 걸린다. 나는 햇살이 강렬하게 비치는 창가에 앉아 소렌토로 향하면서 중간 어디엔가 있을 폼페이와 베수비오 화산을 보려고 쏟아지는 잠을 이기려했다. 얼마 지나지 않아 베수비오 화산이 달리는 차장 가에 들어온다. 그리고 곧이어 폼페이 관광을 마친 사람들의 무리가 폼페이 역에서 우르르 열차에 오른다. 아마 단체 관광인 것 같다. 나도 최초 계획에는 폼페이를 보도록 되어 있었지만 중간에 갑자기 떠오른 몰타 섬을 추가하는 바람에 폼페이를 생략했다. 아쉽긴 하지만 어쩔 수 없는 일이었다. 인생도 마찬가지이겠지만 모든 것을 자기 욕심대로 다할 수도 없고 완벽할 수도 없는 것이다. 나는 달리는 열차에서 창문 넘어 보이는 베수비오 화산을 사진기에 담고, 또 폼페이에서 올라오는 관광객들에게 폼페이의 유적들에 대해 물어보는 것으로 그곳의 관광을 대신했다.

열차는 소렌토 역 한 정거장 앞에서 Sant'Agnello라는 역에 도착했고 나는 이곳에 숙소를 예약해두어서 하차를 했다. 역에서 내린 나는 무거운 배낭을 메고 습관적으로 스마트폰의 구글 지도를 사용해서 숙소를 찾기 시작했다. 지도는 동네의 골목골목을 다 안내해주어서 그리 어렵지 않게 나

는 숙소를 찾을 수 있었다. 정오가 가까워져서 날씨가 무척 더웠고 또 무거운 배낭까지 등에 짊어진 나는 숙소를 찾자마자 바로 방을 배정받아 샤워라도 하려 했지만 안내를 맡고 있는 잘생긴 20대 남자 관리자는 내게 무려 두 시간 정도를 기다려야 한다고 말한다. 아마 오후 2시가 되어서야 문을 열 모양이다. 나는 관리자에게 나의 일정을 이야기하고 정해진 시간보다 조금 일찍 방에 들어갔으면 좋겠다고 이야기를 했다. 그랬더니 다행스럽게도 약 이삼십 분 후에 나의 방을 먼저 청소 했다면서 특별히 나만 먼저 들어가라고 사인을 해준다. 일종의 특혜인 셈이다. 다른 여행객들은 전부들 배낭을 이곳저곳에 쌓아두고 땅바닥에 드러눕거나 아니면 숙소 내부에 위치한 의자에 앉은 채 내리쬐는 햇볕을 맞으며 청소가 다 끝날 때까지 기다리고 있었다. 나는 얼른 방에 들어가 샤워를 마친 다음 그곳에서 불과 한 정거장 밖에 떨어져 있지 않는 소렌토를 향해 걷기 시작했다. 나의 주무기는 걷기이고 나의 여행에 있어 가장 큰 역할을 하는 것이 바로 내 두 다리이다. 2011년도만 해도 내가 첫 번째 산티아고에 갔을 때 첫날 일정인 피레네 산맥을 넘지 못해 다리가 후들거렸던 기억이 지금도 생생한데, 그로부터 4년이 지난 지금은 그 후 계속해서 탄 자전거 덕분으로 걷는 데는 정말 자신감이 생겼다. 나는 평상시와 마찬가지로 지도를 보면서 소렌토로 향하는데, 아뿔싸 동네의 집집마다 야채 밭 같은 것이 안마당에 있는데 이들 모두가 문을 밖에서 걸어 잠가 놓아서 통과를 할 수 없게 되어 있었다. 그렇기 때문에 나는 어쩔 수 없이 먼 거리는 아니었지만 역으로 다시 돌아가서 소렌토로 가는 열차를 기다렸다. 열차는 불과 몇 분 만에 소렌토에 도착을 했는데, 역 밖으로 나온 나는 정말 해변으로 내려가는 길을 보고 어이가 없었다. 이곳에 가본 사람은 잘 알겠지만 길이 워낙 협곡 모양으로 되어 있어 낮에 젊은 사람들이 내려가기에도 위험해 보일 정도였다. 철로 된 계단은 사람 하나가 겨우 다닐 수 있을 정도의 소로로 되어 있었는데 저 언덕 아래로 보이는 큰 도로에 도착할 때까지는 신경이 몹시 곤두섰다. 절벽 같이 생긴 이 길을 내려가야 드디어 소렌토 항구와 마주친다.

이곳에서 나는 배를 타고 얼른 카프리로 가려했다. 카프리는 로마의 아우구스투스 황제와 티베리우스 황제가 휴가와 여생을 보냈던 곳으로 유명하며 또한 영국의 찰스 황태자와 다이애나비가 신혼여행을 갔던 곳이기도

나폴리의 진주, 지중해의 보석이라는 별칭을 갖고 있는 카프리 항구 모습

해서 나는 평소부터 이곳을 매우 가보고 싶은 곳으로 정했었다. 뿐만 아니라 내가 좋아하는 영화 〈일 포스티노〉의 촬영지이기도 하니 여러 가지 복합적인 이유로 나는 카프리의 매력에 심취되었었다. 이처럼 멋진 카프리에 대해서 여행 전문가들은 '나폴리의 진주'라든가 아니면 '지중해의 보석'과 같은 수식어를 붙이기도 한다. 그 만큼 이곳 카프리가 아름답다는 이야기다. 나는 배표를 끊기 위해 항구의 바로 앞에 있는 티켓 창구로 갔다. 소렌토에서 카프리 섬까지는 불과 편도 20분 정도 소요되는 거리인데 왕복 비용이 우리나라 돈으로 약 5만 원을 달라고 한다. 나는 그 순간 그리스의 산토리니가 생각났다. 그곳에서는 하루 종일 배를 타고 이곳저곳을 다녔는데 가격이 약 3만원 정도였었는데, 거기에 비하면 이곳 카프리의 물가가

얼마나 상대적으로 비싼 곳인가를 나름 짐작할 수 있게 해주었다. 나는 선택할 다른 방법이 없어 무조건 카프리 행 배 티켓을 끊었다. 그런데 돌아오는 마지막 배가 출발하는 배하고 불과 두 시간 정도밖에 차이가 없었다. 그렇지만 나는 내일은 아말피 계곡을 가봐야 하기 때문에 시간이 별도로 나지 않아 2시간 정도면 볼 수 있겠지, 하는 안이한 생각을 가지고 카프리로 향했다.

이곳의 물가가 비싸다는 것은 곳곳에서 알 수 있었다. 큰 배를 탔는데, 배에서 화장실을 가려 하니 지키고 있던 청년 두 명이 돈을 내라고 한다. 아니, 배를 탔는데 손님에게 화장실 사용하는 비용을 받느냐고 물으니 "그렇다"는 대답이 금방 돌아온다. 나는 어이가 없어 두 명의 청년들과 말 실랑이를 했다. 그랬더니 겨우 화장실을 사용할 수 있도록 조치해 주었다.

나는 카프리 항구에 도착하자마자 배에서 내려 출출한 배도 채울 겸 바로 앞에 있는 한 가게에서 피자를 주문했다. 그랬더니 몇 분 후에 피자가 나왔는데 피자 한 판에 6유로이니 그런대로 가격은 괜찮은 편이었다. 문제는 더 이상 확인을 하지 않고 콜라를 주문했더니 아주 조그마한 캔을 가지고 왔는데, 그것이 무려 5유로란다. 내가 가격이 비싸다고 하면서 놀라니 주인은 거기에다가 자릿세 1유로를 붙여서 6유로를 피자값 외에 추가로 내라고 한다. 모두 합쳐 12유로이다. 아니 피자는 그런대로 이해할만 한데 콜라와 자릿세는 너무 비싸다고 하소연했지만 그런 말이 이곳에서 통할

리가 없다. 정말 카프리의 물가가 비싸다는 것이 바로 확인되었다. 나는 여행을 계획하면서 이곳 카프리 섬에서 하루 숙박하기 위해 모든 정보를 알아보았지만 심지어 하룻저녁을 숙박하는데 100만 원이 넘는 곳도 꽤나 있었다.

나는 식사를 마치고 얼마 남지 않은 시간 동안 카프리를 구경하기 위해 또 장기인 두 다리로 동네의 사이사이로 언덕을 올라가기 시작했다. 이삼십 분 정도 올라가니 항구가 보이는데 바로 옆으로 빨간색의 전동차가 빠른 속도로 언덕 위로 올라가고 있었다. 그때서야 나는 속으로 '저런 게 있었구나. 나도 저것을 타야 했었는데…' 하는 아쉬움이 속에서 솟구쳐 올랐지만 이미 물은 엎질러 진 다음이었다. 여행 시간도 얼마 남지 않았고, 또 카프리가 보기보다 높고 언덕이 가팔라서 걸어서 정상까지 올라가기에는 애초부터 무리였다. 아무튼 이미 도보로 올라가기 시작했기 때문에 다른 방법이 없어 계속해서 좁은 도로를 오르기 시작했다. 다행히 무거운 배낭은 없었지만 그래도 좁은 도로로 미니버스와 스쿠프가 굉음을 내며 자주 올라와서 걷기가 무척 힘들게 느껴졌다. 자주 시간을 보니 소렌토로 돌아가는 배 시간이 얼마 남지 않아 정상은 포기하고 올라간 곳에서 사진을 찍고 하산을 했다. 나중에 알고 보니 카프리는 항구 쪽도 멋있지만 무엇보다 미니버스나 리프트를 타고 정상에 올라가서 언덕 위나 아래를 쳐다봐야 멋진 장면이 나오는 것을 알고 아쉬웠다. 그리고 그때까지만 해도 전혀 알지 못한 푸른 동굴도 무척 아름답다고 한다. 그러나 전부 구경은 하지 못했지만 나는 이번 여행에서 카프리를 와 봤다는 사실만으로도 큰 경험을 했다고 자부하면서 발걸음을 다시 소렌토를 향했다.

소렌토는 파바로티가 노래한 "돌아오라 소렌토로"라는 곡으로 인해 매우 유명한 곳이기도 했다. 나는 여행 전에 가지고 있는 CD로 몇 번이나 차안에서 이 노래를 들은 바 있다. 그런 곳을 실제 현지에서 볼 수 있다는 사

실이 정말 꿈만 같았다. 나는 배를 타기 위해 내려갔던 그 협곡 같은 곳을 다시 올라와서 소렌토의 작은 타소 광장에 들어섰다. 큰 노상 카페가 중앙에 자리하고 있었는데 사람들이 앉을 자리가 없을 정도로 손님이 많았다. 나는 겨우 한 곳을 차지해서 드래프트 비어 작은 것 하나를 시켰다. 그랬더니 이곳은 맥주만 나오는 것이 아니라 안주용으로 올리브를 맛있게 요리해서 대략 10개 가까이 주었고, 또 소금에 절인 땅콩도 주었다. 이곳에서 먹어본 올리브 열매는 내가 올리브를 다시 평가하는 계기를 만들어 주었다. 나는 아테네에 도착한 이후 식당에서 올리브를 많이 먹어 보았지만 대개 내 입맛에 맞지 않아 골라서 버렸다. 그런데 이곳 식당에서 주는 올리브는 정말 고소하고 먹을 만했다. 같은 음식이라도 요리하기에 따라 맛이 크게 차이가 났다.

나는 숙소로 돌아와서 휴식을 취하고 다음 날의 여행계획을 확인했다. 한 가지 추가할 것은 내가 머문 이곳 숙소가 비록 소렌토나 카프리, 그리고 나폴리와 같이 유명한 곳은 아니지만 아주 한적하고 시설이 잘되어 있어 지내기가 무척 편하고 좋았다는 사실이다. 한 달 동안의 여행 가운데 가장 좋았던 숙소가 산토리니와 바로 이곳 Sant'Agnello에서의 숙소로 기억에 남는다. 나는 다음 날 숙소에서 주는 아침 식사를 간단히 마치고 배낭은 숙소에 맡겨둔 채 몸만 나와서 소렌토 역에서 아말피 행 버스를 탔다. 아말피 계곡은 워낙 유명해서 아침 시간임에도 버스가 만원이었다. 출발한지 얼마 되지 않아 버스 기사는 얼른 보아도 100m가 넘어 보이는 절벽 길을 정말 서커스 하듯이 기술적으로 운전하며 잘도 갔다. 나는 그 순간 순간순간 숨이 멈추는 것 같은 기분을 느꼈다. 그런데 한 가지 아쉬운 것은 승용차가 아니다보니 도중에 멋진 장면이 있어도 사진 촬영이 되지 않는다는 점이다. 그냥 창문 사이로 셔터를 눌러 봤지만 버스가 워낙 빠르게 꾸불꾸불 다니고 차체가 심하게 흔들렸기 때문에 찍은 사진들이 마음에 들지 않았다. 하지만 어쩔 수 없는 것이고, 약 한 시간이 못되어 나는 아말피 계곡의 가장 유명한 곳인 포지타노 마을에 내렸다. 그곳에서 나는 다시 마을 사이를 통과해서 높은 언덕길을 도보로 내려가 해안가로 향했다. 이리 저리 작은 골목길을 찾아서 내려가다가 간혹 기념품 가게들을 만나면 천천히 둘러보면서 내려가니 그렇게 힘든 줄 모르고 잘 내려갔다. 해안가에 도착해서 위를 쳐다보니 경치가 가관이었다. 높은 절벽도 그러했지만 무엇보다 가파른 언덕 위에 옹기종기 집들이 빼곡히 지어져 있는 사실이 매우 특이하게 보였다. 관광을 마치고 올라가는 길에 나는 이곳의 유명한 레몬주스를 한잔 마시고 도보 대신 미니버스를 타고 쉽게 언덕 위로 올라갔다. 그리고 다시 숙소가 있는 Sant'Agnello로 돌아와서 배낭을 찾아 나는 역으로 가서 다시 나폴리를 거쳐 로마로 돌아왔다.

나는 이곳 나폴리와 아말피 계곡, 그리고 유명한 카프리를 여행하면서 이곳들의 경치에만 만족한 것은 아니다. 내가 가장 의미 있게 둔 것은 숙소 근방에 위치한 Sant'Agnello 역이다. 아주 조그마한 시골 간이역 같은 그곳에서 나는 나폴리나 소렌토로 향하는 열차를 기다리는 동안 지난 과거의 일들이 주마등처럼 떠올랐다. 그것은 다름 아닌 나의 어린 시절을 포함한 지금까지의 살아왔던 인생이다. 내가 어떻게 살아왔는지, 어떤 경험을 통해 오늘날의 내가 있게 되었는지에 관해 생각하게 되었다. 날씨는 더워 땀은 이곳저곳에서 나지만 약간 졸리는 듯 몽롱한 상태에서 나는 저 심층 깊은 곳에 자리한 진정한 나를 찾기 시작했다.

최근에 나의 친구 가운데 정부 고위직에 오른 사람이 있었다. 그는 청문
회를 잘 마쳤는데, 그곳에서 국회의원들이 문제제기를 하기를 "위장전입",
"북한의 지뢰사건이 발생한 후 다음 날 골프를 친 문제", "전세방을 주었
던 것을 반전세로 준 사실", 그리고 마지막으로 "5.16에 대한 후보자의 답

변" 등을 문제시 삼았다. 이 가운데 마지막 문제인 '5.16에 대한 후보자의 생각'으로 인해 야당이 정회를 요구하고 자칫 청문회 보고서 작성에 문제가 될 수도 있었지만 다행히 아무런 문제없이 통과하고 군의 제1인자가 되었다. 사람이 모든 것을 비교해서 살아간다는 것이 피곤하기도 하고 때로는 경우에 맞지도 않지만 나는 이제 60이 된 나이에 나의 지난 과거의 삶에 대해 한 번 생각해보았다. 청문회에서 야당의 국회의원들이 나에 대해 과거 수십 년간의 발자취에 대해 확인을 해서 질문을 한다면 그 다음에 어떤 상황이 벌어질까를 생각하면 지금도 가슴이 오싹하게 느껴진다. 이러한 것은 내가 그저 생각만 한다 하더라도 끔직한 일이 될 것이다. 조금만 생각을 해 보더라도 내가 너무나 부족했고 헤아릴 수 없을 정도의 죄를 지은 것을 금방 알 수 있다. 이러한 것은 마치 시골의 돼지 움막에 있는 구정물통과 같은 이치인데, 겉으로 보기에는 멀쩡게 보이지만 젓가락으로 휙휙 저으면 밑바닥에서 생선 뼈다귀와 콩나물 대가리가 떠오르는 것과 같은 그런 나의 치부가 송두리째 올라올지도 모르는 일이었다. 이런 점을 생각해 본다면 그 친구는 참으로 훌륭한 것이다. 생도 시절에 1,400명이나 되는 인원 가운데 단 한 명인 명예위원장 생도를 했는데, 그 후로 무려 40년이 다 되어 감에도 자신의 명예를 꾸준히 지켜나갔다는 데서 크나큰 존경심을 금할 수가 없다.

이런 면에서 나는 아내 보기도 미안하고 또 자식들 보기에도 참 멋쩍고 부끄럽기도 하다. 한편으로 인생을 잘못 살았다는, 때 아닌 후회가 무척 들기도 한다. 이런 생각에 며칠 머물다보니 어느새 나 스스로가 주눅이 들어서 어깨를 펴고 다니지를 못하겠다. 그리고 삶의 의욕마저 많이 떨어져 다시 한 번 산티아고를 걷고 싶기도 하다. 그러나 가만히 생각해보면이 문제를 푸는 방법은 그리 멀리 떨어져 있는 것이 아니라는 사실을 알게된다. 내가 과거라는 기억을 머릿속에서 강제로 지울 수도 없고 그런 일은애초부터 아예 불가능하다. 그렇다면 어떻게 할 것인가. 나 스스로가 치유가 되지 않은 상태에서 어떻게 내담자를 상담해주고 또 수많은 학생들 앞에서 인성이 어떠니, 하면서 강의를 할 수가 있단 말인가!

우리가 주변에서 쉽게 들을 수 있는 말 가운데 '상처 입은 치유자'라는것이 있다. 영어로 말하면 'wounded healer'라고 하는데 그 의미가 참 좋고마음에 와 닿는 말이다. 이 말의 의미는 상담자가 상처를 가졌을 경우, 그상처를 치유한 만큼 내담자를 치유할 수가 있다는 데서 연유한 말이다. 그런 면에서 이론적으로는 상담자의 상처가 크면 클수록 그 다음에는 더욱값지고 훌륭한 상담자가 될 수가 있다는 의미를 내포하고 있다. 이런 의미를 두고 나는 피하지 말고 직면하는 방법인 '있는 그대로의 존중과 수용'이란 단어로 나의 문제를 정면 돌파하려 한다. 다시 말해 내가 비록 과거의 여러 사건들과 여러 도덕적 문제를 가졌다 하더라도 그것들을 숨기려하거나 아니면 없었던 것처럼 위장 내지 억압하는 것이 아니라 그런 모습또한 나의 일부분이라고 하는 '있는 그대로의 모습'을 존중하고 수용한다는 의미이다. 다시 말해 나는 나의 아픈 과거를 그대로 어둠에서 빛의 세계로 들어내려 한다. 그러면 더 이상 아픔이나 죄는 밝은 빛 가운데에서 싹이 트지 못하지만 이것과 반대로 자꾸 숨기려하고 거짓말을 하며, 그것이 나의 모습이 아니라고 부정한다면 문제가 해결되기보다 더욱 꼬이고 복잡하게 될 것이다. 혹시라도 이 글을 읽으며 나와 비슷한 상황에 처해있는 독자 여러분들이 있다면 과거의 죄의식으로부터 도망가려 하지 마라. 그러면 그럴수록 메피스토펠레스는 뒤를 따라 적극적으로 공격을 하게 된다. 이것보다는 '있는 그대로의 모습을 존중'하고, 그런 과거의 역사 자체가 다른 사람이 아닌 바로 '나의 모습'이었다는 사실을 적극적으로 수용하면서 자신을 그 전과는 전혀 다른 모습으로 새롭게 만들어 나가는 것이 무엇보다 중요하다. 이런 면에서 나는 나폴리와 소렌토, 그리고 카프리의 아름다움에 심취되기보다는 마치 동네 간이역 같고 한가하면서 나른한 오후를 느끼게 했던 Sant'Agnello 역을 회상하며 앞으로 남은 인생을 멋지게 만들어 나갈 것이다.

나의 강인함을 확인시켜 준
비아싸

로마에서 오후 1시 55분 비행기를 타고 이탈리아의 북부지방에 있는 항구도시인 제노바로 향했다. 사실 제노바는 내가 그렇게 가고 싶은 곳이 아니었지만 친퀘 테레를 가기 위해서는 그곳을 통해 들어가야 하는 이유로 나는 기꺼이 새로운 낯선 곳을 택해 여행을 시작했다. 대략 한 시간 정도 걸리는 제노바에 도착하니 시계바늘은 어느새 오후 3시가 넘고 있었다. 나는 어느 때와 마찬가지로 숙소를 찾는 것이 가장 급선무라고 생각하여 습관적인 서두름 현상을 나타내기 시작했다. 마음속으로는 일단 내가 여기에 온 이상 제노바 시내를 잠깐이나마 구경하고 싶었지만 멀리 떨어진 숙소를 빨리 찾아가야 한다는 강박관념에 사로잡혀 그럴만한 여유가 없었다. 나는 공항 내에 위치한 여행 안내소를 찾아 이곳의 정보를 대략 파악하고, 특히 내가 찾아가야 할 비아싸(Biassa) 지역에 대해 집중적으로 차편을 알아보았다. 그러나 그곳에 있는 안내원들은 하나같이 잘 모른다는 대답을 할 뿐이었다. 내가 지도를 보여주며 비아싸의 위치를 자세히 알려 주었지만 그들은 머리를 설레설레 흔들며 여전히 잘 모른다는 대답만 돌아왔다. 그러면서 하는 말이 일단 기차역으로 가보라는 것이었다. 나는 공항을 급히 빠져나와 제노바 역으로 가는 버스를 집어탔다. 거리는 가까운데 버스 가격이 우리 돈으로 만 원 정도 되는 비싼 금액을 받았다. 나는 제노바 역에 도착해서 약간 서두르는 마음으로 역무원에게 비아싸를 가기 위해 어떤 열차를 타야 하는지를 물었지만 그들 역시 공항에서와 마찬가지로 전부들 잘 모르겠다는 것이었다. 내가 왜 이렇게 어려운 숙소를 예약했는지를 지금 와서 후회해봐야 아무런 소용이 없었다. 오직 남은 것은 그곳을 늦지 않게 찾아가는 일 뿐이었다. 나는 친절하게 안내를 해주는 50대 초반의 여성 역무원이 시키는 대로 리오마조레(Riomaggiore)까지 가는 열차표를 끊고 역 안으로 들어섰다. 그런데 출발시간을 보니 5분도 채 남지 않았는데, 도대체 어디서 어떤 열차를 타야 하는지를 도무지 알 수가 없었다. 주변에 역무원도 없었고 마땅히 물어볼만한 사람도 없었다. 그래서 나는 무작정 내 앞에 서 있는 기차에 올라타서 그곳에 있는 사람들에게 물어보려 했다. 그런데 그 사이에 기차 문은 닫혀버리고 기차는 서서히 움직이기 시작했다. 나는 몹시도 당황스러웠고, 만약 내가 열차를 잘못 탔다면 그 다음에는 무슨 일이 발생할 가에 대해 걱정이 되기 시작했다. 그래서 나는 맨 앞자리에 앉은 30대 초반의 남성에게 이 열차가 리오마조레로 가는 열차가 맞는지를 물어보았다. 영어식 발음과 이탈리아식 발음이 다르니 과연 내가 제대로 말을 하고 있는지도 모르고, 무조건 리오마조레를

몇 번이고 외쳐댔다. 그랬더니 이 청년은 주머니에서 스마트폰을 끄집어
내어 열심히 차 시간과 목적지를 확인하기 시작했다. 참 친절해 보였지만
내 마음이 타들어가는 그 시간동안 열심히 찾은 결과 잘 모르겠다는 것이
었다. 나는 속이 점차 타 들어가는 것 같았고, 여행에서 가장 곤란 한 것 중
의 하나가 바로 비행기나 열차, 그리고 버스와 같이 장거리 이동을 할 때
제 시간에 타지 못하거나 다른 노선을 타는 것이라고 생각하는데, 내가 정
작 그런 상황에 놓여 있었다. 그 청년이 나를 도와주려고 부단히 스마트폰
을 작동시켜 확인했지만 그다지 도움이 되지 못하는 상황에서, 열차의 저
쪽 끝에 있는 한 아주머니가 이런 상황을 지켜보고 있다가 한 마디 거들었
다. "이 열차, 리오마조레로 가는 열차 맞아요!" 하는 것이었다. 천사가 따
로 없었다. 내가 산티아고를 처음 갔을 때 가장 먼저 느꼈던 교훈이 바로
다른 사람을 도와주는 것(help)이다. 이런 자그마한 말 한 마디, 행동 하나
가 다른 사람에게 얼마나 큰 도움이 되는지 모른다. 나는 타지(他地)에서
온 여행객으로서 높은 산 위에 위치한 숙소를 찾아가야 하는데, 자칫 어두
워져도 찾지 못하면 계획에 큰 차질을 빚을 수 있다는 염려를 여행 전부터
늘 해 왔기 때문에 나는 꼭 어둡기 전에 그곳에 도착해야 한다는 일념밖에
없었다.

드디어 나는 한 시름을 놓고 편안한 마음과 안정을 취할 수 있었다. 이
탈리아 북부지방의 해안을 끼고 달리는 열차는 마치 우리나라의 동해안을
연상시킬 정도로 기차의 노선이 바다와 거의 평행선을 이루며 신나게 달

렸다. 나는 무거운 배낭도 벗어놓고 마음을 편안히 하며 리오마조레가 어디인지를 계속해서 스마트폰이 제공해주는 구글 지도로 확인하며 만약의 사태에 대비했다. 그런데 가는 도중에 어떤 사람이 나의 입장을 듣고는 리오마조레가 아니라 라스페치아(La Spezia)에 내리는 것이 더 좋다고 알려주었다. 라스페치아는 내가 내려야 할 리오마조레 역에서 한 정거장을 더 간 곳에 위치해 있는 꽤나 큰 중소도시의 어촌 마을이었다. 나는 그렇게 해야겠다고 생각하고 한 정거장을 더 가서 라스페치아에서 내렸다. 시간을 보니 오후 6시가 다 되어 갔다. 이때 또 급한 나의 마음이 발동하기 시작했다. 언제 저 높은 산 정상에 위치한 숙소를 찾아갈 수 있는가, 저녁도 먹어야 할 텐데, 하는 생각이 들어 역을 빠르게 빠져 나와 비아싸 행 버스를 타기 위해 분주히 움직였다. 그런데 비아싸로 가는 버스 정거장이 역 앞에는 없고, 어느 정도 떨어진 거리에서 타야 한다는데, 내가 그곳을 알 리가 없었다. 그래서 또 물어물어 그곳을 찾아 갔더니 아뿔싸, 그 날이 공교롭게도 일요일이라 이미 비아싸로 가는 막차가 끊겨 버렸다는 것이었다.

그럼 나는 어떡하나! 생각할 수 있는 모든 방법을 동원해 보아도 마땅한 대안이 없었다. 그렇다고 택시를 대절해서 숙소가 위치한 산꼭대기까지 간다는 것은 비용 지출 면에서 너무 크다는 생각이 들어 택시는 아예 거들떠보지도 않았다. 이때 생각난 것이 나의 두 다리였다. 두 번의 산티아고에서 훈련된 나의 두 다리와 강한 의지는 충분히 나를 그곳까지 인도해 줄 수 있으리라 믿고 주머니에서 스마트폰을 꺼내 비아싸를 찾기 시작했다.

그랬더니 비아싸는 라스페치아와 리오마조레의 중간 지역 산 위에 위치해 있었다. 거리로는 얼마나 되는지 잘 모르겠지만 열차로 한 정거장 거리니 갈 수 있겠다는 생각을 하고 방향을 찾아 산으로 걸음을 재촉했다. 그곳 버스 정류소에서 다시 방향을 틀어 라스페치아 역 방향으로 돌아와서, 앞으로 보이는 높은 산 쪽으로 무거운 배낭을 멘 채 빠른 걸음으로 걷기 시작했다. 시내를 벗어나 시골의 작은 마을길에 접어들었을 때 나는 혹시나 길을 잘못 들지는 않았나, 계속 확인하는 바람에 시간이 더 많이 지체되었다. 자칫 길을 잘못 들면 아무리 걸어도 다시 돌아가야 하기 때문에 낯선 곳에서 길을 걸어가거나 차를 이용하더라도 '속도'보다는 '방향'이 더 중요하다는 평소의 생각대로 철저히 확인하며 나는 비아싸로 향했다.

비아싸는 꽤 높기도 하고, 경사가 가파른 산에 위치해 있었지만 다행스럽게도 차가 다니기 때문에 왕복 2차선 정도의 아스팔트가 잘 만들어져 있었다. 그러나 올라가는 길이 직선이 아니라 계속해서 뱀처럼 휘어져가는 도로를 무거운 배낭을 메고 올라간다는 것은 결코 쉬운 일이 아니었다. 그러나 어쩌겠는가. 이미 주사위는 던져졌는데 다시 돌아갈 수도 없고, 어떤 대체방안이 없었다. 무조건 산길을 올라가는 방법 외에는 별다른 도리가 없었다. 다만 조건이 밤이 되기 전에 숙소에 도착해야 하는 것이었다. 자칫 어두워져 산속에서 길을 잃으면 매우 위험하다는 생각 때문이었다. 나는 수없이 돌고 도는 그 산길을 따라 땀을 비 오듯 줄줄 흘리며 올라갔더니 중간 중간에 라이트를 환하게 켜고 굉음을 내며 승용차와 오토바이

리오마조레와 라스페치아 사이에 위치한 비아싸 마을.
산 높은 곳에 위치해 있어 걸어가기가 무척 힘들었다. 이곳을 다니는 버스가 라스페치아에서 있다.

가 간혹 지나가는 것을 보고 손을 들어 보았으나 전부들 외면했다. 당연하다고 나는 생각했다. 이런 산길에서 그것도 밤이 가까워져 오는데 누가 낯선 사람을 태워주겠는가. 나는 그들에게 원망은커녕 이해를 하고 무조건 나 스스로 그곳에 도착해야 한다는 일념으로 끝까지 인내하며 걸음을 재촉했다. 산의 8부 능선 정도에 올라가니 이제 정상이 얼마 남지 않았다는 것을 알고 조금만 더 참고 올라가야 한다는 생각을 했는데, 도로의 왼쪽에 비아싸라는 팻말이 꽂혀 있었다. 그리고 내가 찾는 숙소의 이름도 적혀 있었다. 드디어 나는 오직 나의 힘만으로 이곳 산 높은 곳에 위치한 숙소에 도착한 것이다. 나는 해냈다. 인간은 무엇이든지 가치 있는 일을 하나하나 해 냄으로써 성취동기(achievement motivation)의 맛을 느껴봐야 한다. 그래야 어떤 어려움이 발생해도 그것을 견뎌낼 용기와 도전정신을 갖게 되는 것이다.

우리나라는 내가 태어나던 1950년대만 하더라도 보리밥을 먹고 자란 세대일 만큼 아주 가난하고 못살던 시대였는데, 어느새 G20이 되어 세계에서 아주 잘사는 나라 중 하나가 되었다. 하지만 여전히 OECD라는 선진국 체제 내에서 '자살 1위'라는 오명을 8년째 이어가고 있는 것을 보면 참으로 안타까운 심정이다. 나는 그들 한 사람, 한 사람의 마음을 모두 다 알지는 못하지만 그래도 단 한번 사는 이 고귀한 인생을 자살로 마감한다는 것은 왠지 잘못된 일이고 자신에게 생명을 안겨준 창조주에게도 도리가 아니라고 생각한다. 아무리 그들 스스로에게 죽을 권리나 자유가 있다는 것을 인정하더라도, 그럼에도 불구하고 여전히 그 행위 자체는 너무나 황폐한 인생의 종말이라고 본다. 각기 사정은 다르겠지만 인간이 필요한 덕목 중에 '인내'라는 소중한 가치가 있다. 반기문 유엔 사무총장도 그가 외무부 차관으로 근무할 때 정책을 잘못 집행해서 최고 권력자로부터 질타를 받아 한순간에 직장을 잃어 백수가 된 나머지 죽고 싶은 심정에 놓였을 때가 있었다. 그때 그를 아는 지인 한 명이 그를 데리고 어느 농원에 가서 겨울에 아주 시커멓게 메말라있는 나무들을 가리키며 한 마디를 던져 주었다. "여보게, 저 나무들이 지금은 아무런 쓸모없이 그저 거무칙칙하게 서있지만 시간이 조금 지나 몇 달 후 봄이 오면 화창한 꽃이 피고 새잎이 올라올 것이니 조금만 참고 기다려보게"라는 격려의 말을 해주었다. 나는 오늘 아침에도 새벽 기도를 다녀오는 중에 차가운 초겨울의 눈발이 내리는데 나무들은 전부들 잎이 떨어진 채 발가벗은 상태에서 그 긴 밤을 지새우고 있는 모습들을 보았다. 누가 이들을 보살피고 알아주겠는가. 그냥 그렇게 추위를 견디며 봄을 기다리고 있었다. 어디 이런 모습은 비단 나무에만 적용되겠는가. 조그만 길가에 줄줄이 심어져 있는 작약도 마찬가지였다. 날씨가 너무 추운 탓에 잎은 모두 시들어버리고 줄기마저 겉으로 보기에는 죽은 것과 다름이 없을 정도로 초라해보였다. 그러나 밤이 지나면 아침이 오듯이 겨울이 지나가고 봄은 오게 마련이다. 그때가 되면 이들은 화려한 색깔의 꽃과 향기로 마음껏 자신들의 존재감을 다시 살려낼 수 있을 것이다. 사람도 이와 마찬가지 아니겠는가, 하는 생각이 든다. 누구에게든 참는다는 것이 매우 어렵고 힘들다는 것은 틀림없는 사실이다. 각종 질병과 경제적인 문제, 사람 간의 여러 갈등, 그리고 크고 작은 사건들로 인해 발생하는 고통 속에서 참고 인내한다는 것은 아주 어렵고 힘든 일일 것이다. 아침 신문을 보니 남아프리카공화국의 만델라 기사가 났다. 그도 무려 27년간의 감옥 생활 끝에 대통령이 되고 또 노벨평화상을 받지 않았는가. 말이 27년이지 좁은 감방 안에서 자유를 박탈당한 채 그 긴 기간을 참고 지녀야 한다는 것은 결코 쉬운 일이 아니다.

　나는 이번 한 달간의 여행에서 많은 것을 경험하고 또 교훈으로 받아들였지만 이번 비아싸의 경험은 정말 새로운 것이었고, 내가 얼마나 강인한 존재라는 것을 새삼 확인시켜 주었다. 가쓰시카 호쿠사가 그린 '거대한 파도'라는 작품이 있다. 거대한 인생의 파도가 오면 심리적으로 약하거나 준

비가 덜 된 사람은 파도에 묻혀 그냥 죽음을 맞이하지만 심리적으로 강한 사람은 그 파도를 지혜롭게 이겨나갈 수 있다. 아니 이겨 나가는 정도가 아니라 오히려 그런 역경을 겪고 난 후에는 더욱 단련된 모습으로 새롭고 더 중요한 일을 할 수 있는 강한 사람이 될 수 있다. 그런 점에서 결코 우리에게 닥쳐오는 시련이나 어려움은 무조건 나쁜 것만은 아니라는 사실을 우리는 깨달을 필요가 있다. 그 순간을 이겨내기가 어려워서 그렇지 이겨 내고 나면 오히려 그 개인은 더욱 단련된 용사로 거듭날 수가 있다. 왜 그런 말이 있지 않은가. "시련을 겪은 후에는 정금과 같이 더 단련된다고." 사람이 돈이나 직책, 그리고 명예도 필요하겠지만 늘 평상시에 마음을 안정시키고 자유롭게 하며 어떤 인생의 파도가 오더라도 이를 피해나가고 극복할 수 있는 그런 마음의 자세와 지혜를 갖는 게 중요하다고 본다.

나는 숙소에 도착해서 이층에 위치한 나의 침대를 배정받고 간단히 샤워를 마친 후 그 숙소 내에서 운영하는 식당에서 맛있는 요리까지 잘 먹을 수 있었다. 또 밤늦은 시간이었지만 한국 청년을 만나 즐거운 담소를 나누며 와인까지 한 잔 곁들여 비아싸의 밤을 시간 가는 줄 모르고 즐겁게 잘 보냈다. 다음 날 아침 일어나니 숙소에서 리오마조레로 가는 셔틀버스를 제공해주어 그렇게 가고 싶었던 친퀘 테레의 하루가 시작되었다.

초심(初心)이 중요하다는 것을 일깨워주는
친퀘 테레

하룻밤을 자고 난 뒤 나는 3박 4일 간의 친퀘 테레 여정에 본격적으로 들어갔다. 첫 날 나는 아침 일찍 일어나 숙소에서 산 쪽으로 조금 더 올라가 보았다. 그때 마침 아침 해가 서서히 뜨기 시작했고, 전날 그렇게 라스페치아에서 이곳을 오기 위해 기다리던 19번 버스가 내 앞을 휙 지나서 언덕 위로 빠르게 올라가고 있었다. 나는 모퉁이를 돌아가는 버스의 꽁무니를 쳐다보며 마음 한 구석에는 그 버스가 한편으론 얄밉게 느껴졌다. 바로 하루 전날 내가 저 버스만 탔더라도 그 생고생을 하지 않고 이곳 비아싸 마을까지 쉽게 올라 올 수 있었을 텐데, 하는 아쉬움이 그때까지도 내 마음 속에 남아있었던 것 같다. 10kg이 훌쩍 넘는 무거운 배낭을 메고 가파른 산길을 그것도 저녁 늦은 시간에 힘들게 올라온 것을 생각하면 지금도 나 스스로가 무척 대견스럽게 생각이 되었다. 하지만 그런 생각은 잠시, 동트는 마을의 아침 풍경이 너무나 아름다워 모든 것을 잊어버렸다.

나는 숙소 뒤 언덕 위를 조금 더 올라가서 마을 전체를 내려다보았다. 그랬더니 마을 한 복판에는 성당의 종탑이 멋지게 시야에 들어오고, 찬란하게 비취는 아침 햇살이 내 마음을 무척 편하게 해주었다. 저 햇살이 내 마음 속에 있는 모든 악한 바이러스들을 다 제거해주었으면 하는 바람이 들었다. 이른 아침 햇살을 받은 비아싸의 마을은 매우 조용하고 평화스럽게 느껴졌다. 마을 뒤로는 푸른 산이 병풍처럼 둘러싸여 있었고, 대략 수십 호 정도 되는 가옥들의 지붕이 모두 빨갛게 도색이 되어 이곳이 유럽이라는 것을 새삼 알게 해주었다. 내가 숙소로 발걸음을 옮기려는 그 순간, 성당의 종탑에 있는 종이 좌우로 흔들리면서 은은한 소리를 내며 비아싸의 아침을 깨우고 있었다. 이곳 산언덕 높은 곳에 위치한 비아싸 마을은 생각보다 무척 맑고 평화로웠으며, 고요한 산기슭 마을의 아침 풍경을 아낌없이 제공해주었다.

나는 숙소로 돌아와 간단히 샤워를 한 뒤 내가 머문 이층 중앙에 마련된 식당에서 빵 한조각과 약간의 야채샐러드, 그리고 커피 한 잔으로 아침 식사를 마치고, 어젯밤에 예약해두었던 셔틀버스를 타고 리오마조레 마을에 도착했다. 숙소에서 운영하는 이 셔틀버스는 12인승 봉고였고 무료로 이용이 가능했다. 여기서 재미있는 사실 하나는 이 셔틀버스를 타기 위해 사전에 예약을 해두지 않으면 비록 고객이라 할지라도 탈 수가 없다는 사실이다. 아침에 시간 별로 운영을 하는데, 내가 탈 때는 자리가 마침 하나가 비어 있었다. 그럼에도 어떤 청년 한 명이 타기를 원해도 예약이 되지 않

앗다는 이유로 버스기사로부터 탑승을 거부당했다. 이 모습을 보고 나는
역시 유럽 문화는 우리하고 다르구나, 하는 생각을 잠시 했다. 나는 다행
히도 어제 밤늦게 숙소에 도착했지만 관리인이 그런 정보를 주어서 미리
예약을 해 둔 탓에 아침에 고생하지 않고 높은 산 위에서 아래 마을까지
이동을 쉽게 할 수가 있었다. 물론 올라 올 때도 시간을 맞춰서 봉고 버스
가 우리를 기다리고 있어서 이곳에 머무르는 3박 4일 간 매우 편리하게 이
버스를 이용했다. 요즘 일간신문을 보니 '노쇼(no show)'라는 신조어가 자
주 등장하는 것을 보았다. 아마 식당 같은 곳에 예약을 미리 해두고도 시
간이 되어 손님이 나타나지 않거나 늦는다는 연락조차 하지 않는데서 생
긴 말 같았다. 이런 풍경은 우리 주변에서 흔히 볼 수 있는 것들이다. 그러

이탈리아 북부에 있는 다섯 개의 마을을 뜻하는 친퀘 테레

나 이곳 유럽에서는 그런 문화가 잘 통하지 않는 것 같다. 이런 관습에 익숙한 나는 그 청년이 빈 좌석에 태워줄 것을 부탁하는데도 불구하고 운전기사가 단호히 예약 명단에 없다는 이유로 거절을 하는데 매우 놀라웠고, 한편으로는 안타까운 마음이 들었다. 나는 당시의 상황을 봐서는 그런 운전기사의 행동이 몹시 야속하게 느껴지기도 했지만 사실 이런 문화는 우리나라에도 일지감치 정착되는 것이 옳다고 본다.

　미니버스는 우리 일행을 리오마조레 마을의 높은 언덕 위에 내려놓고 다시 돌아온 길을 급하게 올라가기 시작했다. 아마 다음 손님을 태우기 위함일 것이다. 이곳 친퀘 테레는 어제 내가 제노바에서 열차로 내린 라스페치아에서부터 왼쪽으로 해안을 끼고 리오마조레, 마나롤라, 코르닐리아, 베르나차, 그리고 몬테로소 알마레 순으로 계속해서 연결되어 있다. 그래서 어떤 사람들은 가까운 리오마조레 마을부터 알기 쉽도록 1번부터 5번까지 번호를 붙여 사용하기도 한다. 마을과 마을을 잇는 교통수단은 배와 열차, 그리고 산길로 이어지는 소로가 있다. 그냥 마을과 마을로 평탄한 길로 걸어가기는 매우 어려운 구조로 되어 있다.

　나는 리오마조레 역에서 기차표를 끊어 그곳에서 가장 멀리 떨어진 몬테로소 알마레까지 가는 코스를 택했다. 그곳까지 가는 시간은 불과 십 여 분이 채 되지 않았다. 그리고 마을과 마을 사이는 열차로 불과 이삼 분 거리인데, 라스페치아에서 제노바까지 왕복 운행하는 이 완행열차는 다섯 개 마을 모두를 정차했고, 그때마다 넘쳐나는 관광객들로 북새통을 이루었다. 말이 다섯 개 마을이지 전체 거리로도 불과 10㎞가 넘지 않을 정도로 옹기종기 붙어서 지중해 북부 연안을 따라 형성되어 있었다. 제일 처음 도착한 몬테로소 마을은 해수욕을 할 수 있는 백사장이 잘 마련되어 있었다. 정오가 되려면 아직도 시간이 꽤나 남았는데도 불구하고 많은 사람

들이 이미 백사장에 자리를 잡고 일광욕을 즐기거나 바다에 몸을 담가 수영을 하고 있었다. 기차가 지나가는 구름다리 밑에는 아침부터 내리쬐는 햇빛을 피하기 위해 사람들이 여기저기 앉아 있었고, 대략 1톤이 안 되어 보이는 조그마한 차량을 개조해 50대로 보이는 엄마와 십대로 보이는 청년이 열심히 음식을 만들어 팔고 있었다. 가만히 살펴보니 열빙어와 오징어, 그리고 새우를 그 자리에서 튀겨 파는 것인데, 조그마한 봉투에 담아 6유로를 받았다. 손님들은 이 음식을 사기 위해 줄을 섰다. 나는 여행을 출발하기 전, 이곳 지중해의 해산물이 싱싱하다는 말을 귀가 따갑도록 들었던 터라 식당에서 비싼 것은 사 먹지 못해도, 이곳 현지에서 파는 음식을 먹고 싶어 한 봉지를 사 먹었다. 한 마디로 정말 맛있었다. 씹히는 맛이 고소하고 싱싱했으며, 특히 그 자리에서 바로 요리를 한 것이라 요기를 매우는 데는 아주 좋았다. 나는 이때의 기억이 남아 나중에 베르나차에 가서 똑 같은 음식을 먹으려 했는데, 그곳에서는 무려 10유로를 받았다. 마을마다 가격 차이가 대단했다.

나는 해안가를 마주 보고 왼쪽으로 발달된 언덕 위로 올라가서 몬테로소의 아름다운 해변을 마음껏 사진기에 담았다. 그리고 이어서 나있는 소로를 따라 이동했는데, 그 길이 유명한 마을과 마을을 있는 친퀘 테레의 산책길이었다. 어느 정도 걸어가니 군대의 초소 같은 곳이 나오더니 그곳에서 나이가 육십 가까워 보이는 사람이 이 길을 걸으려면 티켓을 끊으라고 한다. 나는 미처 그런 정보를 가지고 있지 않았던 터라 6유로라고 하는 그 티켓을 끊으면서 우리나라 역사에 나오는 봉이 김선달을 생각했다. 길을 걷는데 돈을 받다니, 이것은 김선달이 대동강 물을 팔아먹은 것과 무엇이 다른가, 하고 생각을 했다. 그런데 아쉽게도 2011년도 가을에 밀어닥친 폭풍우로 인해 다섯 개 마을 전체가 길이 이어져 있지 않고, 중간 지점인 코르닐리아에서 리오마조레까지는 산책로를 그때까지 복구하고 있어 어

친퀘 테레의 산책로를 걷기 위해서는 이곳에서 표를 구입해야 한다.

쩔 수 없이 나는 중간지점인 코르닐리아까지만 걸었다. 사실 이 산책로 가운데 가장 아름답고 연인들끼리 걸으면 가장 좋다는 마나롤라에서 리오마조레까지의 '사랑의 길'을 걸을 수가 없어 더욱 아쉬움이 컸다. 그러나 험한 소로를 오르락내리락하며 땀을 흘리게 하는 힘든 코스였지만 걸으면서 중간 중간에 해안을 쳐다보는 재미는 아주 좋았다. 길을 걷다보면 바다에는 많은 승객을 태운 여객선이 유유히 지나가고 있었다. 나도 나중에 이 여객선을 타고 다섯 개 마을을 다 돌아보았는데, 바다에서 마을 쪽을 쳐다보는 경치는 육지에서 마을을 보는 것과는 다른 느낌을 갖게 했다. 특히 첫 번째 마을인 리오마조레는 마을 안에서 보면 그런 장면을 볼 수가 없는데, 배가 그곳에 정박하면서 정면으로 보니 정말 마을 전체가 마치 초등학교 아이들이 크레파스 물감으로 하얀 도화지에 그림을 그려놓은 그런 인상을 받았다. 집집마다 형형색색의 색깔을 벽에 칠해 놓았는데, 마치 내가 그 순간 동심(童心)의 세계에 들어선 것 같은 착각을 갖게 했다.

알고 보니 이곳 친퀘 테레는 1970년대 이전까지만 해도 이곳 마을사람들이 가난해서 아주 어렵게 살았다고 한다. 그래서 어떤 사람들은 가난을 견디지 못해 다른 곳으로 이사를 가거나 아예 다른 나라로 이민을 가는 경우도 허다했다고 한다. 그런데 어느 날 고기를 잡으러 나갔던 마을 어부들이 멀리서도 자기 집을 알아보기 위해 각기 특별한 색깔로 집 벽에 물감을 칠하기 시작한 것이 계기가 되어, 이것이 유명세를 떨쳐 이곳 다섯 개 마을이 오늘날 이탈리아의 국립공원으로 지정됨은 물론, 유네스코의 세계문화유

친퀘 테레의 다섯 개 마을을 이어주는 열차를 기다리고 있는 관광객들

산에 등재하게 되는 행운을 맞았다. 그 결과, 이곳 친퀘 테레는 이제 가난한 어부들의 마을이 아니라 사시사철 자국(自國) 사람은 물론이고 세계의 수많은 관광객들이 찾게 되는 유명한 명소로 자리 잡게 되었다. 나는 이곳 친퀘 테레에 4일 간 머무르는 동안 숙소에서 만난 20대 청년 한 명을 제외하고는 전부 인접해 있는 피렌체에서 건너온 한국 여성들을 만나게 되었는데, 이들이 하나같이 말하는 것은 피렌체를 구경하면서 이곳 친퀘 테레를 누가 알려주었다고 하는 것이다. 그러나 아쉽게도 이들은 이곳에서 숙박을 하는 것이 아니라 당일치기로 왔기 때문에 다섯 개 마을을 다 돌아보기는커녕 어디에

서 하루의 시간을 보낼 줄을 몰라 전전긍긍하는 표
정들이 역력했다.

　나 역시 이번 지중해 여행을 오기 전만 해도 친퀘
테레라는 마을이 존재한다는 사실을 전혀 모르고
있었다. 그러다가 여행을 준비하는 동안 정여울 작
가의 〈내가 사랑한 유럽 TOP 10〉을 읽고, 거기에서
"한 달쯤 살고 싶은 유럽" 코너의 1번으로 등록되어
있는 이 마을을 너무 가고 싶어 오게 되었다. 내가
방문한 이곳 친퀘 테레는 사실 여름 성수기에는 한
달 간 머물기가 어렵다. 사람도 너무 많거니와 방값
과 물가가 비싸서 그런 긴 기간을 견디기가 어려울
것이다. 하지만 이탈리아의 북부지방에 위치한 이
곳 친퀘 테레를 내가 직접 와 봤다는 사실 하나만으
로도 가치는 충분히 찾을 수가 있었다. 내가 로마에
서 만난 어떤 한국 여성이 자신은 소렌토에서 이어
지는 아말피 계곡을 갔다 와서 이곳 친퀘 테레에서
별다른 특징을 발견하지 못했다고 하는데, 나는 그
렇지 않았다. 아말피 계곡은 그곳대로 풍기는 멋이
있었지만 이곳 친퀘 테레는 무엇보다 다섯 개 마을
을 이삼 분 간격으로 열차로 이동하며 구경하는 재

리오마조레 마을에서 아침 기차를 기다리면서 찍은 사진. 어디서나 찍으면 예술사진이 나올 정도이다.

미가 남달랐다. 그리고 마을마다 조그만 소로로 이어지는 길 사이에는 제
각기 독특한 상점들이 발달해 있었는데, 그런 곳도 구경할 만하고 또 무척
좁게 만들어진 집과 집 사이의 경사진 계단도 인상적이었다. 특히 다섯 개
마을의 중간 지점에 위치한 코르닐리아 마을에서 파는 젤라토와 앞서 언
급한 몬테로소의 열빙어는 이 지역에서 아주 유명하니 한 번 꼭 맛을 보기
를 바란다. 그리고 4번 마을인 베르나차는 이름값을 한다고 사람들이 가장
많이 북적이는 곳인데, 산길을 걷다가 언덕 위에서 아래를 보고 사진을 찍
으면 아주 멋진 장면을 잡을 수가 있다. 누군가 이곳 친퀘 테레를 두고 하
는 말이, '어디서나 사진기 셔터만 눌러대기만 하면 예술사진이 찍힌다.'고
했는데, 정말 그런 곳이 많다. 내가 리오마조레에서 몬테로소로 가기 직전
아침 시간에 바로 마을 앞 해안에 떠있는 조각배를 찍은 것도 그 중의 하
나이다. 이곳 친퀘 테레에서 무엇보다 특징적인 것은 마을과 마을을 이어
주는 열차이다. 라스페치아에서 제노바까지 가는 이 완행열차는 다섯 개
마을 전체를 선다. 마을 간의 열차 이동 시간은 대략 이삼 분 정도인데, 정
말 이 열차를 타고 이동하다보면 마치 동네 마실 다니는 것처럼 웃긴다는
생각이 든다. 다시 말해 한 마을을 구경하고 다음 마을로 가기 위해 열차
를 기다리다 보면 그 시간도 그렇게 행복하게 느껴질 수가 없다. 그리고
그곳에서 구경을 하고 또 열차를 타면 잠시 뒤에 또 다른 마을을 구경할
수 있다.

　나는 이곳 친퀘 테레 마을을 4일 간 관광하면서 이런 생각을 해 보았다.

언덕 위에서 바라본 베르나차 마을

마치 한 폭의 수채화 같은 느낌을 주는 리오마조레 마을

나는 상담자로서 많은 내담자를 만나게 되는데, 그들이 하나같이 하는 말이 '만약 시간을 거꾸로 돌릴 수만 있다면!' 하는 아쉬움을 털어 놓는 것이다. 사정이야 모두 다르겠지만 정말 좋은 환경과 가정을 가졌음에도 불구하고, 양육방식이 서투른 부모들은 자라나는 청소년들에게 심한 육체적, 언어적 폭력과 함께 말의 올무로 그들에게 심한 상처를 주는 경우를 자주 보았다. 내가 아는 한 가정에서는 아버지는 대학교수이고, 어머니는 교사인데, 중학교에 다니는 아들이 나쁜 친구들과 어울려 가출을 밥 먹듯이 하고, 다른 사람의 물건을 훔치는 등의 행위를 해서 보호관찰을 받게 되었다. 이런 경우, 가정은 맥없이 무너지고 집에 들어가면 집안 분위기가 싸늘한 것은 말할 것도 없고 오직 강아지 한 마리가 그 집안의 행복을 대신해주고 있었다. 그리고 또 다른 경우에는 중학교에 다니는 아들이 컴퓨터 게임중독에 빠져 학교생활에 매우 부적응을 하는 모습을 지켜본 적도 있다. 이런 모든 사항들이 정말 특별히 문제 있는 집안이 아니라 아주 평범하고도 좋은 집안에서도 벌어질 수도 있다는 사실을 깨우쳐 주었다.

내가 심리학을 공부하면서 느낀 것은 인간이 출생할 때는 선하게 태어났다가 점차 시간이 지나면서 악해진다는 사실이다. 그것은 여러 이유에서 발생하는데, 우선 부모나 교사의 가치 지향적 요구에 적응하지 못한 채 학습된 무기력(learned helpless)에 걸리거나, 아니면 학교 성적 등으로 인한 열등감, 그리고 사회 환경 속에서 겪게 되는 여러 조건들에 의해서 자연발생적으로 생기게 된다고 본다. 물론 이들 가운데는 나이가 들어도 놀랄 정도로 순수한 마음과 영혼을 가진 사람들도 있긴 하지만 그 수가 매우 적은 것이 아쉬운 부분이다. 대부분의 사람들은 겉으로 그저 자신이 선한 채 할 뿐 실제로는 그렇지 않은 경우가 많다. 그 속마음을 현미경으로 들여다보면 분명히 이기적이고 공격적이며, 음란한 생각들을 가지고 있다. 그리고 때로는 오랫동안 억압해 왔던 본능적 욕구들이 어떤 상황을 만나 겉으로 폭발해 사회적 문제를 일으키기도 한다.

친퀘 테레의 산책로. 바다를 바라보며 걷는 재미가 아주 낭만적이다.

　나는 이곳 친퀘 테레의 다섯 개 마을 전체가 모두 참 인상적이고 좋았지만 그 가운데 가장 인상적인 것은 배에서 마을로 정박을 하면서 본 리오마조레 마을이다. 이 마을은 다섯 개의 마을 가운데 가장 동화 같고 한 폭의 수채화 같은 느낌을 준다. 마을 안에서 보면 그런 느낌을 덜 받지만 배에서 마을을 쳐다보면 이 마을은 마치 어린 아이들이 크레파스로 그림을 그려 옮겨 놓은 것 같은 인상을 받기에 충분하다. 이런 점에서 나를 포함한 우리 모두가 초심의 자세로 돌아가는 게 필요하지 않을까, 하는 생각을 하게 된다. 누구나가 처음에는 순박하고 잘해보려 할 것이다. 그러나 시간이 지날수록 그 처음의 결단을 잊어버리거나 자세가 흐트러져서 그만 중심을 잃고 마는 경우가 발생한다. 나 역시 전에 다니던 직장을 나와서 자아실현을 위해서 부단히 노력했지만 일정기간이 지나면 그냥 또다시 예전의 악한 모습이 재연되는 경우를 수차례 경험한 바 있다. 마찬가지로 이곳 친퀘 테레의 가장(家長)들도 처음에는 그저 가족들을 먹여 살리려는 순수한 의도에서 고기를 잡으러 바다를 나갔지만 어느새 마을 전체가 세계적인 관광지가 되어서 이제 어떻게 하면 돈을 많이 벌 수 있는가에 혈안이 되어 있다는 느낌을 갖게 했다. 처음에는 정말 순수한 동기와 열정으로 살아갔지만 어느새 환경에 의해 마음자세가 흐트러져 버렸다. 이제 가족은 뒷전이고 돈이 앞서는 것은 아닐까, 하는 우려가 들 정도이다. 여객선을 모는 선원들은 승객들을 한 사람이라도 빨리 태워 출발하려고 하고, 집을 빌려주는 주인이나 골목마다 줄지어져 서 있는 상점들의 상인들도 모두 여름 한 철을 맞아 경제적인 수익을 올리는데 혈안이 되어 있다는 느낌을 받았다. 이것이 인간의 일반적 생활사인 것만큼은 분명하지만 그래도 어쩐지 이런 관광객들의 분위기 속에서 처음 이 가난했던 마을이 부자로 된 계기, 즉 멀리서도 자기 집을 알아보기 위해 물감을 벽에 칠한 그 순수한 마음을 잊어버린 것은 아닌가, 하는 걱정이 들었다. 솔로몬이 모든 부귀영화를 느껴본 뒤에 하는 말이 "모든 것이 헛되고 헛되다."는 말을 한 것은 바로 이런 세속화되어 가는 우리 현대인에게 전해주는 바가 크다. 어린 아이들이 오순도순한 손으로 크레파스를 이용해서 하얀 도화지에 한 폭의 수채화를 그려놓은 것 같은 친퀘 테레, 그 순수했던 처음의 풋사랑과 솔직한 마음을 나는 영원히 잊지 않은 채, 늘 내 마음속에 깊이 간직해야 하겠다는 생각을 가지고 다시 로마로 향했다.

몰타의 바다. 애매랄드 색과 푸른색이 묘하게 조화를 이루고 있다.

오디세우스를 만나러
몰타의 고조 섬으로

드디어 몰타를 가게 되었다. 사실 이번 여행을 출발하기 전만 해도 나는 몰타라는 국가가 이 지구상에 존재하고 있는지조차 몰랐을 정도로 여기에 관한 아무런 정보를 갖고 있지 못했다. 그러다가 우연히 어느 신문을 보는 도중 여행 광고란에 '몰타와 시칠리아', 단 두 곳을 가는데 상당히 비싼 금액이 책정되어 있는 것을 보고 도대체 이곳이 어떤 곳이기에 이렇게 비싼 금액을 받나, 하는 호기심에 몰타에 대해 관심을 갖게 되었다. 그러고 보니 몰타에 대해 약간 부끄러운 느낌이 들고 미안하기도 하다.

몰타는 이탈리아의 시칠리아 섬 아래에 위치해 있으며 소위 '지중해의 배꼽'이라는 명칭을 가지고 있다. 몰타는 지역이 워낙 조그만 해서 지도에서 '몰타'라는 글씨를 빼면 섬 자체는 아예 잘 보이지도 않을 정도이다. 그런데 이곳이 이탈리아의 자그마한 섬이 아니라 당당히 EU에 가입되어 있는 엄연한 국가라는 점에서 그저 놀랍기만 하다. '몰타 공화국'이 제대로 된 명칭이다. 아무튼 나는 이곳을 무척 가고 싶은 욕구가 생겨서 이번 지중해 여행에 꼭 포함하고 싶었는데, 이미 한 달간의 여행계획을 모두 짜놓았기 때문에 도저히 몰타를 갈 수가 없는 입장이었다. 그러던 차에 여행 출발 두 달 전 정도에 크로아티아 비행사에서 자그레바에서 로마로 가는 비행기가 기계 고장으로 취소되었다고 내게 메일을 보내왔다. 나는 기회다, 싶어 바로 크로아티아의 자그레바와 자다르, 그리고 꼭 가고 싶었던 플리트비체를 모두 포기하고 이곳 몰타로 여행 코스를 바꾸었다.

로마에서 몰타 국적기를 탔는데, 비행기 안에서 맨 앞에 두 줄 좌석이 고스란히 비어 있기에 나는 셋째 줄에 앉아 있다가 앞자리로 이동해 편하게 여행을 하려 했다. 그랬더니 제복을 곱게 차려입고 배는 불룩하게 나온 50대 남자 승무원이 손사래를 치며 안 된다며 원래의 자리로 가서 앉으라고 한다. 나는 어쩔 수 없이 내 자리로 돌아 왔는데, 시간이 조금 지나 어쩐 일인지 그 승무원은 다시 나를 앞자리로 이동해도 좋다고 승낙을 했다. 나는 가로로 전부 비어 있는 두 줄의 왼쪽 창가에 자리를 잡아 여유 있게 여행을 즐기려 했다. 그랬더니 조금 있다가 그 승무원이 주머니에서 소형 카메라를 끄집어내어 나와 반대편인 오른쪽 창가에 앉아 항공사진을 찍기 시작하는 것을 보고, 나도 순간적으로 얼른 스마트폰을 꺼내 왼쪽 창가를 통해 사진을 찍으려 했다. 그랬더니 또 그 승무원은 손사래를 치며 항공사진은 금지되어 있다고 못하도록 제지를 한다. 자기는 하면서 왜 승객이 하

는 것은 막을까, 약간 기분은 좋지 않았지만 나는 승객이고 그 사람은 이 비행기의 안전을 책임지고 있는 승무원이었기에 나는 그 지시에 고스란히 따랐다. 그랬더니 또 조금 시간이 지나 사진을 찍어도 좋다고 기분 좋게 승낙을 해서 나와 그 승무원은 양쪽의 창가를 통해 이탈리아 시칠리아 섬의 상공을 마음껏 찍을 수 있었다. 나중에 사진을 보니 공중에서 본 시칠리아 섬은 참 멋졌고, 인간이 저렇게들 살아가는구나, 하는 것을 잠시라도 느낄 수 있었다. 다시 말해 사람은 조금도 보이지 않는데, 저 속에는 얼마나 많은 인간의 애환이 여기저기서 지금 이 순간도 일어나고 있을까를 생각하니, 우리의 일상생활 하루하루가 더없이 허무하게 느껴지고 살아있는 동안 소중하고 가치 있게 시간을 보내야 하겠다고 생각했다.

이륙한지 약 한 시간이 지나 비행기는 몰타의 비행장에 안전하게 착륙을 했다. 공항이 너무나 조그마해서 공항 같은 기분은 들지 않았고, 마치 시골의 어느 지방을 온 것 같은 느낌이 들었다. 이곳은 하나의 국가임에도 이탈리아에서 오는 비행기 승객들에 대해 입국 수속 자체를 아예 하지 않고 그냥 통과시켜 주었다. 나는 건물 밖에서 대기하고 있는 시내버스를 타고 숙소가 있는 슬리에마 지역으로 향했다. 슬리에마는 이곳의 수도인 발레타와 아주 짧은 거리에서 서로 얼굴을 마주보고 있는 도시이다. 주변을 돌아보면 복잡하게 항구와 바다가 얽혀 있긴 하지만 그래도 이곳의 수도인 발레타와 바로 얼굴을 마주 하고 있다는 사실이 여행을 하는데 편리함을 더해줄 것 같아 나는 이곳에 숙소를 정했던 것이다.

나는 슬리에마 가까이에 버스가 도착해서 운전사에게 몇 번 물어보아 숙소 근처의 바닷가에 하차를 했다. 날씨는 더웠고 무거운 배낭이 걷기에 무척 부담을 주었다. 나는 습관적으로 스마트폰의 구글 지도를 보며 마을 안쪽으로 들어가 요리조리 숙소를 찾기 시작했다. 주변의 건물 구조와 도로가 워낙 비슷해서 나는 왔던 길을 몇 번이나 반복해서 헤맨 후에야 겨우 예약해두었던 숙소를 찾아낼 수 있었다.

나는 2층을 배당받아 나무로 된 계단을 올라갔더니 어느 젊은 청년 한 명이 낮 시간임에도 웃통을 벌거벗고 이층침대에서 잠을 자고 있었다. 침대 두 개가 나란히 마주보고 있는 두세 평 정도의 그 방안에는 청년이 누운 바로 그 머리 위에서 먼지 때가 엄청 묻은 낡은 고물 선풍기 한 대가 시끄러운 굉음을 내며 열심히 원을 그리며 돌아가고 있었다. 나는 짐을 대충 정리하고 샤워를 마친 후에 밖으로 나왔다. 복잡한 동네 길을 주의해서 찾았더니 조금 전에 버스에서 내렸던 곳으로 다시 나오게 되고, 나는 이곳에서 바다를 계속 바라보며 오른쪽으로 길을 걸으니 약 10분이 채 지나지 않아 슬리에마 항구가 나온다. 나는 항구 여기저기에서 관광객들을 끌어 모으는 한 호객꾼에게 발레타를 가는 배와 다음 날 섬 전체를 둘러보는 페리를 예약했다. 몰타의 수도인 발레타는 슬리에마 항구에서 배로 불과 5분 정도밖에 걸리지 않는다. 그럼에도 버스로 가려하면 한참을 돌아가야 하기 때문에 이곳 현지 주민들이나 관광객들은 대부분 손쉽게 갈 수 있는 배를 이용한다.

슬리에마의 해변. 해안가를 따라 오른쪽으로 10분 정도 걸으면 항구가 나오고 그곳에서 수도인 발레타가 보인다.

나는 발레타에 내려 이곳저곳을 도보로 돌아보았다. 그러나 아쉽게도 나는 이곳 발레타에 관한 기초적인 정보도 갖고 있지 못해 중요한 유적지들을 모두 외면한 채 그저 발 닿는 곳으로 이동하며 아까운 시간을 보내고 말았다. 발레타는 슬리에마에서 가다보면 마치 큰 군함이 좌우로 길게 바다 위에 떠 있는 것처럼 그렇게 보인다. 정면에는 베드로 성당만큼 높지는 않지만 비슷한 모양의 돔이 보이고 좌우로는 성 요한 기사단이 쌓아놓은 방벽이 잘 구축되어 있다. 나는 수도인 이곳 발레타 시내의 동네 곳곳을 다녀 보았지만 이렇다할만한 멋진 건물이나 유적지는 눈에 띄지 않았다.

몰타의 수도, 발레타. 정면에서 보면 마치 군함처럼 보인다.

조금 실망했다고나 할까, 아무튼 그런 기분으로 나는 수도인 발레타의 시간을 보냈던 것 같다. 그런 가운데 다행히도 내가 좋아하는 맥도날드 가게가 시가지의 중앙에 위치하고 있어서 너무 좋았다. 왜냐하면 나는 식사 때마다 뭘 먹을까 고민을 했는데, 유럽 대부분의 식사가 나에게 입맛이 맞지 않거나 아니면 가격이 너무 비싸 음식 선정을 하지 못했기 때문이다. 그러한 내게 맥도날드 음식은 내 입맛에 잘 맞아 너무 좋았다. 이런 현상은 아마 내가 두 번째 산티아고를 갔을 때 포르투갈의 포르토에서 체험한 경험에 영향을 받았을 것으로 생각한다. 그곳에서 대략 15,000원 가량의 돈을 주고도 시킨 음식이 입맛에 도무지 맞지 않아 그 다음날부터 3일을 계속해서 찾은 식당이 바로 맥도날드였다. 그곳에서 나는 아내가 유난히 좋아하는 치킨 버그나 내가 좋아하는 치즈버그를 먹은 후 그 다음으로 후식인 아이스크림까지 먹으면 정말 좋은 식사를 한 것 같이 느꼈었다. 이런 이유로 나는 포르토의 해변을 하루 종일 돌고난 후 저녁 시간이 되면 어김없이 오직 맥도날드 식당을 찾는 것이 여행의 즐거움이 된 적이 있다.

이렇게 시간을 보내다가 저녁 무렵이 되어 나는 발레타 시의 배가 정박하는 항구 쪽 반대편에 갔었는데, 그곳에서 어학연수를 받기 위해 이곳에 온 2명의 한국 여학생을 만났다. 잠시 이야기를 나누었더니 이들은 이곳에서 한 달간 어학연수를 받고, 그 다음에는 프랑스로 가서 또 한 달간 교환학생으로 공부를 한 뒤 귀국을 한다고 했다. 알고 보니 이곳 몰타가 우리나라에서는 어학연수로 아주 유명한 곳이었다.

나는 몰타에 도착한 둘째 날, 미리 예약해 둔 표로 섬 전체를 돌아보는 배를 탔다. 섬 전체라고 해봐야 알고 보니 몰타 섬과 코미노 섬, 그리고 고조 섬을 돌아보는 것이 전부였다. 몰타는 원래 여섯 개의 섬으로 구성되어 있는데 그 가운데 이 3개의 섬이 몰타의 전부라 해도 과언이 아니다. 배는 슬리에마 항구에서 출발해서 어제 갔었던 발레타를 오른쪽으로 두고 넓은 지중해로 빠져나갔다. 이때부터 〈보물섬〉에 나오는 해적선처럼 생긴 배는 전혀 막히는 장애물이 없이 속력을 내서 경쾌하게 북쪽으로 향했다. 배가 처음으로 정박한 곳은 미어항(Mgarr Harbour)이라는 곳이었는데, 이곳에서 미리 대기하고 있던 몇 대의 미니버스들은 배에서 내린 승객들을 태우고 어디론가 부지런히 달렸다. 이렇게 해서 도착한 곳이 그 유명한 고조 섬의 아주르 윈도우(Azure Window)라는 곳이었다. 아주르 윈도우는 우리

말로 번역하면 '푸른 창문'이라는 뜻을 가졌는데, 알고 보니 슬리에마 항구에서 호객들이 관광객들을 모을 때 설치해 둔 간판에서 본 바로 그곳이었다. 이곳은 말 그대로 집채만큼 큰 바위가 지중해의 멋진 바다를 뒤로 하고 마치 거대한 창문처럼 생긴 곳을 말한다. 사람들은 부지런히 사진을 찍기에 바빴고, 어떤 사람들은 빠듯한 시간에도 그 바위 위로 올라가 아래를 내려다보기도 했다. 나는 배낭여행을 온 자유인이기도 하지만 이곳에서는 어쩔 수 없이 통제받는 사람이기에 재빨리 옆 사람에게 부탁을 해서 사진 한 장을 찍고 미니버스로 이동해야만 했다. 참 아쉬운 부분이었다. 좀더 여유 있게 구경을 하고 싶었지만 단체 행동이라 그렇게 하지를 못했다. 승객들을 다시 태운 미니버스는 내리쬐는 태양에도 불구하고 열심히 좁은 골목길을 한참동안이나 다닌 후 다시 배가 정박한 항구로 이동해 우리를 내려주고 떠났다. 우리 일행을 태우고 다시 출발한 배가 도착한 곳은 코미노 섬의 블루라곤(Blue Lagoon)이라는 곳이었다. 이곳은 남쪽의 몰타 섬과 북쪽의 고조 섬 중간에 위치해 있는데, 이름이 대단히 특이한 만큼 세계적으로 아주 유명한 곳이었다. 브룩실즈가 나오는 〈블루라군〉이라는 영화도 있고, 특히 주목할 만한 것은 이곳의 바다 색깔이었다. 사진에서 보듯이 이곳의 바다 색깔은 푸른색과 에메랄드 색을 동시에 갖고 있는 특별한 곳이었다. 무더운 한 더위 속에서도 이곳을 찾는 세계의 많은 관광객들이 정말 수영도 즐기고 보트도 즐기는 그런 자격을 충분히 갖춘 곳이라고 해도 전혀 과언이 아닐 정도였다. 아주 아름답고 지중해의 배꼽이라는 이곳에서 여러분이 여름을 보낸다는 사실만으로도 추천할 만한 곳이다. 그

고조 섬의 대표적 관광지인 아주르 윈도우(푸른 창문)

리고 몰타 전체가 영화 촬영의 현장이기도 하고 특별히 스쿠버 다이빙을 하는 사람들에게는 과히 천국이라 할 만큼 그런 천혜의 관광지라 할 수 있다. 우리에게 널리 알려진 〈다빈치코드〉, 〈글래디에이터〉, 〈트로이〉 등이 여기서 촬영이 되었고, 특히 〈실미도〉를 이곳에서 수중촬영 했다고 하니 그 유명세가 어느 정도인지 가늠할 수 있을 것이다.

이곳 몰타를 이야기할 때 고조 섬과 관련된 유명한 이야기가 있다. 그것은 바로 '오디세우스와 칼립소'에 관한 이야기인데, 전쟁을 마친 오디세우스가 집으로 귀향을 하다가 그만 아름다운 요정 칼립소에게 반해 무려 7년간이나 이곳에서 그녀와 함께 살았다고 한다. 그리고 이야기에 나오는 칼

영화 촬영지로 유명한 코미노 섬의 블루라곤.
바다색이 푸르면서 에메랄드 색을 동시에 띄고 있어 무척 아름답게 보인다.

립소 동굴이 현재 그대로 남아있고, 또 섬 자체가 '칼립소 섬'이라고도 불
리고 있다. 우리에게 널리 알려진 서양 고전의 대명사이기도 한 헤르메스
의 〈오디세이아〉는 이러한 재미있고 신기한 이야기로 우리들의 마음을 사
로잡고 있는데, 내가 그런 신화적인 장소에 직접 와 봤다는 사실이 매우
새롭고도 흥미로웠다. 칼립소라는 여인이 얼마나 예뻤는지는 상상에 맡기
겠지만 아무튼 여자로서 가장 미녀 요정임에는 틀림없는 것 같다. 이런 칼
립소가 자기보다 훨씬 나이가 많이 든 오디세우스를 보고 집으로 돌아가
지 말고 자기와 함께 살아달라고 간청하며, 만약 자신의 요구를 들어주면
그 선물로 영원히 늙지 않는 불멸의 생명을 주겠다는 조건을 내걸었다. 신
이니까 이런 이야기를 할 수 있겠지만 이 말을 들은 오디세우스는 조금의

고민도 하지 않고 자신은 집으로 돌아가야 한다고 요정의 간절한 요구를 단호하게 거절한다. 미하엘 쾰 마이어가 쓴 〈페넬로페〉, 〈오디세우스〉, 〈텔레마코스〉, 〈칼립소〉라는 4권의 책을 읽어 보면 그 이유가 분명히 나온다. 왜 오디세우스가 칼립소의 요구를 단번에 거절했을까. 그것은 바로 자신의 하나밖에 없는 소중한 아들인 텔레마코스와 사랑하는 아내 페넬로페 때문이다. 오디세우스는 10년간의 전쟁을 경험하면서 하루도 빠짐없이 오직 살아서 집으로 돌아가길 희망했는데, 겨우 전쟁이 끝난 후 집으로 귀향하려니까 포세이돈을 포함한 여러 신들의 방해로 험악한 바닷길을 무려 또 다시 10년간이나 가야하는 험악한 미래가 기다리고 있었다. 그러나 오디세우스는 고향인 이타케를 영원히 마음속에서 잊지 않았고, 또 무엇보다 자신이 전쟁을 위해 집을 나설 때 아주 갓난아기에 불과했던 텔레마코스가 똥오줌을 싸서 귀저기를 갈아주던 일과, 무엇보다 자신과 사랑을 나누었던 아내 페넬로페를 잊지 못하고 있었다. 나는 이 책들을 읽는 내내 나의 가족을 생각했고, 특히 나의 아내를 생각했다. 지금도 나의 스마트폰에는 30여 년 전에 찍은 아내와의 결혼사진이 몇 장 있는데, 수시로 나는 그 사진들을 보며 당시의 행복했던 순간들을 생각한다. 인생은 흘러가는 것이고 그것은 마치 바람과 구름이 지나가는 것과 같다. 가을에 길가에 핀 코스모스는 잠시 피었다가 땅속의 거름이 되어 그 뿌리에서 다시 새롭고 환한 미소로 사람들을 대하며 바람에 출렁거리면 되지만, 우리 인간에게는 감정이라는 것이 있다. 어떤 동물이나 식물도 갖지 못한 인간의 감정이란 것은 신이 우리에게 준 커다란 선물이다. 오디세우스는 자신이 불멸의

인간이 되고 또 젊고 아름다운 님프인 칼립소와 영원한 삶을 살게 해 주겠
다는 약속에도 불구하고 전혀 그 요구에 개의치 않고 오직 집에서 자기를
기다리고 있는 아들 텔레마코스와 아내 페넬로페만을 생각하며 집으로 발
걸음을 향했다. 이러한 오디세우스의 행위는 마치 묵은 된장이 더 맛이 있

듯이 자신과 오랜 세월을 함께 한 아내와 자식이 이 세상의 그 어떤 것과도 바꿀 수 없는 소중한 가치를 지니고 있다는 사실을 그 스스로 잘 알고 있었기 때문이다. 이러한 오디세우스의 정신을 정말 현대를 살아가는 우리 인간들이 배워야 한다. 왜 그렇게 황혼의 이혼을 포함해 부부간의 이혼이 많은지, 그리고 가족 간의 여러 다툼으로 인해 자살이나 복잡한 갈등이 많은지, 우리나라가 아무리 OECD에 가입하고 경제적으로 잘 산다고 해도 이런 가장 기초적이고도 본질적인 문제가 해결되지 않는다면 그것은 개인이나 가정에 진정한 행복과 삶의 의미를 가져다주지 못할 것이다.

모든 인간은 죽어서 한줌의 재가 될 것이 너무도 자명한 이치인데 주변의 스쳐 지나가는 쾌락과 한 순간의 잘못된 생각에 빠져 오랫동안 늘 자기 옆에서 밥을 해주고 빨래를 해주며, 잔소리를 해 대던 아내를 외면해서야 되겠는가. 그리고 똥오줌을 받아내며 귀저기를 갈아주던 자식이 사랑스럽지 않은가. 인간은 겸손해야 한다. 돈과 지위, 그리고 권력이 조금 생기게 되면 겸손 대신 교만이 어느새 앞서게 된다. 펄벅의 소설 〈대지〉라를 영화를 봐도 그런 모습이 나온다. 영화에서 시골의 가난한 농부에 불과했던 왕룽은 올란이라는 하인 여성을 만나 처음에는 무척 사랑했지만 나중에 혁명이 나서 올란이 길거리에서 보석을 주워오자 그때부터 왕룽은 바람을 피우게 되고 아내를 배반하게 된다. 영화에서는 다행히 아내가 마지막 목숨을 거두는 순간 왕룽이 비로소 자신의 잘못을 깨닫게 되고 아내의 역할이 얼마나 자신에게 큰 존재였는가를 뒤늦게 깨닫게 된다. 이 땅의 모든 결혼한 남성들은 각성해야 한다. 자신의 아내를 사랑하는 것이야말로 자기가 이 세상에서 하는 일 가운데 가장 소중한 것으로 평가받아 마땅할 것이다.

나는 이 글을 쓰는 동안 기회가 되면 몰타를 다시 가야겠다는 생각을 여러 번 하게 되었다. 그것은 다른 곳과 마찬가지로 이곳 몰타를 내가 너무나 제대로 보지 못한 채 돌아왔기 때문이다. 내 주변에서 어떤 사람이 몰타로 신혼여행을 떠난다고 해서 내가 다른 곳을 추천해 준 적이 있는데, 몰타를 제대로 보지도 못한 나 자신이 이런 말을 했다는 사실에 부끄러움을 금치 못한다. 나는 몰타에 3박 4일간 머무르는 동안 여러 중요한 유적지를 둘러보지 못하는 우를 범하고 말았다. 그곳 가운데 한 곳인 발레타에 있는 성 요한 대성당은 정말 지금 생각해도 아쉬움이 큰 곳이다. 이곳 성당에는 유명한 카라바조의 그림들이 있고, 또 성당의 밑바닥에는 무려 400개가 넘는 성 요한 기사단의 무덤이 덮여져 있다고 한다. 뿐만 아니라 이 성당이 전 세계의 모든 성당 가운데 가장 화려한 장식으로 내부가 꾸며졌다고 하니 마음이 더욱 아프다. 그럼에도 불구하고 내가 돌아와서 확인을 해보니 성 요한 대성당 사진은 단 한 장도 없다는 사실을 알게 되었다. 아니 나는 방문하는 기간 동안 그런 유명한 성당 자체가 그곳에 있다는 것을 아예 모르고 있었다. 대신 나는 그저 한가롭게 발레타의 여러 골목을 왔다 갔다 하며 의미 없는 시간을 보냈을 뿐이다. 그런데 더욱 나를 실망하게 만든 것은 성 요한 대성당의 위치가 내가 그토록 즐겨 찾은 맥도날드 가게 바로 옆에 있었다는 사실이다. 이 엄연한 사실 앞에 나는 나 스스로 입을 다물어버리고, 너무나 문화에 대해 문외한이란 것을 새삼스레 깨닫게 되었다. 이와 비슷한 일이 바로 스페인의 마드리드에서도 발생했는데, 나는 그곳에 두 번이나 갔음에도 프라도 미술관을 들어가 보지 못했다. 그 이유는 너무나 간단했는데, 입장료가 5만 원 정도 하는 가격 때문이었다. 이런 글을 쓰는 나 스스로 너무나 부끄러울 정도로 작아지는 느낌을 갖게 된다. 프라도 미술관은 알고 보면 유럽의 3대 미술관 중 하나에 해당되고, 여기에다 내가 그렇게 좋아하는 고야의 그림들이 있는 곳이기도 한데 나는 그런 실수를 한 번도 아닌 두 번씩이나 했다. 그런 평소의 문화의식 부족 현상이 단번에 이곳 몰타의 수도 발레타에서도 어김없이 나타났다. 그러나 나는 언젠가 세 번째 산티아고를 갈 예정이고, 그때 기회가 되면 꼭 프라도 미술관을 찾을 것이다.

사도 바울의 흔적을 찾아
임디나로

'임디나', 혹은 '엠디나'로 불리는 이곳은 몰타 섬의 중앙 왼쪽 부분, 섬의 가장 높은 지역에 자리 잡고 있다. 나는 이곳 몰타를 여행지로 정하고 난 이후에도 임디나라는 곳이 이곳에 있는 줄을 전혀 몰랐다. 그러던 중 내가 몰타에 도착한 첫 날 오후에 숙소 근처의 슬리에마 에서 수도인 발레타로 갔을 때 만났던 한국 여학생들이 추천해준 곳이 바로 이곳 임디나이다. 알고 보니 이곳 임디나는 EBS에서 방송한 '세계테마기행'의 4부작 중 하나에 속할 정도로 이름난 곳이었다.

나는 몰타에서 머무는 셋째 날에 이곳 임디나로 가기 위해 슬리에마 항구 쪽으로 가서 임디나로 가는 버스를 탔다. 지도상으로 거리는 크게 멀지 않은데, 그럼에도 버스는 복잡한 시골길 같은 곳을 계속해서 빙빙 돌아가는 관계로 시간은 대략 40분 정도 소요되었다. 버스에서 내려 위쪽으로 쳐

몰타 섬에 있는 임디나의 성채 입구. 이곳은 현재의 수도인 발레타 이전에 수도 역할을 했다.

다보면 대략 100m 정도 앞에 육중한 성채가 보이는데 이곳이 바로 임디나를 대표하는 곳이다. 성채도시인 이곳은 처음 들어가는 입구가 매우 인상적일 정도로 화려하게 장식을 해놓았다. 자그마한 다리를 건너서 성채 입구로 들어서면 바로 왼쪽에 관광 안내소가 나온다. 그곳에서 성채의 지도와 관람 코스에 대한 안내를 받은 후 이층 높이의 연하고 밝은 주황색 건물들 사이로 길게 뻗은 골목길을 찾아다니기 시작한다. 이곳 임디나를 소개할 때 빼 놓을 수 없는 것이 다름 아닌 골목길이다. 성채 어디를 가도 골목길이 즐비한데 이곳의 골목길은 그냥 우리가 생각하는 그런 골목길과는 다른 느낌을 준다. 소위 '골목길의 미학'이라 불릴 정도로 골목길이 참 아

임디나 성채의 골목길을 마차를 이용해 돌아보는 관광객들

임디나의 골목길. 현빈이 하늘보리 CF를 위해 열심히 뛰었던 장소이다.

름답고 한가하게 느껴지며 또 낭만적이다.

전시에 적의 화살을 피하기 위해 약간 곡선으로 만들어졌다는 이런 골목길을 계속 걷고 있노라면 현재의 모든 시간이 멈추고 마치 내가 중세의 어느 시점에 들어서 있는 것 같은 인상을 갖게 한다. 그리고 집집마다 창문가에 설치해둔 형형색색의 예쁜 꽃들은 나로 하여금 저절로 시인이나 작가의 세계로 가게 하는 것 같은 착각을 불러일으키게 할 정도였다. 누군가가 이런 임디나를 두고 '중세의 지중해 보석'이라는 명칭을 붙였는데, 실제 와보니 그 명칭에 잘 어울리는 것 같다. 언젠가 TV에서 선전한 '하늘보리 CF'에서 드라마 〈시크릿 가든〉을 통해 뭇 여성들의 눈시울을 촉촉이 적신 바 있는 현빈이 긴 머리를 앞으로 늘어뜨리고 수염은 기른 채 매우 우수에 찬 표정으로 골목길을 힘껏 달리는 모습이 나오는데 그곳이 바로 이곳 임디나의 골목길이다. 얼마나 골목길이 특별한 느낌을 주었으면 골목길을 촬영하기 위해 멀고 먼 이곳 몰타의 임디나까지 왔을까, 하는 생각이 나의 머릿속에 들었다. 그 만큼 멋진 곳이다.

원래 이곳 임디나는 현재의 수도인 발레타가 수도이기 이전에 몰타의 옛 수도로 명성을 떨쳤던 곳이다. 그러다가 16세기경에 성 요한 기사단이 로도스 섬에서 오스만 제국에 의해 쫓겨나 몰타에 들어오면서 대부분의 사람들이 이곳 임디나에서 현재의 수도인 발레타로 거주지를 옮겨 가고, 이로 인해 이곳은 사람들이 거의 살지 않는 '조용한 도시'라 불리어지게 되었다. 지금은 부자들과 신분이 높은 사람들이 대략 300명 정도 성채 안에 거주하고 있다.

임디나를 제대로 보기 위해서는 날씨가 더운 낮 시간보다는 석양을 볼 수 있는 저녁 시간이 더 좋다고 한다. 그런데 나는 이런 사실을 모르고 땡볕인 오후 시간에 왔더니 사람들은 그렇게 많지 않았고, 군데군데 관광객들이 가족 혹은 연인 단위로 마차를 타거나 아니면 쇼핑, 또는 유적지를 돌아보고 있었다. 나는 입구 쪽에서 직선으로 난 길을 따라가다가 얼마 가지 않아 입구에 '몰타 글라스'라고 쓰인 가게에 들어가 유리로 된 공예품들을 구경했다. 이곳 몰타, 그 중에서도 임디나는 유리 공예품으로 인기가 매우 높은 곳이다. 만들어진 공예품들을 보면 하나하나가 모두 세련되고 고급스럽다. 이곳을 찾은 대부분의 사람들은 몇 개의 상품들을 구입하고 싶어 하는데 다만 가격이 생각보다 비싸 얼른 지갑을 열지 못한다. 나 역시 꽃 그림이 새겨진 제품을 하나 골랐는데 가격이 250유로, 우리 돈으로 대략 30만 원이나 해서 구입을 하지 못하고 그만 가게를 나왔다. 가격도 가격이지만 아직도 남은 일정이 많아 그것을 배낭에 넣고 다니기에는 불편한 점도 고려를 했다. 대신 나는 상점 입구에 "Don't leave Malta without a Maltese Cross(몰타의 십자가를 갖지 않고 몰타를 떠나지 마라)"라는 문구가 기억이 나서, 몰타에서 구입하지 못한 몰타의 십자가를 로마 공항에서 꽤나 비싼 가격을 주고 구입했다. 그리고 이곳 임디나에서 또 하나 눈여겨 볼만한 것이 있는데 그것은 바로 중세 십자군 전쟁 당시 많은 활약을 했

임디나의 유리 공예품들. 실제 보면 아주 고급스럽고 우아한 느낌을 준다.
임디나의 기념품 가게에 진열된 성 요한 기사단의 모습

던 성 요한 기사단의 기념품들이다. 가게를 들어서면 여기저기에서 이 십
자군 용사들의 다양한 모습들을 만날 수 있다. 성 요한 기사단은 이곳 몰
타에서 16세기 초반부터 대략 250년이나 되는 긴 세월동안 거주하면서 오
스만 제국을 비롯해 여러 적들과 싸워 나라를 지켜내는 중요한 역할을 했
다. 그런 이유로 세월이 많이 지난 지금도 이곳 몰타 사람들은 성 요한 기
사단에 대해 매우 좋은 인상을 가지고 있다. 여기서 재미있는 사실 하나는
천 년이 다되어 가는 십자군 전쟁 당시의 성 요한 기사단이 완전히 이 지
구상에서 없어진 것이 아니라 지금도 로마의 바티칸 시국 근처에 건물 하
나로 명맥을 유지하고 있으면서 소위 '영토 없는 국가'로 존재하고 있다는
사실이다. 그래서인지 가게 안은 물론 밖에서도 갑옷을 입고 긴 칼과 방패
를 든 용감한 기사단 모습의 기념품이나 조각상을 쉽게 볼 수 있다. 현재

몰타를 대표하는 십자군 마크.

의 몰타 수도인 '발레타'라는 명칭이 성 요한 기사단의 우두머리였던 '발레트' 장군의 이름에서 비롯된 사실만 보더라도 당시의 기사단이 얼마나 큰 역할을 수행했던가를 과히 짐작케 한다.

그렇게 크지 않은 성채를 계속 둘러보다보면 북쪽의 성곽 가까이에 '폰타넬라'라는 유명한 레스토랑이 나온다. 이 레스토랑이 유명한 것은 다름이 아닌 이곳의 초콜릿 케이크가 얼마나 맛있는지 주변의 멀리 있는 사람들도 일부러 시간을 내어 이곳 폰타넬라의 케이크를 구입하기 위해 기꺼이 찾아올 정도라고 한다. 나는 이 레스토랑이 그런 곳인 줄 모르고 다만 더운 날씨에 시원한 음료수로 갈증을 해결하기 위해 찾았다. 식당의 2층으로 올라가 야외용 의자에 자리를 잡으면 멀리 보이는 지중해 바다와 함께 임디나 주변의 마을들이 한눈에 들어오는 좋은 경치를 맛볼 수 있다. 이곳을 나와 골목길을 따라 계속해서 걷게 되면 그 유명한 성 바울 성당과 만난다. 그러나 나는 이렇게 유명한 성당 앞에서 그만 또 실수를 하고 말았다. 그것은 평소 유럽을 여행하면서 언제나 접하게 되는 크고 작은 성당들에 대해 그렇게 많은 관심을 갖지 않고 대충 겉만 보고 지나쳐버리는 습관으로 인해 이곳 성 바울 성당 또한 그러했기 때문이다. 사실 내가 방문한 그 날은 평일임에도 불구하고 성당 앞의 육중하게 보이는 3개의 문들은 굳게 잠겨 있었고, 또 그곳을 찾은 사람들도 사진만 찍지 성당 내부를 드나드는 사람들을 보지 못했던 것도 내가 성당 안으로 들어가지 않은 한 이유였다. 그러나 알고 보니 성 바울 성당의 입구는 앞쪽이 아닌 측면에 있다

성 바울 성당. 임디나의 성곽 안 중앙 부분에 위치해 있다.

는 사실을 뒤늦게 알았다. 아마 내가 석양이 지는 저녁 시간에 왔으면 말 그대로 많은 관광객들이 성당의 내부를 찾아 나 또한 그들을 따라서 구경을 했겠지만 뜨거운 낮 시간이다 보니 사람들이 그리 많지 않아 그런 일이 발생한 게 아닌가 생각한다. 아무튼 무척 아쉬운 부분이다. 내가 기독교인으로서 신약 성경의 27권 가운데 13권을 쓴 사도 바울을 기념하기 위해 만든 성당을 바로 코앞에 두고도 들어가 보지 못하고 겉만 보고 왔으니까 할 말이 없다. 돌아와서 확인해보니 성당 내부에는 천정에 사도 바울의 일생이 그려진 그림들이 있고, 또 바닥에는 발레타에 있는 성 요한 성당과 마찬가지로 대리석 관으로 덮여져 있는데, 그곳과는 달리 이곳의 관은 기사단이 아니라 성직자들의 관으로 구성되어 있는 것이 차이다.

이곳 몰타는 사도 바울이 예루살렘에서 로마로 끌려갈 때 배가 난파하여 석 달간 머무른 곳으로도 유명하다. 그래서 이곳 임디나에 성 바울의 성당이 세워져 있고, 또 바울이 이곳을 떠난 2월 10일에 당시의 일들을 기념하기 위해 '성 바울 난파 축제'를 매년 열고 있다고 한다. 사도 바울에 대해서는 성채의 들어오는 입구 벽 위쪽을 쳐다보면 뱀에 손이 물린 채 서 있는 그의 조각상을 볼 수 있다. 이 이야기는 성경에 기록된 것으로 매우 유명하다. 즉, 바울이 AD 59년 10월에 이곳 몰타(성경에는 '멜레데'로 기록)에 난파당해 도착했을 당시 비가 오고 날씨가 차서 원주민들이 불을 피워주었는데, 그때 바울이 주워온 나무 묶음을 불에 던졌더니 그 속에서 뱀이 튀어나와 바울의 손을 물었다는 것이다. 이것을 본 사람들은 바울이 많이 다치든가 아니면 손이 퉁퉁 부어오를 줄 알았는데, 전혀 다치지 않은 것을 보고 바울을 신이라고 생각했다. 그리고 이곳의 추장으로 있던 보블리오가 바울을 집으로 초대해가서 아픈 아버지를 보고 기도를 부탁했는데, 그 기도를 받은 아버지가 몸이 낫자 보블리오는 바로 기독교인이 되어 몰타의 최초 주교가 된다.

나는 사도 바울 이야기를 하면서 많은 생각을 해보았다. 왜 나는 그와 같이 되지 못하는가가 가장 중요한 이슈였다. 사도 '바울'은 처음부터 선한 그리스도의 제자가 아니라 그리스도를 믿는 사람들을 죽이거나 스데반과 같은 선량한 사람을 괴롭히는 악명 높은 '사울'이었다. 그러던 그가 이러한 임무를 수행하기 위해 다마스쿠스로 가는 도중에 말에서 떨어져 환상으로 예수님을 만나고, 이로 인해 3일 간 눈이 멀어 아무 것도 보지도, 먹지도 못하다가 아나니아라는 선지자에 의해 안수 기도를 받은 후 성령의 은사로 회복되었다는 내용은 모두 성경에 기록되어 있다. 다시 말해 이 사건을 계기로 사울은 크게 회심을 하여 그 전과는 전혀 다른 바울로 탄생하게 되고 그 전의 삶과는 전혀 다른 새로운 삶을 살아가게 된다. 이에 반해 나는 38년간 죄를 지은 것에 대해 정확히 1년 반의 새벽기도로 회개를 통해 용서를 받은 뒤 2011년과 2013년, 두 번에 걸쳐 스페인의 산티아고 순례 경험을 함으로써 하나님의 음성을 바울과 같이 직접 듣는 역사를 체험했고, 또 마가복음 14장에 나오는 '베드로의 눈물'을 그대로 경험하는 큰 사건을 직접 겪었음에도 왜 나는 바울과 같은 삶을 살아가지 못할까를 오랫동안 자성하게 되었다.

고민을 해본 결과, '사울은 빈 양동이에 깨끗한 물을 부었지만 나는 구정물이 남아있는 양동이에 새 물을 부은 것이 다르다.'는 결론을 나 나름대로 얻게 되었다. 다시 말해 바울은 과거를 모두 버리고 새 사람이 되었는데 반해 나는 과거를 그대로 간직한 채 새 옷을 내 몸에 입힌 것과 다름이 없다고 본다. 그러니까 같은 하나님의 음성을 들었다고 해도 그 결과에는 상당한 차이가 있다. 나는 학생들에게 늘 교과서의 지식뿐만 아니라 인성에 관련된 내용들을 시간 날 때마다 가르치며 그것을 실천하라고 요구한다. 가령, 심리학이나 교육심리학에 반두라의 '자기조절(self-regulation)'이라는 개념이 등장하면 나는 "이것이 매우 중요한 개념이다. 자기 행동을 스스로 조절하고 통제할 수 있어야 한다. 그것은 일종의 절제나 마찬가지이다. 인간은 자기 하고 싶은 대로 하는 것이 아니라 절제의 능력을 갖추어야 한다."고 설명을 덧붙인다. 그런데 이 부분에서 나는 큰 실수를 하고 말았는데, 그것은 다름 아닌 '왜 학생들에게는 그러한 내용을 실천에 옮길 것을 가르치면서 정작 나 자신에 대해서는 가르치지 않았는지' 정말 후회가 된다. 이런 측면에서 나는 이곳 임디나를 생각할 때마다 사도 바울을 기억하게 되고, 비록 부족하긴 하지만 죽음의 문턱에 이를 때까지 나의 마음과 영혼을 거룩하고 명예롭게 관리하려 한다.

그는 두 번째 로마로 끌려간 다음 로마 황제의 명령을 거역했다는 죄목으로 참수형을 당했다. 실제 그가 참수를 당한 '트레 폰타네(Tre Fontane)'라는 장소에는 현재 같은 이름을 사용한 '트레 폰타네 성당'이 자리 잡고

있다. 이곳은 로마의 시내 중심가 남쪽에 위치해 있는데, 나는 로마에 1
주일이나 머무르면서도 이런 성당이 있는지조차, 아니 사도 바울이 이곳
에서 머리가 로마 군사의 칼에 그대로 잘려나가는 그런 죽음을 당한 역사
적 장소라는 것을 도무지 알지 못한 채 여행을 마치고 말았다. 그 성당 안
에는 당시에 참수를 당한 이미지를 연상시키기 위해 사도 바울의 목이 그
대로 조각된 채 만들어져 있다고 한다. 어떻게 하면 나도 금수(禽獸)나 인
격자가 아니라 성인(聖人, saint)의 대열에 합류할 수 있을까를 생각해보게
된다. 이런 진정한 자아실현(self-actualization)을 위해서는 나 스스로 끊임
없이 회개하며 작은 일에 봉사하고 실천하는 자세를 유지해 나가야 하겠
다. 비단 그것이 죽음 직전까지 이루어지지 않는다 하더라도 나는 그것을
향해 계속해서 정진할 것이다. 이런 모습이 심리학에서 말하는 자기강화
(self-reinforcement)이다.

　자신의 마음을 다스린다는 것(self-control)이 이렇게 어려운 일일까? 그
것이 정말로 성을 빼앗는 용사보다 더 힘든 것일까를 생각하게 해보는 귀
한 체험이었다.